「どうしたんだよ、アレク!? 真っ青じゃないか」
アレクの身体を仰向けにすると、身を屈めて上半
身を浮かせる。膝にアレクの上半身を乗せて何度か
揺すると、綺麗な緑色の瞳がうっすらと覗いた。
「ルース……?」

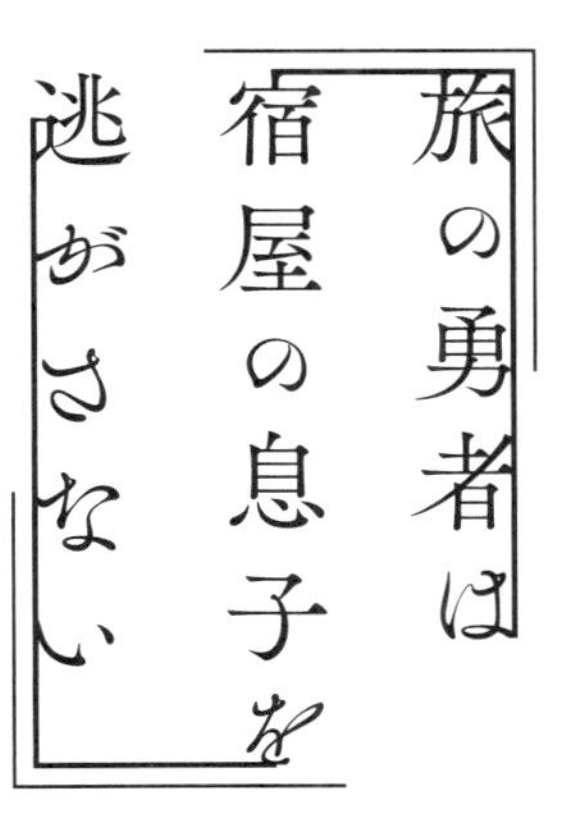

ジツヤイト
zitsuyaito
Illust：円陣闇丸
Yamimaru Enjin

目次

ルース・ブラウ

十九歳。前世の記憶がある。女性と結婚したい願望が強いがモテない。いつも穏やかで細身な外見のせいもあり弱そうに見えるが、力も見た目よりずっと強い。

アレク・ガラ

二十歳の誕生日を迎えたばかり。ルースの幼馴染。
女神アリストテレシアの神託により勇者に選ばれ、
旅に出ることになってしまう。

Profile

マクシム・カラファーティ

王都の騎士団長。カラファーティ家嫡男。実直で気真面目だが、部下の言葉にも耳を傾ける人格者。女神ゼノビアを理想の女性として崇拝している。

ジオ

高齢のお爺ちゃん。ハシ村の近くに息子の墓があるらしく、墓参りに来た。

ロッサ・ブラウ

ルースの父。温和で、熊のような大男。昔は腕のいい冒険者だった。

セリーヌ・ブラウ

ルースの母。昔は村一番の美人。いまも口説かれる美人。

クラーク・ブラウ

ルースの四歳上の兄。温和。父そっくりの熊系男子。だがモテる。

神父様

アレクの父親代わり。ハシ村の教会と育児院の運営をしている。

バルトロ・リレッセ

ハシ村の村長。わりと有能だが、がめつい。

マリアンヌ・リレッセ

ルース、アレクの幼馴染で村長の娘。アレクが好き。ルースとも仲がいい。

ダニエル・ゴーラス

肉屋の息子。ルースにいつも突っかかってくる、素直になれないタイプ。

バード

教会で面倒を見てもらっている子ども。アレクを慕い、ルースが嫌い。

第一章　最初の村の勇者は幼馴染の可愛い女の子と結婚する……はず

【1】すべての始まりは勇者の旅立ち

ルース・ブラウは異世界転生者だ。

前世の記憶があることが判明したのは五歳のとき。最初は『覚えのない記憶を思い出す』という事態にパニックになった。けれど幼馴染(おさななじみ)や家族の支えで、なんとか自分の中で整理することができた。

彼らに前世を思い出したなんて冗談でも言えなかったが、突然大人のように話し出す子どもを変な目で見ることなく、側(そば)にいてくれたことは本当に幸運だったと言えるだろう。

それからルースは年齢を重ね、現在十九歳。前世の記憶を、しっかり今世に生かしている。

「シューラさん、おはようございます。今度一緒に泉へ行きませんか？」

「いいえ、遠慮するわ」

「リサ、今度一緒にココリアの花を摘(つ)みに」

「前も断ったでしょ！」

「メイメイ、美味（おい）しいケーキをもらったんだ、一緒に」

「あたしケーキ嫌いなの！」

三人の村娘に声をかけ、全員に冷たくあしらわれて、ルースは深く肩を落とした。

お祈り後の教会の側は人通りが多いのだが、先ほどの三人で女性はいなくなってしまった。

「お前も、よく毎日頑張れるよな」

「ほっといてくれよ……」

横にいた幼馴染のアレク・ガラから呆（あき）れたように言われ、ルースは深くため息をついた。

ここは、前世にあったゲームでいうところの、『最初の村』に近い村だ。

人口百人未満、山間部に存在し、王都に程近く、小さなダンジョンが側にある平和な土地だ。

たいした特産はないものの、ダンジョンなどが目的で旅人や冒険者や観光客が訪れるので、廃村にはならずにいられる。

ルースはその村にある宿屋の二番目の息子だ。

村を訪れる人間は野宿でもない限り、ルースの実家である宿屋を利用するので、一定の収益があり、村になくてはならない存在である。また四つ上の兄が近々婚約者の家に婿（むこ）入りするので、店を継ぐのは弟のルースとほぼ決まっていた。

「オレは、可愛（かわい）いお嫁さんをもらうんだ。……そして今度こそ幸せな人生を過ごすんだ」

「今度こそ？」

「……っ……いや、なんでもないよ」

アレクに不審そうな眼を向けられて、ルースは自分の口を慌てて押さえる。余計なことを言ってしまった。

前世のことは親友のアレクにも秘密である。というより、言っても理解されないだろうと思っていた。誤魔化すのはそのためだ。

(って、そんなことより……オレは今度こそ、絶対女の子とお付き合いするんだ)

ルースには前世の記憶があった。しかしそれはあまり幸運なものではなかった。

前世からルースは女性が大好きだった。甘い匂いがして柔らかい女の子は好ましく、守るべき対象であると思っていた。お付き合いをしたら、とても大事にしようと思っていた。

――しかし、残念ながら全くモテなかった。

ルースの前世は特に不細工というわけではなく、いたって普通だった。けれど残念なことに、彼は女性にとって近寄りがたい雰囲気だったらしい。

若い頃は空手で名を馳せた道場の父親にそっくりだった彼は、十七歳で百九十を超す身長に、百二十キロ超えの体重、身体の厚みは女性では腕が回せないほどの体格を持っていた。そのうえ、髪はクセ毛のせいで常に角刈りか坊主で、顔も厳つく、怒っていると勘違いされやすかった。声も聞き取りにくいほど低く、美声とは言い難い。

また残念なことに彼が生きていた時代は、美男子や中性的な男がブームだった。スポーツ選手や格闘家でもイケメンや美形が持てはやされ、筋肉一辺倒である彼のようなタイプは注目されなかった。学校でも職場でも、綺麗な男がキャーキャーと言われているのを、いつも横目で見ていた。

　彼は自分の容姿が時代に合っていないのは重々承知していた。それでも女の子が好きで、諦められなかった。積極的に行動することをやめなかった。

　けれど現実は非情だった。

　お付き合いの申し込みはむげなく断られ、酷いときには手紙を破り捨てられ、終いには気持ち悪いと言われる始末だった。

　自分の容姿が悪いと理解した彼は、女性に好印象を持たれるように努力した。

　人気芸能人が載っている雑誌で洋服や仕草を研究したり、恋愛ドラマや映画を見て話し方を学んだり、美容院で少しでも見栄えを良くしようとした。――けれど、結果は変わらなかった。

　彼は思った。こんな筋肉はいらないから、美形になりたい。細っこい中性的男子になりたい。綺麗な顔になりたい。

　そんな思いを抱えたまま、彼は三十一歳のとき、車に轢かれそうになった女性を助けて死んでしまった。結局前世では女性とまともに会話せず、童貞のまま生涯を終えてしまったのだ。

（だから、今度こそオレは……）

　ルースが固い決意を秘めて両手を握っていると、グイッと顎を引っ張られた。

　目の前には、金色に輝く髪に、澄んだ緑色の瞳をもった、やたら男前でイケメンな顔があった。意志の強そうな瞳に、男らしい眉、それに高い鼻と、形の良い唇、全てが計算しつくされているように整っていて、前世でいうならゲームの主人公か王子様のような容姿である。

「なんだよ、アレク？」

「いい加減に諦めたほうがいいんじゃないか？」

「何を？」

「女と付き合うの」

　またか、とルースは思った。

　ここ数年、アレクはルースに女性との恋愛を、諦めさせるようなことばかり言うようになった。酷いときには大した用事もないのに、女性との会話を遮ってくることもあった。きっと振られ続ける様子を見て不憫に思ったのだろうけど、ルースからすれば余計なお世話だ。

「諦めないよ。オレはまだ十九歳だし。チャンスはいくらでもある」

「……ふーん」

　こんなにしつこく幼馴染に『女を諦めろ』なんて言われれば、普通なら怒りたくもなるだろう。だが、ルースには〝剣も魔法もない世界で魔法使いになってしまった三十一歳の前世〟があったため、十九歳であるアレクの言動にはそれほど怒りを覚えなかった。

（ま、アレクだしな）

　ルースにとっては〝若い〟という以外にも理由があって、アレクに対して怒ることがあったとしても、たいがいのことは許してしまえるのだ。

「あ、アレクお兄ちゃん、いた！」

「いたー！」

子どもたちの声がして、アレクが顎から手をどけた。ルースが引っ張られて少し痛かった顎を撫でていると、村の子どもたちがわらわらとアレクを取り囲んでいく。

「アレクお兄ちゃん、あれやって！」

「やって、やってぇ！」

「あれって、なんだ？」

「お空のやつ」

「空？」

優しい青年の皮を被ったアレクが、子どもたちに目線を合わせながら問いかける。

「あれじゃないのかな、アレク。空で光るやつ、『光の砂』だっけ？」

「そう、それぇ！」

「女好きのルース、頭いい！」

「女好きのルース、さすが！」

「その呼び名はやめて……」

子どもたちからとんでもない名前で呼ばれて、ルースが半泣きになっていると、アレクは『子どもって正直だからな』と笑いながら立ち上がる。

そのとても楽しそうな顔に、アレクまでそう思っているのではないかと勘繰ってしまう。

「んで、何にするんだ？」

「え、オレに聞くのか？」

「こいつらに聞いたら喧嘩になるだろ？」

確かにそうだ。子どもは十人近くいるのに誰か一人の要望を聞いたら、あとで騒ぎになるに決まっている。ルースは少し考えた後、空に羽ばたく綺麗な生き物を選んだ。

「じゃあ、鳥で」

「了解」

アレクが小さく呪文を唱えながら人差し指で宙をなぞると、キラキラと光る砂の粒が彼の指先から広がり線を描く。終わりと始まりの線を接続してフッと息を吹きかけると、空に描かれた光の線は命をもらったように羽ばたいた。

「うわー、ちょうちょだ、きれい！」

「すごい、きれい！」

「ちょうちょう！」

二枚の羽で舞うそれは、輝きを周囲に広げながら、天高く上っていく。太陽へ向かうその姿は、最後に溶けて空に消えた。

気がつけば、その美しい光景に、子どもたちだけではなく、近くにいた大人までもうっとりとした表情を浮かべていた。消えた後には周囲から自然と拍手まで起こる始末だ。

「………………あれ、蝶々だったのか？」

「……鳥だよ」

思わず吹き出しそうになり、必死に堪える。すばらしいアレクの絵の才能には、ルースだけが気づいているらしい。周囲はアレクが蝶を描いたと信じているので黙っていてあげよう。

（にしても、やっぱりアレクは違うな……）

攻撃魔術でも生活魔術でもない特別な魔術。あれはアレクが自分で作り出したので、教科書には載っていない。他人にはとても真似できないものだ。

「光と水の融合魔術……こんなに綺麗な術は王都でも見かけたことはありませんよ」

「神父様……」

灰色のローブを着たメガネの男性が教会から出てくる。彼はアレクの親代わりをしている神父様だ。

「神父様、こんにちは」

「こんにちは、ルース。アレク、また子どもたちに見せてくれたのですね。ありがとう」

「べつに、たいした術ではありませんから」

「ふふ、貴方にとってはそうですね。でもアレク、二系統以上の魔術を使える人間はあまり多くいないのですよ。そして同時使用になると、きっと世界でもそういないでしょう」

ルースはあまり世間には詳しくないが、神父様いわく、アレクはかなり特別な素質を持っているらしい。王都にある魔法騎士団にも、魔術を自作するほどの人間はいないようだ。

「……ルースが見たいって言うから作っただけです」

「え、オレそんなこと言った？」

「お前、昔自分だけ虹を見られなくて、不貞腐れたことがあっただろ、だからそのときに似せて作ったんだよ」

そんなことがあったような、なかったような——とルースにとってはかなり曖昧な話だが、ともかくアレクは不貞腐れるルースを可哀相に思って、わざわざ作ってくれたらしい。なんだかそれを聞いてしまうと、こそばゆい気がした。

「そっか。ありがとうアレク。本物の虹よりずっとすごいよ」

「……まあ、うん。お前が気に入ったんならいい」

素直にルースが褒めると、アレクは少し頰を染め、照れくさそうに首を掻きながらはにかんだ。こういう顔はイケメンなのに可愛らしく見えるから不思議だ。

「ふふ、相変わらず貴方たちは仲良しですね。……さぁ皆さん、アレクに魔術を見せてもらったのですから、勉強を始めましょうか」

「はーい」

どうやら子どもたちは、教会で行われる勉強の前にアレクのところに寄ったらしい。

山間部にある小さな村では読み書きができない人間が多いらしいが、この村では神父様が子どもたちだけでなく大人にも文字を教えてくれているので、できない人間はほぼいない。

アレクが神父様に対して素直なのは、親代わりであることも理由だが、子どものときから読み書きを教えてもらったことに、とても感謝しているからでもある。他の大人ではこうはいかない。

「アレクもそろそろ裏の広場に向かってください。皆さん待っていますよ」

「わかりました。あ、でも神父様、明日は……」

「わかっています。明日はお休みですね」

「はい、すみません」

この後、アレクは十歳以上の若者に、狩りの仕方を教える教官の仕事がある。

本来、その仕事はもっと上の大人がやるべきなのだが、村の中でアレクの技術や能力は抜きん出ているため、三年ほど前から彼がその役目を担っていた。本当は五年くらい前から村で能力的にアレクに敵う人間はいなかったのだが、若すぎたのでそれまで辞退していた。

狩りを覚えることは、山間部にある村の男たちにとっては重要だ。

行商のある村なので、食料を買うことも可能だが、狩りで得た獲物を売って生活している家族も多い。村では十歳を過ぎると、二年ほどかけて男子は必ず狩りを覚えるのだ。ルースも狩りは得意だったりする。

「明日、仕事を休むのか？」

「休むのかって…………あとで部屋に行くから」

「ああ、うん？」

なぜか睨んできたアレクと別れて、ルースは教会から実家である宿屋に戻ることにした。

帰ったルースは、母親に水の補充を頼まれた。井戸に向かい水を汲み上げる。

桶の水面に、自分の顔が映る。

そこには、母親によく似た面差しの、憂い顔をした美青年がいた。

（せっかく綺麗に生まれ変わったのになあ……）

天使の輪ができるほど艶やかな襟足の長い黒髪、青く煌めく瞳、下がり気味で涼しげな目、日焼けを知らない白い肌、綺麗な彩りを見せる控えめな唇。身長はアレクと同様に村の平均より高く、手脚はすらっと細長くモデルのようだ。声だって低くて甘い色気がある。

前世をこの姿で生きていれば、きっと声をかけただけで女性を惚れさせることもできただろう、とルースは思っている。それほどに生まれ変わってからの容姿は整っていた。正直、宿屋の息子にしておくにはもったいないほどだ、と自分では思っている。

（だけどな……）

この容姿は前世で望んだままが反映されている――だがしかし、大誤算が待ちうけていた。

「ルース、持っていけるか!?」

背後から声をかけられて振り向くと、そこには前世の自分にそっくりな、厳つくて身体の大きな男が不安そうにルースを見ていた。

「大丈夫だよ。父さん」

桶いっぱいの水を抱え、なおかつ側にあった薪の束を二つ持って、ルースが余裕で歩きだすと、心配そうな顔をしていた男――父ロッサが悲しそうに項垂れていた。

「どうしたの？　父さん」

「お前は、力はあるし、体力もあるのにな……」

「なのに？」

「なんで、そんなに身体は細いんだよ」

「母さん似だから仕方ないよ」

ルースの母親は、とても二人の男子を生んだとは思えないほどに若々しい美人だ。ルースはそんな彼女の若い頃にそっくりだという。そのせいで、どうにも軟弱に見えるらしい。

(むしろ、こんなに綺麗に生んでくれてありがとう、って感じなのにな)

前世の両親には申し訳ないが、ルースは昔よりこっちの顔が好きだったりする。彼らには、強い正義感と、何を言われてもわりと動じない精神という素晴らしいものをもらったので、容姿に関しては沈黙することを許してほしいと思っていた。

「あら、ブラウさんこんにちは」

ロッサと二人で歩いていると、洗濯物を干していた隣のパン屋の奥さんに声をかけられた。それにロッサが返事をすると、隣の奥さんは頬を染める。ちなみに隣の奥さんはロッサより二十歳も若い。なのに、ロッサを見るその目は、完全にハートマークが飛んでいる。

「今日の午後から風が強くなるらしいので、気をつけてくださいね」

「はい……ありがとうございます」

ロッサの言葉に頬を染めた隣の奥さんは、立ち去り際にようやくルースの存在に気付いたのか、『こんにちはルース君、お父さんのために頑張って』と声をかけてくれた。もちろんその顔にはロッサを見ていたような熱い眼差しは全くない。

隣の奥さんが単なる年上親父好きなら、今の状況も頷けるだろう。しかし――。

「クラークさん、これ、もらってください！」

「いや、ちょっとそういうのは……」

「お願いです。もらって！」

「俺には婚約者がいるし」

「っ……いいんです、それでももらってください！」

そう言って女性は目の前の男にプレゼントらしきものを押しつけると、返されないようにすばやく駆けていってしまった。

「クラークは罪な男だな～」

「親父、それにルース……」

店の横にある勝手口にいた若い男——父親のロッサに瓜二つで、熊に似た青年クラークはルースの四歳年上の兄だ。

クラークは今の様子を見られたと悟ったらしく、居心地悪そうに視線を逸らす。

「親父もルースも、サラには言わないでくれよ。嫉妬深いんだから彼女」

「俺も息子の幸せを邪魔するような真似はしねえよ」

「べつに言わないよ、兄さん……って、あ、何か落ちたよ？」

クラークが、もらったプレゼントを無理やりカバンにしまおうとすると、反対側からパラパラと手紙が落ちていくのが見えた。クラークは婿入り先である雑貨屋の仕事をすでに手伝っており、行商帰りのため大量に荷物を持っている。入りきらず溢れ出てしまったのだろう。

ルースは代わりに拾おうとするが、それがただの手紙ではないと気付いた。

(『クラークさんへ』『クラークさまへ』『クラーク君へ』……)

女性らしい清楚な文字で綴られた兄の名前を見て、ルースはすぐにこの大量の手紙が兄への恋文なのだと気付いた。

慌てた顔をしたクラークが、ルースからそれをひったくる。

「サラには、くれぐれも……」

「わかっているって」

ルースが心得ているように返事をすると、クラークはあからさまにホッとした。村でも美人で気立てがよいと評判の兄の婚約者サラが嫉妬深いのはよく知っている。でも、隣街に行っただけでこれだけ恋文をもらってくるのなら、嫉妬深くなってしまっても仕方ないだろう。

ルースはクラークの顔を見た。

(はぁ……なんでこの世界では……こういった顔がモテるんだろう……)

熊のように大柄で、厳つい顔、手足も丸太のように太く、声も低くかなりの低音だ。

ワイルドといえば聞こえはいいが、髭を生やして身形を汚くすれば、すぐに山賊にでもなれそうな姿である。

しかし、なぜかこの兄がやたらモテる男なのだ。

(せっかく美形に生まれたのに……)

前世では綺麗な男が女性にモテていた。だから美形になることを強く望んだ。

——なのに、今世は以前のルースのような容姿の、兄や父が普通にモテまくっていたのだ。

(うまくいかないな……)

身体が大きく、頼りがいがあって、厳つい——そんな男がモテる村のせいで、ルースは村の女性から完全に恋愛対象外にされているのだろう。だから誘っても相手にされないのだ。

それどころか『女性に見える容姿』が災いして、どんなに力が強く狩りに長けていても、アピールすると逆に眉をひそめられてしまうのだ。そのせいで、ルースが同世代より力があるのは一部の友人と家族しか知らなかったりする。

「ルース、そんな顔をするな。俺がちゃんとお前の嫁を見つけてきてやるからな」

「だから父さん、オレは自分の嫁は自分で見つけるって」

「ルース、頑張れよ。お前がどうしても女の子と結婚したいっていうなら、俺も僻地から見つけてきてやるからな……」

「そこまでしないと駄目なレベルなのオレ!?」

あまりに酷い言われように、ルースが非難の目を向けると。熊二人は残念な子どもを見つめるような顔をした。

夕方近くになると宿の仕事が一段落し、ルースは離れにある自室へ戻ってきた。部屋の窓からは西日が射し込んでいる。あと一時間もしたら夕食の準備に駆りだされるが、つかの間の休息にルースはベッドに沈んだ。

「……って、ほしいの」

「……だ」

けれど目を閉じたとたん、部屋の外から男女の小さな声が聞こえてきた。男の声に聞き覚えがあったルースは、背を屈めると窓へ向かい外を覗いた。

(やっぱり……)

外にはアレクと、三歳年下の薬草屋の娘パリアがいた。ちなみにルースは村の女性の名前を全て覚えている。

二人の様子は対照的だった。アレクは少し苛立ったように余所を向いているが、パリアは恥ずかしそうに上目遣いでアレクを見つめていた。

「ともかく、僕にそういう気はない。申し訳ないけれど諦めてほしい」

「なんで？」

「君には関係ないだろう」

「関係あります！　あたし、理由を聞くまで諦めません！」

強く言い切るパリアに、アレクは小さくため息をついた。

「誰にも言わないでくれよ……好きな相手に今度、プロポーズしようと思っている」

「……っ」

アレクの爆弾発言に、パリアが悲愴な表情を浮かべる。きっと初耳だったのだろう。隠れて聞いていたルースも同じように驚いていた。

（アレクがプロポーズ……）

初めて聞く話だった。

アレクもそれなりの年齢なので、言えないことがあるのはわかる。だが、親友を自称していたルースとしては、そんな重要な話を教えられてないことに、軽くショックを受けた。

「そ、そうなんですか……わかりました」

小さく呟いたパリアの声は涙交じりだったが、これ以上は何を言っても無駄だと諦めも入っていた。しばらくすると立ち去る足音が聞こえた。

彼女が去ると、アレクの深いため息が聞こえ、ルースは立ち上がった。

「プロポーズしたい相手がいるなんて初耳だぞ、アレク」

「……っ」

ルースが窓から身を乗り出して、外にいるアレクに声をかけると、相手は酷く驚いた顔をしていた。

「お前っ、いつから……」

「『僕にそういう気はない』くらいから」

「っ……肝心なところ聞いてるのかよ」

「ハハ、お前も隅に置けないなぁ。で、いつプロポーズするんだ？」

「………っ、俺は」

『僕』と自分を呼んでいたときより言葉遣いが荒くなったアレクは、珍しく顔を赤く染めながらルースの元へ近づいてきた。

(アレクとは一番親しいと思っていたのに……教えてもらえなかったのは残念だな)

がっかりはするものの、そこは前世で〝魔法使い〟にまでなった人間である。アレクが教えてくれなかったことに怒りを覚えることもなく、ルースに伝えられない事情があるのだろうと思えた。ちゃかすような軽い言い方をしたのも、アレクを気まずくさせないためだ。

「……これを、渡すつもりなんだ」

そう言って窓の横に寄りかかったアレクが見せてくれたのは、繊細(せんさい)なデザインが美しい細い銀の腕輪だった。中央には青い宝石が嵌(はま)っており、不思議な色合いが印象的だ。

「どう思う?」

「綺麗な腕輪だな」

「……良いと思うか?」

「ああ、もちろん。特に中央の宝石が良い色合いをしているな」

「術を使って、呪(まじな)いをかけているんだ。その影響だと思う」

「なるほど、お前が自作したのか。だから雑貨屋に置いてあるのより綺麗なんだな」

アレクは術を自作するだけでなく、術のかかったアクセサリー(魔装具)を制作できるほど高い技術を持っている。だがしかし、これを知っているのはルースだけで、村の人間には秘密だ。

魔装具はかなり高価なものらしく、持っていたり、ましてや自作できると知られると争いの元になるらしい。それを神父様に習っていたので、隠すことをルースが提案したのだ。

　ルースが腕輪を素直に褒めると、アレクは嬉しそうにはにかんだ。

「……お前はこういうの普通に褒めてくれるよな」

「べつにそんなことはないと……」

「他の奴は、俺がちょっとでも変わったことをすると騒ぎたてるからな」

「……うん、まあ……」

　確かにアレクが何か大きなことをすると、村中がしばらく騒ぎになることが多い。ただそれはアレクの生い立ちにも関係があった。

　アレクは四歳のときに教会の前に置き去りにされた子どもだ。この村はそれほど大きくないため、すぐ親が見つかるだろうと思われていたが、大人たちがしばらく探してもアレクの親らしき人物は見当たらなかった。

　当のアレクも、記憶が曖昧で自分の名前と年齢くらいしかわからず、まともな情報は得られなかった。結局、近くのダンジョンに来た冒険者が子どもだけ置いて逃げたのではないかという結論に至り、育児院も兼ねている教会で預かることになった。

　記憶が曖昧だったこともあって、当時はアレクを不気味に思う人間もいた。『犯罪者の子どもなのでは？』と言う人もいたらしい。親のそういった不安や警戒心は、子どもへ伝染した。今では考えられないが、アレクは幼い頃身体が小さかったのもあって、虐められていたのだ。

『おまえら、アレクをイジめるな！』

そんなとき、怒り声をあげて間に入っていったのが、前世を思い出す前のルースだった。ルースは今でこそ貧相と言われているが、アレクと出会った当時は同年代の中では背が高かった。村ではガキ大将のような存在だったので、そんなことが可能だった。

『ありがとう、ルース』

そう言ってアレクが頼りにしてくれたことが、すごく嬉しかったのをルースは覚えている。あの頃のアレクはとても可愛く、素直で、ルースの後ろをついて回るようなタイプだった。だから同じ年だというのに、ルースはアレクを自分の弟のように思って可愛がっていた。

『さびしいからいっしょにねたい』

『ルースのとなりじゃなきゃ、こわいよ』

『て、つないでいい？　あんしんするから』

相手が男子とはいえ、天使のように可愛かったアレクにそんなことを言われれば、なんでも了承してしまうのは仕方ないだろう。キラキラと輝く緑の瞳を拒絶するなんてできなかった。

――ただ、そのせいで成長した今でも、アレクのやることを拒否できないという問題が残ってしまった。喩えとんでもないことを要求されても、兄ぶっていたときを思い出してしまうからだ。つまり男として度胸を試されている気分になり、最終的に受け入れてしまうのである。

（けど、そんなふうに懐いてくれていたから、オレも救われたんだよな……）

兄のようなルースと、弟のようなアレク。そんな力関係が変わったのは、出会ってから一年ほど経ったときのことだった。

ルースが、ある日突然前世を思い出した。

その時ルースの頭には、前世の記憶と共に、膨大（ぼうだい）な量の情報が流れ込んだ。その多さに脳が激しく混乱し、今がどこで、自分が誰なのかわからなくなり、大声で騒いでしまった。大勢の前でパニックを起こしたルースの姿は、気が狂ったように見えただろう。

誰もが騒いでいるルースから距離を取っていたとき、側にいてくれたのがアレクだった。

『だいじょうぶだよ、ルース。こわくないよ』

優しい家族でさえもルースへ近づかなかった中、アレクは迷いもせずに側に寄り、そうやってルースを安心させようとしてくれた。

あのときのことを、ルースは言葉にできないほど感謝している。

アレクがいなければきっと、その後村にいることすら辛（つら）くなっていたかもしれない。前世を思い出したときに、ルースは信頼もガキ大将の地位もなくしてしまったからだ。

だから決意した。何があっても自分はアレクの味方でいようと。彼を大事にしようと。

――だが、ルースの決意と同時に、アレクも大きく変わり始めた。

『ルースに変なこと言うな！　どっかいけ！』

前世を思い出したせいで、様子の変わったルースは揶揄（からか）われることが多くなった。アレクはそんな人間に対して、牙（きば）を剝（む）く子どもになっていった。

きっと優しいアレクには、考え方の変わったルースが頼りなくて可哀相に見えたのだろう。

いつも背後に隠れていた天使のような子どもは、だんだんとルースの前に進んで出ていく逞しい少年になっていった。

その後二人が十歳になり、村の掟通りに狩りを学びはじめると——周囲からのアレクの評価はますます変わっていった。

狩りの訓練で力がついたせいか、アレクの小さかった身体はみるみる大きくなり、纏う雰囲気が変わっていった。それだけでなく、弓やナイフのほか剣術や魔術を学んでいるうちに、彼に大きな才能があることに周囲が気づいたのだ。

また、アレクの変化は、個人の技能だけにとどまらなかった。

彼が助言したことで、狩りで得られる獲物の量が増え、毎年行われていた魔物の討伐も怪我人程度ですむようになった。ほかにも日照りで田畑が涸れ不作にならないように改良を提案したり、生活が豊かになるような便利な道具を開発したり、と多才な能力を発揮していった。

その技能と活躍は、まるでルースが前世で読んでいた小説にある、異世界転生チート主人公そのものだ。気になったルースが一度『異世界転生した？』と尋ねてみたが、首を傾げられて逆に『なんだそれは？』と質問されたので、そういうものではないらしいが。

（まあ、おかげでアレクを虐める度胸のある人間はもういないけどね）

幼い頃は不気味に思われていたアレクは今、村では一目置かれている。小さな子どもたちにとって彼はヒーローだし、昔は虐めていた村の同年代も、現在では何も言わない。村の大人たちは彼をとても頼りにしている。だからアレクが新しいことをやると、『またアレクがすごいことをしたぞ！』と、村の人間はやたら騒ぐのだ。

（けど、それが理由かな、モテるのは……）

アレクはどちらかといえば、ルースがいた前世の世界でモテる、キラキラ系のイケメンだ。

それなのに、マッチョが好かれるこの世界においても、彼は女性に声をかけられまくる。

きっと厳つくなくても、アレクほど突き抜けた才能があれば、女性は気にならないのだろう。

とてもうらやましい。

（まあ、アレクがモテるのは置いといて……。いままで魔装具とかも他の人には見せられなかったけど、そんなアレクが選んだ相手なら大丈夫だよな）

アレクはルースが太鼓判を押せる人間だ。こんな優しくて頼もしくてカッコいい人間は他にいないと思っている。ルースにとって最高の親友アレクが惚れる人間だ。相手の女性は素晴らしい人なんだろう。そんな相手を見つけられて、なんだか少しうらやましい気がした。

「それをプロポーズと一緒に渡すのか。相手の子きっと喜ぶよ。で、いつ渡すんだよ？」

「……俺の二十歳の誕生日に」

「え、普通相手の誕生日に渡すのでは？」

「仕方ねえだろ。そいつの誕生日半年以上先なんだからよ」

「せっかくだから待てば？」

「……嫌だ。待てない。他の奴に取られたくない」

子どもっぽく口を尖らせたアレクに、ルースは思わず笑ってしまった。よほど相手の子が好きで、さっさとプロポーズしてしまいたいらしい。

（こういうところは本当に十九歳らしいよな）

才能を発揮するごとに騒がれるようになったアレクは、先ほど自分のことを『僕』と言っていたように、自然と他人との壁を作ってしまうようになった。

（でも、アレク。オレには昔のままなんだよな）

愚痴も言えば、変なタイミングでわがままを言い出すこともあるし、時には不貞腐れる。騒ぎ立てる周囲の中で、ルースだけが何をしても態度を変えなかったことが原因だろう。

アレクはルースを、〝何をしても変わらない親友〟として信頼してくれている。時々変なわがままを言ってくるのもそのためだ。——そう思うと、アレクのわがままも妙に可愛く感じられて、ルースはたいがいのことを『いいよ』と言ってしまうのだった。

（むしろ十九歳で村の期待を一身に受けるなんて大変だよなって同情しちゃうしさ……）

ルースはアレクから他人とは比較にならないほど信頼を得ている自覚はあった。ルースにとってもアレクは親友というくくり以上に特別だ。もしルースに彼女ができて、その子をアレクが好きならば、自分は身を引こうとすら考えているほどだった。

（……この様子だと、そんな未来はなさそうだけどね）

「……お前さ、忘れてないか？」

「何を？」

「…………………俺の誕生日、いつなのか」

「あ、そういえば明日だったな」

ルースは明日が、アレクの誕生日なのをいまさら思い出した。

質素な育児院の暮らしのせいか、物欲があまりないアレクだが、毎年誕生日だけはルースにプレゼントを要求してくる。

といってもたいしてお金のかかるようなものではない。ハンカチだの、タオルだの、シーツだの、要求物は日用品ばかりだ。しかも全てにおいて『ルースの使ったのでいいから、買わなくていいから』という謙虚な前置きが入る。

アレクは使い古しでいいと言うが、さすがに悪いと思ったので、ルースはずっと隠れて買った新品を渡していた。だが、二年ほど前にそれがばれて、拗ねられてしまったことがあった。村の期待を受けて頑張っている友のためなら、お金を貯めて買うくらいなんともないのに。本当に優しい親友だと思う。

(拗ねるほどオレの財布事情を気にしてくれるアレクって、本当に良い男だよな……前世で飲み屋の支払いを全額押し付けてきた友人に見せてやりたいよ)

だけど去年は珍しく『お守りを作ってほしい』と言われた。初めての新品要求だ。ルースははりきって母親に教わりながら初めて裁縫をした。作ったのは村に伝わる伝統的な守りの護符が入った袋だが、ルースに裁縫の才能はないため酷いできだった。

それなのにアレクはとても喜んでくれた。あれから毎日首から下げてくれている。そんなに大事にしてくれるなら、あげた甲斐があったというものだ。

(本来ならあのお守りって母親や恋人が作るものなんだけど……まあ、アレクは家族がいない

し、あのときは恋人もいなかったからオレに頼んだのだろうな）

そう納得しつつも、アレクの輝く金髪の隙間からみすぼらしい紐が出ているのを見ると毎度申し訳ない気分になってしまう。だがそれも、プロポーズ相手が作り直すのかと思うとなぜかモヤっとした気分へ変わった。やはり捨てられてしまうのだろうか。

「今年は遠乗りだろ？　わかっているって、明日は父さんたちに言って空けているよ」

「ならいいけどよ」

「でも、マリアンヌを誘わなくていいのか？」

「なんでマリアンヌが出てくるんだよ」

「いや、なんでって……遠乗りに出たら、一日潰れちゃうだろ？　プロポーズは？」

「いいんだよ」

アレクは不機嫌そうに鼻を鳴らす。

（この様子だと、アレクのプロポーズの相手はマリアンヌじゃないのか？）

マリアンヌとは、同じ村に住むルースとアレクの二つ年下の幼馴染だ。赤い巻き毛が可愛らしく、村でも一、二を争う美人である。そして、珍しくルースにも普通に優しい子だ。幼い頃から村でも三人セット扱いされることも多く、アレクの態度も比較的素の姿に近い。ルースほど気安い関係でもないが、村の女性の中では一番アレクが気を許している相手だろう。なにより、マリアンヌがアレクのことを好きなのがバレバレなのだ。

（でもマリアンヌじゃないとしたら、アレクのプロポーズ相手って誰なんだ？）

それをアレクに尋ねたいが、なぜか本人は聞くなというオーラを出し続けている。残念だがこのまま質問するのは難しそうだ。

きっと下手にルースが知ってしまうと、うまくいかなくなってしまう相手なのだろう。だったらここは好奇心を抑えておくべきだ。それに明後日になれば、すぐに噂でもちきりになる。なにせアレクのことは村中が注目しているからだ。

「あ、アレク！　ルース！」

そんな話をしていると、そのマリアンヌが駆けよってきた。どうやら父親である村長から、アレクに話があるから呼んできてほしいと言われたようだ。

「じゃあ、オレも家の仕事に戻るよ」

「……ルース、忘れるなよ？」

「わかっているって」

「あ、ルース。お父さんが今日何人か村に泊まるかもしれないから、宿の部屋が空いているか気にしていたのだけど……」

「平気だよ。今日は一組しか入っていないから」

「よかった。じゃ、よろしく！」

ルースにニッコリと可愛い笑顔を向けてくれたマリアンヌは、そのままアレクの手を引いて自分の家へ向かっていく。二人の後ろ姿はお似合いだと思うけれど、そんな未来はないんだなと思うと、マリアンヌが少し可哀相に思えた。

（そういえばアレクはプロポーズするって言っていたけど、お付き合いしていたのか？　毎日だいたいはオレと一緒にいたよな？）

村民から一目置かれているアレクはとてもモテるのに、浮いた話を一度も聞いたことがなかった。ルースが恋愛に関して質問しても、たいてい『ルースが一番だ』と言い、答えをはぐらかしてくるのだ。『親友を一番なんて言っていると、将来結婚したときにお嫁さんに嫌がられるぞ』と忠告しているのに、全く聞く耳を持たない。ルースとしては心配だった。

（けどプロポーズをするんだろ、付き合っていないのに突然しても平気なのか？　……まあ、でもアレクだからな。いきなりプロポーズされても、相手の子もまんざらでもないよな。べつにプロポーズしたからってすぐに結婚しなきゃいけないってわけじゃないし）

前世でも今世でもモテないルースは、結局アレクのような男には敵（かな）わないんだなと思った。

その日の夜、明日の遠乗りに備えて、ルースは早めに就寝した。明日は、どうしても弁当を作ってきてほしいというアレクのリクエストに応えて、朝から厨房に立たなければならない。

時々あるアレクの変わったわがままだが、ルースは悪い気はしなかった。

天涯孤独のアレクは普段わがままなんて言えない境遇だ。むしろ大人たちの要望によく応えていると思う。親がいて家もあるルースにはとても真似できない。だから自分に対するわがままならできる限り聞いてあげたい。

早く寝ようとルースが目を閉じて少しも経たないうちに、外が何やら騒がしくなった。

（なんだ……？）

起き上がったルースが静かに窓を開けて外を窺うと、広場で篝火を持った村人たちがウロウロしているのが見えた。まるで誰かを探しているみたいだ。

（魔物が出たのならもっと騒ぎになっているだろうし、何かあったのかな？）

村は山間部にあるので、魔物の出現はありえる。でもそうであればもっと大騒ぎになるし、ルースもすぐに父親たちに起こされて集合をかけられるはずだ。外の異様な様子は、そういったものではない。

よく見ると、外にいるのは村人たちだけではないのがわかった。夕方に宿へ宿泊の手続きにやってきた男たちもいる。

ルースが騒ぎを見ていると、突然目の前に顔が現れた。

「うわっ……って、アレク？」

窓の外に現れたのはアレクだった。彼はこんな時間なのに、今すぐにでも狩りに出かけられそうな装備を纏っていた。

「……悪い、ルース。中に入れてくれないか？」

いつもの余裕ある態度ではなく、どこか憔悴しきった様子のアレクが、助けを請うようにルースを見上げてくる。その瞳に暗い陰が漂っているように見えて、ルースは不安になった。

「ああ、いいよ。はやく、こっちへ」

広場の雰囲気と、どこか様子のおかしいアレクから、何か関連があるのだと悟ったルースはためらいなく中に招き入れる。こんな様子のアレクを一人にしておくなんてできない。

中に入ったアレクが、ベッドに腰掛けたのを確認すると、そっと窓とカーテンを閉じる。ランプをベッドの側に置き、扉に鍵をかけてから、茫然とした様子で座るアレクの側に寄った。

「どうしたんだ、アレク？　何かあったのか？」

「……ルース……俺……」

見上げてきたアレクは、まるで迷子になってしまった子どものような顔をしていた。たいていのことでは動じず、どちらかといえば冷静なアレクにしては珍しい様子だ。アレクは何かを言いかけて、口を閉じてしまう。ルースはますます不安を覚える。

「もしかして、何かされたのか？　お前の力を知ったやつに嫌なことを強要されたとか？」

「……俺……」

「アレク、話してみろ。オレは頼りないかもしれないけど、困っているなら力を貸す」

「……っ」

そう言うと不安げに揺らいでいたアレクの顔が歪んだ。今にも泣き出しそうな表情に動揺していると、ガシリと腕を摑まれる。

「ルース……俺、俺……勇者になんかなりたくない……！」

そう言うとアレクはルースの肩口に顔を埋めてきた。そのまま背中に腕をまわしてきて、ルースを抱きしめる体勢になる。

「俺は、この村で狩りをして、木の実を取って、お前と一緒に笑って過ごせればよかったんだ。それなのに、勇者になって救いの旅に出ろって……村から出て王都に行けって……！　そんなの嫌だ。俺は村を出たくない。お前と一緒にいたいんだよ」

湿った声を出しながら、アレクは腕の力を強くし、ルースの存在を確かめるように頭をすりよせる。金色の少し硬めの髪が頬に触れてくすぐったく感じた。

アレクがしている行動は、同性の幼馴染に対してはかなり異常だろう。ルースも冷静だったら疑問を持ったかもしれないが、今はそれどころではなかった。

（え……ゆうしゃって……もしかして『勇者』!?）

ルースが『勇者』と聞いて思い浮かべるのは、前世で見たゲームの主人公だ。魔王や悪の根源を倒すため旅に出て、仲間たちと共に死闘を繰り広げる。時に命を脅かされながらも、最終的には世界を平和にする英雄だ。

この世界は剣と魔術を使うことが可能で、たしかにルースの前世よりずっとファンタジックだ。とはいえそんなものが、現実に存在しているとは思えなかった。しかし、アレクの様子から考えると、嘘（うそ）や世迷言（よまいごと）を口にしているとは思えない。

（アレクが、その勇者？　そんな、まさ、か……あ……）

同じ村に住む幼馴染が勇者なわけがない――と思ったが、すぐに考えを改めた。

アレクは幼い頃に才能を開花させ、今は村の大人たちでは敵わないほどの剣の腕前と魔力を持っていた。それは前世の知識を持つルースが、チート能力だと思えるほどのものだ。

アレクにそんな力があるのは、『勇者の宿命を負っているからだ』と言われると納得できる。

「……でも、なんでいきなりそんな話になったんだ？　勇者の話なんていままで……」

「わからない。でも、俺は勇者っていうのが過去にいたって話は、神父様から聞いてはいたんだ。何百年も前に世界を救ったとも……。最近世界中のいたるところで問題が起きているらしくて、そろそろ天啓を受ける者が現れるんじゃないかって話も」

「そんな話を聞いていたのか」

神父様はきっとアレクだけにその話をしたのだろう。その行動には意図的なものを感じた。アレクに勇者の素質があることを、以前から見抜いていたのだろうか。

「今日の夕方に、村長のところへ王都から派遣されてきたとかいう奴らが来た。俺が呼ばれたのもそいつらが原因なんだ。奴らが持っていた水晶に触ったらいきなり砕けて、あいつらは俺が間違いなく勇者だとか言いだして……」

夕方にマリアンヌに呼ばれた後、そんなことがあったらしい。

その後、勝手に村長と男たちとの間で話が進められて、アレクは明日の早朝にも王都に向かうため村を出ることになったらしい。周りの人間にはこのことはいっさい公言してはならないとも言われて、反発したアレクは先ほどまで監禁されていたようだ。

外の騒ぎは、抜け出したアレクに気付いた村長たちが、彼を探しているからなのだろう。

「あいつら勝手すぎるだろ。俺の意思なんてまるで無視してやがる。勇者なんだから世界平和の旅に出るのは当たり前だって、人々を救うのは当たり前だって……。何言ってんだよ、俺にだってやりたいことがあるんだぞ、勇者なんて知るかよ。俺はアレクとして生きたいんだよ」

「……そうだな……」

ルースが同意すると、アレクはますます腕に力を込めて抱きついてきた。急激な感情の高ぶりはおさまったようだが、まだ呼吸は荒いままだ。

ルースが落ち着かせるように背中を何度か撫でると、しだいにアレクの力が弱くなっていく。けれど絶対に手は放さなかった。まるで母親から離れるのを嫌がる子どものようだ。ルースは小さく苦笑いしながら先ほどの話を考えた。

(確かに勇者なんて話、アレクにとっては寝耳に水だよな。いきなり『命かけて世界救ってこい』だもんな。『知るか』って言いたくなる気持ちもわかる……でも……)

勇者というのが、世界にとって重要な存在だというのも、前世でゲームをやったことがあるルースは知っていた。勇者しか持てない剣、勇者しか開けられない扉、勇者しか受け入れてくれない種族——そういったものはゲームでは定番だった。

もちろんこの世界はゲームではない。ルースの知っているものと差異があるのはわかっている。それでも『勇者』という名がこの世界にあるのなら、その存在は軽くはないはずだ。

こんな山間部にある辺境の村に、わざわざ王都の人間が迎えにくるほどだ。ルースが知らないだけで、世の中は勇者を必要とするほど悪いのかもしれない。

(だけど………だけど、だからって、命かけて世界を救えなんて……オレからは言えない)

所詮ルースは小さな村にある宿屋の息子。勇者だと言われたアレクの気持ちも、重さも、絶対に理解できないだろう。何を言ったって関わりのない他人の言葉にしかならないはずだ。

アレクに対して、自分の安っぽい意見など言うべきではないと思った。

「お前の事情はわかった……それで、アレクはどうしたいんだ？」

ルースがそう言うと、肩口に顔を埋めていたアレクがようやく頭を起こした。

その顔は普段の精悍（せいかん）さなどはなく、困惑に染まっていた。そのくせ腕の力はあまりゆるめないから、顔の距離は鼻がつきそうなくらい近かったが、ルースは目を逸らさなかった。今は照（て）れている場合ではない。

「俺は……」

「……」

「勇者になんかなりたくないって言ったよな。逃げたいのか？」

「アレクが逃げて、平穏に暮らしたいって言うなら、オレは全力で手を貸すよ。絶対に裏切らない」

「ルース……」

「けどアレク。これだけは知っていてほしい」

「何を、だ？」

「きっとこの世の中に、勇者と言われる人間はアレク以外誰もいない。そんな力を持っているのもアレクだけだと思う。それをちゃんと知っておいてほしい」

アレクが逃げるのをルースは止められない。宿屋の息子には、代わりに勇者になることはできないからだ。

　けれどこれだけはわかる。勇者と言われるには、それだけの理由がある。その重さを背負うためにいろいろな力が備わって生まれてきた。勝手にそんな力を備わせるなと思うかもしれないが、今のアレクがあるのはその力のおかげもあるだろう。

　だからこそ、備わった力を持ちながらも、逃げたということを自覚してほしかった。

　勇者がいなかったことで変化した世界を見て、後からアレクに後悔してほしくなかった。

「……わかってる。勇者なんてものがたくさんいるとは思ってない。けど……俺に勇者なんて……務まるのか？」

　アレクはそう言って自信なさげに視線を下げた。いつも堂々としているアレクからは想像できないレベルの動揺だ。

(でも、仕方ないよな)

　アレクも昨日まで普通の村の青年をやっていたのだ。このまま結婚して仕事をして子どもを育てて死んでいく。そんな他愛(たあい)もない日々が続くと信じていたのだと思う。

　それがいきなり勇者だ。簡単に受け入れられるわけがない。この反応だって当然だ。アレクはゲームのキャラクターではないのだ。

「アレク、勇者だからって一人で全部背負う必要はないはずだ。仲間を作って彼らと一緒に解決すればいい。それに」

「……そ、れに？」

「アレクには、オレだっているだろ。宿屋の息子じゃ勇者の手伝いはできないけど、『アレク』のためならオレはできる限りのことはしてやるよ。疲れたらいつでも戻ってきていいし、泣きごとくらいいくらでも聞いてやる。それに宿なら勇者割引でいつもタダで泊めてやるよ」

ルースはアレクを安心させるためにニッコリと笑った。ちょっとクサいことを言っている気がしたが、こういうときにこそ照れずに言ってやらないと伝わらないのは、三十一年プラス十九年——合わせて五十年の人生経験でなんとなくわかっていた。

「……ルース……っ」

感極まったようにアレクが顔を真っ赤にして震える。何かが喉に詰まったようにむせると、ルースの背から手を放して心臓を押さえ、顔を伏せてしまった。

「お、おいアレク。大丈夫か？」

「だ……大丈夫だ……ちょっと苦しいだけで……」

全く大丈夫ではなさそうなアレクの背中をさすってやろうとするが、それよりも早く、胸を押さえていないほうのアレクの手がルースの指先を摑んできた。

そっとしておいてほしいのかと思い、その手を励ますように両手で握ってやると、ギュッと握り返される。どうやらこれでいいらしい。

しばらく息苦しそうだったアレクだが、やがて深く息を吐いて落ち着くと顔を上げた。

「……悪かった。ようやく落ち着いた」

顔を上げたアレクは、いつも通りの落ち着いた表情をしていた。少しばかり不安が残っているようだが、普段の冷静さを取り戻したのだろう。

　アレクは背筋を伸ばしてルースに向き直ると、なぜか両手を掴んできた。向き合って両手を繋(つな)ぐ変な状況をルースが不思議に思っていると、目線の変わらない緑色の瞳が、まっすぐルースを見ているのに気付いた。

「ルース、俺決めた。勇者をやってみる」

「アレク……」

「でも、正直辛くなるときもあるかもしれない。そんなときは戻ってきてもいいか？」

「もちろんだ」

　ルースが頷(うなず)くと、アレクは安心したように微笑(ほほえ)んだ。だが、それもすぐに少し悩んだ表情に変わる。

　その変化に首を傾げていると、アレクが視線を逸(そ)らしながら呟いた。

「ゆ、勇者としての旅は、なるべく早く終わらせるように頑張ろうと思ってる。内容は詳しく言えないが、できれば早めに使命を終えたい……」

「そうか。でも無理するなよ」

「大丈夫だ。無理はしない。…………それに全てが終わったら、俺は絶対にこの村に戻ってくるつもりだ」

「ああ、オレはこの村で応援しているぞ」

「だから……その……」

「うん？」

なぜか再び言いにくそうにアレクが言葉を濁す。まだ不安なのかと思ったが、顔が赤いせいもありどちらかと言えば照れているように見えた。

「…………その、ルースに待っていてほしいんだ」

「待つって、オレが？　何を？」

「……その…………俺……じゃなくて、恋人をつくるのを！」

突然言い出したアレクの話に、ルースは思いっきり顔をしかめた。

「え……なんで？」

「……っ、だ、だってよ、俺は世界を旅するからそういうのできないだろ！　ルースだけ作るなんて不公平だ！　だから、お前も独りで、俺が帰ってくるまで待っていてほしいんだよっ」

ルースの質問に、アレクは焦ったように理由を話した。

つまりアレクが勇者の旅を続ける間は恋愛なんてかまっていられないから、親友のルースにも同じように恋人を作らないでほしいということらしい。

(そういえば、アレクは誰かにプロポーズする予定だったんだよな)

これからアレクは勇者としての旅に出る。いつ帰ってこられるかわからない。それを考えると、プロポーズまで考えていたその子に思いを告げることはしないのだろう。

心残りのある状態で出掛けなければならないのに、帰ってきたら親友に恋人ができていて仲睦まじい様子を見せつけられたら——確かに疎外感を覚えるだろう。

（あーわかるぞ。前世でオレが柔道の全国大会に出て頑張っていたら、友だちが全員彼女を作っていて、帰ってきたらみんなそっちに夢中で、オレの祝賀会とか興味なさげで……あいつらに悪気はなかったんだろうけど、寂しかったよなぁ……）

嫌な前世の記憶を思い出してしまい胸が痛くなった。あのときの孤独と疎外感は、知らない者には伝わらないだろう。なんとも言い難いものだ。

（あの気分を、世界を救う旅に出るアレクに感じさせるのは、確かにちょっとな……仕方ない。大事な親友のためだ。待っていてやろう）

ルースは女の子が大好きだ。しかし、アレクはそれ以上に特別な親友だ。

前世を思い出してルースが苦しんだとき、アレクだけが変わらず側にいてくれたことは今でも感謝している。忘れることはできない。

大事なアレクのためなら少しの間くらい、恋人作りは諦めてもいいのではないかと思えた。

「いいよ。待っていてやるよ。だから必ず帰ってこいよ」

ルースがそう言うと、アレクが頭を上げた。その頬がじわっと赤く染まる。

「……っ、本当か？　本当に待っていてくれるのか？」

「ああ」

「俺が勇者としての旅を終えるまでだぞ？　それまでずっとだぞ？」

「わかっているって、だから早く帰ってこいよ。ずっと待っているから」

自分で言ったくせに戸惑っている様子のアレクがおかしくてルースは少し笑った。

けれど笑うルースとは対照的に、アレクの顔は真剣だった。

両手を掴んでいる手の力が強くなり、鼻息も荒くなっていた。まるで興奮しているみたいだ。

普段はわりと冷静な表情ばかりのアレクなので、こういう顔も珍しかった。今日はアレクの珍しい姿を見てばかりだ。

「……俺、俄然やる気が出てきた。ルース、俺、勇者の使命を全うする。そして早く世界を平和にしてすぐこの村に、ルースの元へ帰ってくる」

「頼もしいな」

少し台詞がおかしいような気がしたが、なぜか妙にやる気になったアレクに安心した。帰ってきても一人ではないという約束ができたためか、不安はすっかり解消されたようだ。

嫌々勇者をするより、やる気をもっているほうがいいに決まっている。

「ルースっ、その、俺、良い男になって、金稼いで帰ってくるから、そ、そしたら……」

「……そしたら？」

「その…………一緒に、お前のところの、宿の経営を手伝っていいか？」

「え……宿？　宿ってうちの店のことか？」

「ああ、ルースの家の宿屋を俺も手伝いたいんだ。できれば、ずっと……一緒に……」

真っ赤になったアレクが、妙に目に力を込めてルースを見つめてくる。手を握る力も先ほどより増していた。

（へえ、アレクって宿屋の経営に興味があったんだな。こんな若いうちから考えているなんて

偉いな)

ルースはアレクの言葉が、将来に向けての意気込みだと思い、素直に感心していた。アレクが宿屋の経営に興味を持っているなんて知らなかったが、こんなときに言うのだから嘘ではないだろう。将来あの宿屋をルースが継ぐのは村人の大半が知っているので、ずっと声をかけようと思っていたのかもしれない。

きっと顔が赤くなっているのも、妙に興奮しているせいだろう。それか、改めて親友に頼むのが恥ずかしいからに違いない。

(まあ、勇者業が終わったら、アレクはこの村で仕事を探すのは大変だろうしな)

なにせ元勇者だ。こんな小さな村ではアレクの能力の高さに、持て余し気味になるに違いない。下手すれば厄介な仕事ばかり押し付けられるかもしれない。やりたいというのなら宿屋を一緒に経営するのも悪くないだろう。

「いいよ。一緒に宿屋経営しよう。それまで待っているからな。早く帰ってこいよ」

「……っ……っ!」

ルースが笑って了解すると、摑んでいた手をことさら強く握りしめられた。その痛みに手をひっこめそうになるが、それよりも早く妙に鼻息の荒いアレクの顔が目の前に迫ってきていた。

キラキラの金髪と緑色に輝く瞳が触れるほど近くにあって、あまりの整いっぷりに頰が赤くなる気がした。このイケメンは近づきすぎると危険だ。

「ルースっ……ルースっ……俺っ……俺っ……もう、だめだ……」

「え、なんだ……っ、んん!?」

質問するよりも早く、何かで唇を塞がれた。驚いている間に何かが口内に侵入を果たす。それがアレクの舌だとわかったのは、少し離れた際に彼の唇が濡れていたのに気付いたからだ。そのまま後ろにひっくり返される。

「あ、アレクっ……なに、を……？」

「ルース、俺………俺……もういっこ、不安、取り除きたい……」

「不安？　……え、ちょ、お前っ、どこを触ってるんだよ！」

突然アレクに股間を摑まれて思わず悲鳴じみた声をあげた。

急いで動く手を止めようとしたが、鼻息荒いアレクはそんなものでは怯んでくれなくて、そのままルースの服を脱がしにかかった。

「お、おい、アレク!?」

アレクとルースの身長にあまり差はないが、力や魔力は比べものにならないほど違いがある。ルースの抵抗など簡単に片手で押さえ込まれてしまい、気がつけば着ているものはなにもなくなっていた。アレクが自分の上着を脱ぎ始める。

(……アレクってわりと筋肉あるよな)

頭の中がついていけない状況に、ルースは場違いなことを考え始める。

前世で言うところのプロボクサー並みの筋肉を目の前にすると、自分がいかに貧相であるかわかってしまう。顔がイケメン風だし、身長も変わらないし、体格も見た目は大きくは変わら

ないので普段は気にしていないが、アレクは着やせするタイプだ。よく見たら、腹なんて六つに割れていた。

「っ……ルース…………」

再びアレクは唇を塞いできて、遠慮なく舌を入れてくる。

茫然としていた思考が現実に戻ってきたルースは、アレクの胸を慌てて押そうとするが、それより早く剝き出しになっていたそこを摑まれた。

「っ……ぁ……！」

軽く扱かれて身体が跳ねた。他人に触れられる感覚は強すぎて身体が勝手に反応してしまう。

「ごめん、ルース……」

アレクの手がどんどん触れる範囲を広げていく。親友に肌を直接触られるなんておかしいはずなのに、なぜかルースの身体はますます熱くなっていく。

（こんなの、何か間違っている。けど……だけど…………）

なぜかアレクの懇願する表情を思い出すと、胸がきゅっと苦しくなってくる。抵抗できない。

ルースはそんな自分の混乱へ蓋をするように、目を閉じた。


鳥の鳴く声に目を覚まし身体を起こすと、カーテンの隙間から朝日が射し込んでいた。

「う……尻が……」

身を起こすとあらぬところに違和感を覚え、身体の動きが止まった。大きな痛みはないものの、何かがあそこに挟まっている気がする。

自分の身体を見下ろすと何も着ていなかった。どうやら裸のまま布団をかぶっていたらしい。

「って……なんだよこれ……」

見下ろした身体に赤い鬱血痕がたくさんついていて、ちょっと引いてしまった。犯人は誰なんて考えなくてもわかる。

「アレク………って、いないのか？」

部屋を見渡したが、犯人であるアレクの姿はなかった。衣服を脱いだときに散らかした装備一式も綺麗に消えている。

(もう行ったのか？)

昨日の話によると、王都へ行くため早朝には村を出る必要がある、ということだった。カーテンの隙間から覗く日の高さを見ると、早朝という時間はとっくに過ぎているように思える。ならばすでに村を発ったのだろう。挨拶くらいしていけばいいのにと思う。

「にしてもあいつ……結局昨日は何がしたかったんだ？」

あんなことがあったのに、結局なんで襲われたのかルースはいまいちわかっていなかった。

普段は落ち着いているアレクが、鼻息荒くして襲いかかってきたのには驚いたがそれだけだ。

(『不安』とは言っていたな……)

『勇者だから旅に行け』と命令されて、アレクは大きく動揺していた。だから、いつもは気にならない悩みごとが不安に変わった可能性が高い。それを解消したかった。

あの年代の悩み事といえば――。

(もしかして童貞だったのを気にしていた？　……旅に出る前に脱童貞したかったとか？)

不思議とアレクとあまりそういう話をしたことはなかったが、狭い村なので下手に女の子に手を出すと、すぐ噂になるし、それが結婚まで繋がることはよくある。全く浮いた噂のないアレクが、ルースと同じ童貞であった可能性は非常に高かった。

(……けど、勇者として旅に出るから、このままではマズイと思った。それが『不安』だった。ありえるな。こう、大人になってから旅に出たいとか、一皮剝けて男になりたい的な……)

少々下ネタな気もするが、『気持ちも身体も大人になって旅に出たい』という気持ちは、ルースとしてもわからないでもない。それが自信に繫がるなんて話も聞いたことがある。

ルースは残念ながら前世も今世でもその経験はないが、脱童貞した友人がなぜか妙に自信を持つようになったのを見たことがある。厳しい大会も前向きな姿勢で順調に勝ち進んでいた。

それを考えると、なおさら〝童貞を捨てたかった〟というのが真実であるように思えた。

(と……理由はわかったけど、何もオレでやらなくても……ああでも、下手に女の子を相手にはできないか。いろいろ問題になりそうだし……)

しばらく村に帰らないというのに、女の子に手を出して消えたら、アレクでも非難の的になるだろう。下手したら二度と村に入れてもらえなくなる。

そこで、理解者でもあるルースを相手に選んだ――可能性は十分にあっただろう。というかそれしかルースには考えられない。

「けどアレク……オレだからいいものの、普通こんな こと友人にやられたら怒るぞ、まったく」

普通の同年代なら、親友とはいえ、いや親友だからこそ、絶縁レベルの話だろう。

しかし偶然にもルースは前世持ちの精神年齢五十歳である。普段からもアレクのやることに怒りも湧かないし、たいがいのことを受け入れられるほどの度量を持っている。親友のアレクに突っ込まれるなんて想像もしていなかったし、多少は呆れているが、怒りを感じてはいなかった。むしろアレクの今後の自信に繋がったというのなら、痛んだ尻も報われるだろう、と思えるくらいに気にしていない。

(…………あれ……でももし、アレクじゃなかったら？)

ルースからすれば、村の同世代など全員可愛いものだ。しかし、ふとアレク以外で昨日の行為を想像したとき――。

「っ……」

ゾワゾワっと悪寒が駆け抜け、吐き気が込み上げてきた。慌てて想像を打ち消し、アレクの顔に戻しておく。

(滅多なものを想像すべきではないな……)

深く反省したルースは、『なぜアレクだと平気なのか？』という重要な部分に考えが及ばない。

早く気持ちを切り替えたくて、急いで衣服を探した。

「ともかく服は……と、あれ？　手紙か？」

部屋の端にある机の上には、脱がされたルースの衣類と、走り書きが記された手紙が置いてあった。

そこには旅に出る挨拶と、時々手紙を送る旨と、最後の一行に思わぬ言葉が書かれていた。

『腕に付けたそれは、旅が終わるまで預かっていてくれ。プロポーズは延期する』

「腕……？」

ルースが右腕を見ると、銀色の腕輪がはまっていた。そのデザインには見覚えがある。

「あれ……これって、プロポーズ用の腕輪じゃ…………オレがつけちゃっていいのか？」

キラキラと輝く銀の腕輪に一瞬だけフリーズする。

だが、思考が至ってノーマルで、基本女の子が好きなルースは、『アレクは自分のことが好きだから腕に嵌めた』という結論に達することができない。ただ疑問に思うだけだ。

(ん？　それよりもちょっと待て。アレクは脱童貞して自信を持てたけど……オレはあいつが帰ってくるまで恋人作れないから……ずっと童貞のまま!?)

肝心なことには気づかないルースだったが、〝約束が原因で、アレクが帰ってくるまでルースは一皮剝けることはできない〟という余計なことにはすぐに気づいてしまった。

(やばい、やばいぞ！　アレク、なるべく急いで帰ってきてくれ。じゃないと、またしても魔法使いになってしまうかも……！)

二度目の魔法使いへのジョブチェンジに恐怖したルースだったが、結果はアレクの勇者の旅次第。ただひたすら、早く帰ってくることを祈るしかできなかった。

【番外編】勇者の帰る場所

朝陽が昇る前の静かな部屋で、金髪の青年はベッドを前に項垂れていた。整った顔立ちに苦悶の表情を浮かべる彼はまるで神に懺悔をしているようにも見えるが、状況はそんな神聖なものではない。

「やってしまった……」

彼の前にあるベッドの上には、黒髪の青年が目を瞑って横たわっている。黒髪の彼は布団をかぶっているものの、衣服はベッドの下に落ちているので、下着すらつけていないとすぐにわかる。

ちなみに金髪の青年――アレクもこのとき下着一枚の状態だった。裸の二人がベッドの側にいる――つまりはそういうことだ。

「……ルースは、泣いて、なかった、よな？」

無理やり起こし、今すぐにでも相手に気持ちを尋ねたい思いを抑える。アレクは懺悔の体勢から膝立ちになると、眠っている黒髪の青年ルースの顔をそっと覗き込んだ。

行為が終わった後にルースの身体は念入りに綺麗にしたものの、あのときは夢のような体験から覚めて青くなっていた。『元にもどさなければ』と焦り、ルースの表情を窺う気持ちの余裕がなかったのだ。

艶やかな黒髪に白い肌、長いまつ毛に形のいい唇をもった綺麗な顔立ちのルースは、その儚そうな雰囲気とは逆に、安心しきったようにぐっすりと眠っている。時折もぐもぐと口を動かしているので、食事をする夢でも見ているのかもしれない。

目を閉じた表情も晴れやかで、むしろ『やりきった』とか『すっきりした』感が強く、今にも起き上がってアレクへ普通に挨拶をしてきそうな雰囲気すら漂っていた。

この寝姿を見ただけでは、少し前に親友と思っていた男に襲われたとは考えられないだろう。

「…………はぁ……」

その様子にアレクは深い安堵のため息をついた。直接心情を聞くことはできなくても、この顔を見ると自分の奉仕が決して悪くなかったのだと思えたからだ。

(本で得た知識を総動員して、ルースを善がらせたかいがあったな……)

『嫌だ』なんて言葉を聞かなくていいように、全力で善がらせ奉仕しまくったおかげで、アレクが挿入を果たしたときにルースは勃起したままだった。痛みを感じている様子もなく、むしろ快感で意識がトんでいたのか、アレクの動きに合わせて自ら腰を動かしてくれたほどだ。

(むちゃくちゃエロかったよな、あれ……)

普段の鈍いルースからは考えられないいやらしい動きに、鼻血が出るかと思ったほどだ。声もねだるように甘くアレクを呼んでくれて、気持ちいいかと尋ねると素直に頷いてくれた。ルースの中もアレクを欲しがるように熱くうねっていて、搾り取られるかと思うほどきつく――とそこまで思い出してから、前がきつくなっているのに気付いて慌てて想像を止める。

(……と、ともかく、だから本気で嫌がってはいなかったはず、だ)

行為の最中も恥じらったり戸惑ったりするセリフはあったものの、本気で嫌がる言葉を聞かなかったのもアレクが安心できる理由の一つだ。ルースはたいていのことを許容してくれるが、本気で嫌なときは『嫌だ』と言ってくれるのは知っている。

それに、もしあのときのルースの表情が苦痛と悲しみそして恐怖に満ちていたら、こんなふうに寝顔を眺めることなんてできなかったはずだ。

暴走していたとはいえ、己の犯している罪の重さを自覚し、罪悪感と嫌われたという強い悲しみ、自分に対する怒りと殺意で、すぐにでも首を吊りたくなっていたに違いない。

「けど、いきなり手を出したんだから謝らないとな……悪かった、ルース。ごめん」

反省を口にしながら、すやすやと眠るルースの髪を撫でる。するとルースはアレクの気など知らず、幸せそうな顔をしながらすり寄ってきた。

(…………ってあー、くそっ寝てても可愛いな、ルース……)

自然と頬がゆるんでしまい、アレクはなかなか真面目に反省できなかった。

母親似と周囲から言われているルースだが、アレクはあまりそうでもないと思っていた。確かに黙って大人しくしていれば雰囲気は似ているのかもしれないが、動いて話している姿を見るとその認識が間違っているのはすぐにわかるはずだ。

ニッコリと笑った姿は晴れやかで駆け寄りたくなるほど可愛いし、アレクのあからさまな好意を謎解釈してくる鈍さも悔しいけど可愛い。肉を食べて幸せそうなときも自分の分を分けてあげたくなるほど可愛いし、裁縫が下手くそすぎて凹んでいる姿も抱きしめたくなるほど可愛い。アレクに困ったことを言われながらも『いいよ』と苦笑いで許容してくれるのも胸が苦しくなるほど可愛い。それに行為中もエロくて可愛かった——ともかくアレクにとってはルースの全てが可愛くて仕方ない。

もちろん時々『どうして、そう考えるんだよ』と彼の変な鈍さに苛立つときもあるけれど、それも含めて愛しく思えてしまう。

「……だから、我慢してたんだけどな……」

そんなルースを好きになって十年以上。自分に向けられる好意になぜか激しく鈍いルースへ懸命にアピールし続けた。『好き』と何度口にしたのかもわからない。ルースにはずっと単なる友人としての好意だと思われていたが。

そんなルースはアレクのアピールには気づかなかったが、『女性と結婚する』という妙に強い信念を持っていた。意思を変えられなかったアレクは、ルースが間違ったアピール方法で女性に対して玉砕する姿を黙って見つめていた。

無理やりなんて真似はしたくなかったし、ルースの残念なアピール方法がうまくいくなんて微塵も思っていなかったからだ。それに、振り向かない見知らぬ女性よりも、アレクのほうがルースをとても大切にしていると気づいてほしかった。

いつか鈍いルースにもアレクの本当の気持ちを知ってもらいたいと思っていたが、それは〝女性〟を諦めたときだと思っていた。だから我慢が必要だった。

（無理だったけどな）

歳をとるごとに、その我慢がだんだん苦しくなってきた。どんなに失敗してもルースは諦めないし、凹んでいるくせに復活するのが早い。それがルースの良いところでもあるが、アレクにとっては終わりがあるのか不安になる部分でもあった。

アレク自身の身体の変化も、苦しみに拍車をかけた原因だった。大人に成長していく身体は、本で余計な知識を得ると、夢や妄想に『アレクのことが大好きなルース』を登場させ、欲望を弾けさせまくった。自慰を覚えたての頃は、一日に何度妄想でルースを喘がせたかわからないほどだ。

だが終わった後に何も知らないルースの顔を見ると、とても虚しくなる。それがなおさら飢餓感を煽り立てた。

ひたすら我慢するのは難しいとようやく悟ったアレクは、自身が二十歳になるのを機会に、想いを告げることにした。二十歳の誕生日に、遠乗りをルースに提案したのもそのためだ。

告白したらルースに戸惑われることはわかっていた。またしても誤解される可能性もあった。多少卑怯な手を使ってでも理解させ、こちらに意識を向けさせるつもりだった。

しかしそれも、今回の騒動で全てうまくいかなくなってしまった。

「勇者か……」

アレクの視界に、ゆるく開いたルースの唇が映る。誘われるようにフラフラと唇を押し当てた。行為中に何度もしたので、いいよな、と心の中で言い訳は忘れない。

妄想の中で幾度となく交わしたキスだが、本物とは比べ物にはならないのを実感する。

柔らかい感触はとても甘く感じた。それは全身まで広がり、再び下半身を疼かせる。

(あー……っ！)

さっきさんざん吐き出したというのに、節操のない自身を反省し、耐えることにした。気分を紛らわせるため、ルースの服を片づけながら、自身は脱ぎ散らかしたものを纏う。

「はぁ……あー旅とか行きたくねえ……」

思わず本音が漏れる。

アレクはこの村で将来ルースと共に宿屋を経営する計画をずっと立てていた。そのために、いろいろな努力をした。本を読んで経営を学んだり、彼の両親にも気に入られるように一生懸命アピールに励んだり。村民に良い顔をしていたのもそのためだ。

――ところが突然勇者の話だ。正直勘弁してほしい。十年近い計画が、一夜にして大きな変更をせざるを得なくなってしまった。勇者の旅を快く受け入れるなんてできるわけがない。

(俺はルースと……この村が平和なら、世界はな)

正直な話、アレクはそこまで世界平和に関心はない。一般的な常識としての正義感はそれなりに持っているし、目の前で誰かが命の危機に瀕しているのなら助けようと思うが、見たこともない人々の平和を守ろう、という高尚な考えは持っていなかった。ルースがもし『行くな』と一言でも言ったら、絶対に行こうとしなかっただろう。そんなものだ。

アレクが行くことを決意したのは、ルースの『アレクのために独り身でずっと待っている』

という飛び上がりたくなるほど嬉しい言葉と、この世界がもっと悪くなったとき、彼にも被害が及ぶかもしれないという多少の不安があったからだ。

（それに、ルースに意気地のない奴とか思われたくねえし……）

そもそもアレクがいろいろなことを頑張る根本的な理由は〝ルースに好印象を持たれたい〟という単純な欲求からきている。ルースにカッコいいと思われたい、褒められたい、すごいねと言われたい、という思いから今まで行動をしていた。結果的にそれが魔術・剣術の習得や、周囲の評価につながっただけだ。

今回、最終的に旅に行くことを決めたのも、もし旅に出なかったら『アレクって、自分のこと以外はどうでもいい奴なんだな』とルースに落胆されるかもしれないという可能性が頭をよぎったからだ。そう思われるのは絶対に嫌だった。

ルースに本気で呆れられたり、落胆されたり、眉を顰められたりしたら、アレクは首を括りたくなる。

「でも、これから何ヵ月も……下手したら何年もルースに会えないんだろ？　うあああ、行きたくねえ……」

毎日顔を合わせていたルースと、これからは会えなくなると思うと気分が重くなる。

単純にルースの顔が見られなくなる不安や悲しみもあるが、言い寄る相手が現れるだろうという不快感も原因だった。

ルースは本人が希望する女性には全くモテないが、男にはやたらモテる。ただ本人が自分に向けられる好意（男に限り）に激しく鈍く、またアレクが周囲を威嚇していたおかげで、今まで彼に近寄る者はいなかった。けれど、今後は状況が変わる。

ルースにとってアレク自身の存在が大きいことは自覚している。簡単には忘れられない自信もある。自分より彼を大切にできる者なんていないと断言もできる。

だが、それでも世の中何があるかわからない。そのせいで不安で仕方ない。

「……ともかく、そう考えるとこれはつけておかねぇとな」

アレクはそう言って昼間ルースへ見せた銀の腕輪を取り出すと、彼の腕に嵌めた。

ルースの瞳の色に合わせた宝石と、黒髪を反射させる銀は想像どおり良く似合っている。頑張って作ったかいがあったというものだ。事前にわざと見せたというのに、受け取る本人は全くわかっていなかったが。

（これでルースの身に危険はないはずだ……けど、やっぱ何ヵ月もルースの顔が見られないなんて、耐えられる気がしねぇ……どうにか方法を考えないとな）

アレクは王都へ向かった暁には、そこに所蔵されているであろう書物などを見せてもらおうと考える。なんとしてでも、旅をしている間にルースの顔を見る方法を探すためだ。努力を惜しむつもりはなかった。

「……ア、レク……」

不意に名前を呼ばれて顔を見ると、ルースが目を瞑ったまま口を動かしていた。どうやら起きたというわけではないらしい。

「ん…………待って、る……よ、だから……く……って、ね」

ルースから漏れた、『待ってる』の言葉にきゅっと胸が苦しくなる。

アレクには親がいない。帰る場所もあるとはいえない。けれど不安にならないでいられた。

ルースさえいれば、そこに帰っていいのだと思えて安心できるからだ。

『――オレのところおいでよ』

幼い頃、闇が迫る教会の側で、親も知り合いもおらず、なぜ自分がそこに立っているのか理由もわからず、泣きそうになっていたアレクを見つけて、手を差し伸べてくれたルース。今でもあの光景を覚えている。彼を見たとき、運命のようなものを感じた。

(……まあ、その運命って感覚が、こんな気持ちに変化するとは、あの時は思ってもいなかったがな)

自嘲気味に笑いながら、名前を呼んでくれるルースの唇を愛しげに撫で、願う。

「……急いで、帰ってくる。だからそれまで、俺のことを意識していてくれよ」

今回のことを鈍いルースがどう思ったのかわからない。けれど、ここまでしたのだから多少は意識をしていてほしいと思う。

アレクに対して警戒心を持ったり、避けたりする可能性がないとは言えないが、嫌われてはいないはずだ。いい加減に今までのような友人というカテゴリから外してほしいと思う。ぬるま湯のような関係は居心地がいいが、限界だ。

意識さえしてもらえれば、あとは、攻めて、攻めて、優しくして、ドロドロに熱で溶かして、落とすまでだ。

「うん……ぁ」

アレクが指を唇に置いたままにしていると、再び寝言を呟こうとしたルースの口が開き、スルリと親指が口内へ入ってしまう。

熱い唇に挟まれ、唾液（だえき）が指先に触れた。口の中に入ってきた異物を確認しようとルースの舌が動き、指の腹に触れてくる。ゾクリと中心に熱がたまるのを感じた。

「……やべぇ……またチ○コ痛くなってきた……」

王国の姫にダンスを申し込むような真面目な表情をして、『チ○コ』と口にする男アレクは理性を振り絞ってルースの唇から手をどけた。

（………誰か来たな）

静かな部屋でルースの顔を名残惜しげに見つめていると、部屋の外に人の気配を感じた。

その人物は隠れる気などないようで、地面を踏みしめるように音を立て近づいてくる。

アレクにはそれが誰だかわかった。

同時にもう時間がなく、ルースに直接謝れないことを悟った。

だがそのほうがいいのだろう、顔を見て会話をしてしまったら、旅立つ決意が鈍ってしまう。

「ルース、今度会ったときにちゃんと謝るから、それまで待っててくれ」

アレクは、ルースへもう一度口づけると、机へ書置きをしてから窓の戸を開けて外へ出た。

朝日が昇り始めた世界を薄眼で見つめながら、目的の人物がいる裏通りへ向かう。

「アレク、ルースへ挨拶をすませることはできましたか？」

「……はい。神父様」

予想通り、ルースの部屋の外にいたのは、アレクの親代わりをしてくれていた神父様だった。

彼は眼鏡(めがね)の奥の瞳を安堵したようにやわらげると、そのまま表通りへ歩き出す。

「それでは、行きましょうか。王都行きの馬車が待っていますから」

「はい……」

神父様の口ぶりからして、きっと彼はアレクの行き先などとっくに知っていたのに違いない。

それなのに誰もこの場所へ来なかったということは、彼のおかげで旅立つまでの猶予(ゆうよ)をもらうことができたのだろう。そんな彼の前で『行きたくない』とはさすがに言えなかった。

「きっと長く辛い旅になると思います。けれど、アリストテレシア様に選ばれた貴方ならやりとげることができるはずです」

「はい」

「ルースもきっと貴方の帰りを待っていてくれるはずです。時折手紙を書いてあげるといいでしょう。絵なども付けてあげるといいですよ。貴方のことを決して忘れないでしょうし」

「そうですね。そうします」

アレクは元より手紙は書こうと思っていた。絵をつけるという発想はなかったが、村から出たことのないルースには喜んでもらえるかもしれないと思うと、少しだけ別れの辛い気持ちがやわらいだ。

広場に出る前に、神父様は振り向いた。その顔は慈愛に満ちていたが、悲しく思っているようにも感じられた。

「貴方には私が持つ知識と技術を全て与えてきました。きっとそれはこの先の旅で役立つでしょう。……貴方は強いけれど、周りの人を頼ることを忘れてはいけません。大変だろうけれど頑張りなさい」

「はい」

「……ですが、決して無理はしないように。命を大事にしなさい。貴方は世界に一人なのですから」

最後のセリフを告げる神父様の言葉には、妙な重みがあった。

「ありがとうございます。神父様」

アレクは頭を下げると、神父様を置いて広場で苛立った表情を浮かべている村長の元へ向かった。

その後村長に小言を言われつつも、入り口に停(と)めてあった馬車に乗り、村を発った。

荷台の上から遠くなる村を見つめながら、アレクはルースの存在を想う。

(ルース、早く帰ってくるから。待っててくれよ)

瞼(まぶた)の裏に、満面の笑みを浮かべて『おかえりアレク』と告げてくれる黒髪の青年の姿を思い浮かべながら、アレクは静かに目を閉じた。

第二章　王都の騎士団長様は婚約者の令嬢がいる……はず

【1】王都からやってきたのは騎士団長様!?

嬉しいことにルースが住む村にも四季が存在していた。アリストテレシア(春)・ゼノビア(夏)・ファンス(秋)・シッティアディス(冬)。呼び名は違えど、前世を彷彿とさせる一年の変化は、ルースにとって懐かしくも幸せなことだった。

現在は実りのファンス。やがて来る寒いシッティアディスのために、木の実を取り、魚を釣り、獣を狩り、蓄える時季でもあった。

ルースも毎年この時季になると、アレクと共に頻繁に狩りに出かけた。二人の使命は教会と育児院の住人たちと、ブラウ家の蓄えを収穫することだ。予定より多く獲れたら村の肉屋に安く売り、村の人々に行き渡るようにもしてもらっていた。

だがしかし、今年はアレクがいないため、狩りに出るのも久しぶりだった。

「ルースぅー！　そっちへ行ったぁあああ！」

低く野太い声が、赤く染まった森へ響く。その声量に驚いた鳥たちが、いっせいに木々から飛び立っていく。同時に地上でも森の切れ目からボローア（イノシシに似た獣・成体は前世の四倍近い大きさ）が子ども二匹を連れて飛び出してきた。三匹は、草原に大きな地響きを立てながら、まっすぐルースが隠れている方向へ走ってくる。

（三匹!?）

弓を構えていたルースは、慌てて背後から追加で二本の矢を引き抜くと、術をかけ直す。

普通の矢ではボローアの分厚い皮を貫くことができないので、矢尻の先端部分を強化する専用の補助魔術だ。ルースは攻撃魔術が苦手だが、こういった細かい作業は得意だった。

「っ――はぁ！」

補助魔術のかかった三本の矢が、ルースの弓から同時に放たれる。高い音を立て、空気を切るように飛ぶ三本の矢は、やがて別の軌道を描き、それぞれの獲物へ向かっていった。

（だめだ、弱いな）

術をかけている時間が短かったのと、三本に魔力を分散してしまったせいで、矢の威力が思っていたより弱いのが見た目でもわかった。

ルースは仕方なく隠れていた茂みから飛び出して矢を追うように走った。その動きにボローアは気付いたが、ルースが弱そうに見えたのだろう、足を止めることなく走り続けてくる。

そんなボローアへ矢が到達したとたん、状況は変化した。

「ビギィ！」

「ギギィ！」

「ブモオオ！」

一本目の矢が左の子どもの胴体に、二本目が右の子どもの腿に、三本目が成体（牙があるのでたぶん父親）の目に当たった。

ルースの放った矢の威力は彼らが思ったよりも高かったらしく、三匹のボローアの悲鳴は驚きに満ちていた。普通の矢なら彼らの身体に刺さることもないので、甘く見ていたのだろう。

一本目を受けたボローアの子どもは動きが鈍ったものの、まだ生きているようだ。二本目を受けた子どもはその場から後方へと転がった。脚をやられたので、もう動けないだろう。三本目を受けたボローアの成体は目から血を流していた。よろめくかと思ったが、わずかに速度を落としただけで、ルースを睨みつけている。

（やっぱり脳まで到達しなかったか）

成体の皮膚は厚い。予定では目に打ち込んだ矢を脳まで到達させ、その場で転倒を狙っていたのだが、威力が足らなかったらしい。このままでは逃げられてしまうだろう。

ルースは背後へ手を伸ばすと、腰に下げてあった大振りのナイフを取る。全長は五十センチ未満、刃は四十センチ未満と、剣に比べればかなり短いが、ナイフとしては大きめだ。毎日磨いているので切れ味は悪くない。斧や長剣を扱うのが苦手な、ルース最大の武器だ。

ナイフを逆手で持ちながら挑発するように前に向けると、ルースから戦いの意思を感じとったのか、ボローアも首を回して威嚇を始めた。唸り声を上げ、走るスピードも速くなる。ルースが近くなると、己の身体の半分近い長さの牙を斜め横に振り上げ、薙ぐようにして下ろした。

牙を振り下ろした地面に、土が抉られるほどの衝撃が放たれる。その場にクレーターができて土や石が飛び散った。ボローアのあんな攻撃を直接受けたら、骨ごと砕かれてしまうだろう。

しかし、ルースはその場にいなかった。

(この攻撃を待っていたんだよね)

牙の振り下ろしを予測していたルースは、ギリギリで速度をゆるめていた。ボローアの攻撃を避けてその場から飛び上がり、獣の頭部を足場にして宙へ舞う。身体を反転させ、ナイフを持ったまま矢を取りだす。

ボローアがルース目掛けて走ってくるまでの間に、矢尻の先端部分を強化する術をすでにかけてある。ナイフはもちろん陽動だ。ルースの力でイノシシの四倍もある化け物クラスの獣と正面から戦えるはずがない。

(アレクなら、可能なんだけどな)

術など使わずともボローアを真っ二つに切り捨てる、レベルの違う幼馴染のことはひとまず頭の片隅に流した。

ボローアは空中に舞ったルースを見失い、戸惑っていた。その背後で弓を構え矢をつがえた。

「は、ぁあ！」

引き絞った矢を放つと、周囲に風が集まり、矢に回転がかかる。術の影響で硬化した矢尻の先端が、重い一撃をボローアの頭部へ喰らわせた。

「ギュオオオオン！」

たっぷり魔力をこめた術の効果で、頭を半分吹っ飛ばされたボローアが断末魔の声を上げる。

もう生き物としての思考はないに等しい。しかし、この世界の獣の胆力を舐めてはいけない。

彼らは脳を半分飛ばされてもまだ身体を動かしてくるのだ。

少し離れた地面に足を着けたルースは、弓をすばやくしまうと、今度こそナイフを両手で持って、ボローアへ走り寄る。すばやくナイフの先端へ術をかけると飛び上がり、頭部と身体の間にある急所へ刃先を入れ、振り下ろした。

「――――！」

厚い皮の隙間である急所を狙った一撃で、辺りに血しぶきが飛ぶ。ボローアの頭部が一部の皮と背骨を残して切り離された。ボローアは声にならない叫びを上げながら、脚をよろめかせ、ついには大きな音を立て地面へと倒れた。

（……やったか？）

ルースは警戒しながら側に寄り生死を確認する。

ボローアの成体の瞳は生気を失い、すでに息絶えていた。

「ふう……だいぶ上手くいったな。でも、やっぱアレクがいないと難しいな」

「――ピギィイイ！」

安堵のため息をついた瞬間、まだ生きていた子どもが悲鳴のような声を上げて、森へ走る。

ルースの矢を受けたその身では、長く持たないのは明らかだった。子どもなので逃がしてやりたい気もするが、どうせ死ぬのなら美味しく食べさせてもらうことにしよう、と弓を引く。

ゆっくり狙いを絞ったルースだったが、子ボローアが逃げこもうとしている森に、知ってい
る気配があることに気付いた。

「父さぁん！　そっちに一匹逃げた！」

「うぉお！　まかせろっ！」

返事と共に森の中から厳つい熊のような男が現れる。その男は身の丈ほどの大きなハンマー
を持ちあげると、自分のほうへ向かってきていた子ボローアに向かって振り上げた。

「どっっせえええええい！」

男のかけ声と共にハンマーが直撃した子ボローアは、まるで野球のボールのように吹っ飛ば
された。ルースの左奥にある岩へ激突すると、そのまま動かなくなる。

もう生きてはいないだろうが、念のため確認に行くと、やはり石に張りついて死んでいた。

「…………父さん、潰しちゃったら後が大変だよ」

「おお、すまん！」

熊のような男――もとい、ルースの父ロッサは申し訳なさそうに頭を掻きながら側へ走って
くる。その手には、死体となったオオカル（狼に似た獣・大きさは大型犬の犬くらい）が二
匹も摑まれていた。

「もしかして、それ捕まえていて、出てくるのが遅くなったの？」

「そうなんだよ、悪かったなぁ。ボローアを追い立てていたら出てきたもんで……一匹狩って
たら二匹になっちまって」

どうやら宿屋の店内で販売している、ロッサ特製・冒険者用自家製燻製肉の在庫がなくなっていたことに気付いたらしく、ついそちらまで手を出してしまったらしい。

「悪い……俺が出ていかなかったから、ボローアの成体は逃げちまったなぁ、でもお前が無事でよかったよ。じゃ次を見つけて……」

「いや、そこにいるよ？」

「え!?」

成体を逃がしたと勘違いしているロッサに、ルースは倒れているボローアを指し示す。

ロッサは横たわる巨体を目にしたあと、戸惑った顔をしながら目を擦ってもう一度見る。その後、しばらく沈黙したが、最終的にはぎこちない動きで横にいるルースに視線を戻した。

「……も、もしかして、あの巨大ボローア。お前が倒したのか？　ルース」

「そうに決まっているじゃないか。他に誰が倒すの？　それより、早く血抜きしよう」

「あ、ああ、そうだな……」

ロッサと共に獲物を持ったルースは、近くの川へ行くと、血を抜き内臓を取り出した。

今日の収穫は、ロッサが狩ったオオカルも加えると全部で五体にもなる。これ以上狩っても持って帰れないため引きあげることにした。

血で濡れた顔や手を洗うルースの隣で、辺りを警戒していたロッサが小さな声で呟く。

「すまんルース。俺はお前を勘違いしていたようだ」

「何が？」

「その……お前は、いつも狩りになるとアレクと一緒に出かけていただろ？」

ルースは最初の頃こそ、父と兄の三人で狩りに出かけていたが、しばらくするとアレクに誘われて、そのまま二人で狩りをするようになった。確かに何年も他の人間と狩りに出かけたことはない。

（本当はもう少し人数がいると良かったのかもしれないけど……アレクが嫌がるからな……）


『アレク、一人か二人増やして狩りに行ったほうがよくないか？』

『……ルースお前、もしかして他の連中と狩りに行きたいと思ってるのか？』

『え、違うよ。そんなことは思ってないよ？』

『なら、なんでそんなこと言うんだよ。俺と二人だと不満なのか？　俺は十分楽しいと思ってるけど。ルースはそうじゃねえのかよ？』

『え、だから違うって！　もちろん、オレもアレクとの狩りはとても楽しいよ』

『じゃ、二人で問題ないよな？』

『あ……うん』


そうやって何度話が有耶無耶（うやむや）になったのかわからない。次第にルースも諦めた。理由を聞いてもアレクは『役に立たない』としか言わなかったが、あれはたぶん人間関係が面倒くさくなるからだろう。

村のヒーローであったアレクが、一部の同性からは疎ましく思われているのもルースは知っている。だから彼の気持ちもわかる気はした。男の嫉妬が意外と面倒くさいのは、前世の会社員時代、営業成績が良かったときにいろいろあってよく知っていた。

「まあ、そうだね。でも、二人だからって量が少なかったりはしなかったはずだけど……」

「もちろん、収穫に関してはお前たちに感謝していたよ。肉屋も喜んでたし、村も何年も冬に餓死者なんて出なかったからな。……だけどその、そうじゃなくてな。お前がアレクとばっかり狩りに出かけてたし。それに、俺と狩りに出かけたとき、お前がボローアを見つけて腰を抜かしていたのを見ていたから……てっきり……その……」

口ごもるロッサの申し訳なさそうな表情に、ルースは言いたいことを察した。あと、昔の話は忘れてほしいと思う。前世の記憶があるせいで、イノシシそっくりのボローアが巨大すぎて気持ちが悪かっただけなのだ。

「もしかして……父さんは、オレがアレクのお荷物になっているとか思っていた？」

「そこまでは思ってないぞ。お前が見た目に反して力持ちなのは知っているしな。ただ……狩りをしているのはアレクで、お前は荷物持ちかな、とかは、思っていた………」

ロッサは体格に似合わない小さな声で呟いたが、ルースの耳にはしっかりと聞こえていた。つまり、力仕事はできるが、狩りなんてルースはやっていないと思っていたらしい。父親にそんなふうに思われていたなんて少しがっかりして、ついジト目を向けてしまった。

「……父さん酷いよ。オレもちゃんと狩りしてたよ」

「わーすまんすまんすまん！　それは今日のボローアを見てしっかりと理解した！　お前はクラークより狩りがうまいぞ！　父さん自慢の息子だ！　本当だぞ！」

必死に謝り、なんとかルースのご機嫌をとろうと慌てるロッサに、『理解してくれたならいいよ』と言いながら首を振る。だが、内心はため息をついていた。

（やっぱりそう思われていたか……）

二人で獲物を持ち帰ると、村の皆がいつも微妙な顔をしていたのは、そういうことだったらしい。ルースを見る目が冷たいような気がしていたのも、勘違いではなかったようだ。つまり、アレク一人の功績を、ルースが我が物顔をして奪っていると思われていたのだろう。

（まあ、村のヒーローのアレクと、子どもにすら女好きとか言われちゃっているオレだしな。そりゃそう考えるよな。いつも二人だから、オレたちの狩りの様子なんて知らないわけだし）

実際の狩りでは、役割を交代しながら獲物を追いかけていた。狩る相手にもよるが、ルースが陽動をやってアレクがトドメを刺すこともあれば、その逆をすることもあるので、基本的には対等だったはずだ。

それにアレクは力や魔術の大きさでは圧倒的だが、ルースは耳がいい。気配にも敏感で、敵に気付かれにくい性質を持っているため、小動物を狩るのはルースのほうがうまかった。

「あーそうだ！　る、ルース、今年の魔物狩りの話を教えてやろうか？」

「今年の？」

ルースが黙ってしまったため、ビクビクしていたロッサがわざとらしく話題を変えてくる。

ロッサは熊のような大柄な男なのに、妻であるセリーヌにも弱いが、彼女にそっくりなルースにも、まるで思春期の娘を相手にする父親のように弱い。ビクビクしている姿を見ると、ちょっと可哀相に思ってしまうほどだ。だから素直に話題に乗ってあげることにした。

「ああ、今年はアレクが王都に〝勉強しに〟行っちまって抜けるから、ヤベエなって神父様と話していたんだが……当てができたようなんだ」

アレクの旅立ちに関して、『その能力を王都にいる偉い貴族が高く評価し、勉強のために呼び出した』と村の中では伝わっている。

アレクが勇者であるという話がなぜ伏せられたのかはわからないが、もしかしたら勇者が必要な世の中なんて知るべきではないと思った村長なりの配慮なのかもしれない。といっても、監禁してまでアレクを王都に送ろうとしたタヌキ親父──もとい、村長が本気で村民に配慮したのかはわからない。

ともかくそんな理由で村の皆はアレクの不在を納得し、快く応援していた。

しかしながら、そうやって理解はしたものの、アレクが村からいなくなって一ヵ月、問題がボロボロとではじめている。さきほどロッサが言っていた『魔物狩り』も問題の一つだ。ちなみに、日付の数え方は前世とほぼ同じで、一ヵ月は約三十日だ。

(アレク……大活躍だったからな……)

毎年シツティアディスの少し前の時季になると、山を越えた向こう側から魔物が数を揃えて村にやってくる。魔物の目的はわかっていないが、寒くなる前の時季ということで、食料(人間を含む）を求めてきているのではないかという見方が有力だ。魔物の数はおよそ二十。多いときは四十四近くの魔物がくる。それを毎年、様々な方法で追い払うのが村の男たちの役目だ。ランクにもよるが魔物は村人にとっては脅威で、昔は死人が出ていた。だが近年はアレクの活躍のおかげで死人どころか、大怪我を負う者さえ出ていなかった。

とはいえ、今年はそのアレクがいない。魔物狩りが大荒れになるのは誰にでも予想がついた。

「当てがって、どんな？」

「これは秘密なんだが……魔物狩りのことを気にしたアレクがな、その貴族様へ進言してくれたんだってよ。魔物の被害を受ける可能性があるから村に人を派遣してくれって」

「へえ、アレクがそんなことを……」

どうやら残していった村のことを考えて、いろいろ手配をしてくれたようだ。アレクらしい気の利いた配慮だ。

ロッサたちが若い頃も、村長が王都へ兵の貸し出しの嘆願書を送っていたらしいが、派遣されてくることはなかったという。きっと小さな村が大袈裟に報告していると思ったのだろう。

余談だが、魔物と動物の違いは魔術を使えるかどうかで、彼らと亜人との違いは意思の疎通が可能かどうかで決まっているらしい。詳しくはルースもわからない。

「だから明日くらいに宿へ団体がくるぞ」

「明日？　だから今日狩りにきたんだね」

「おうよ。いや～今年は宿も大忙しだぞ、なんせ王都から派遣された奴らは終わるまで泊まっていくからな。ルース、休みはなしだと思っとけ」

「おうよ」

親指を立てて良い顔をするロッサに、ルースも同じ動作をして心得たことを返事する。

熊のような顔のせいか商売なんて興味なさそうに見えて、ロッサは意外と宿の経営には気合いを入れている。特に宿帳を埋めるのが大好きらしい。

(そういえばアレクの手紙にも魔物のことが書いてあったような……もう一度読み返そうかな)

あとで手紙の入った引き出しを開けなくてはな、とルースは思った。


天高く昇っていた日がわずかに傾き始めた頃。二人は魔術で凍らせた獲物を乗せた、ソリのようなものを引いていた。

ルースは魔力が少なく魔術が苦手だが、触れたものを凍らせる生活魔術は、アレクとの特訓のおかげでなんとか普通に使える。

生活魔術は一般的にいう魔術と基本が違っている。魔力を使うのには違いはないが、一般的な魔術は精霊の力を借りて魔力を具現化するのに対し、生活魔術は生き物の誰もが持つマナを使って魔力を具現化している。そのため生活魔術は一般的な魔術に対して威力がかなり劣るが、精霊との相性が関係ないため、属性関係なく多くの人が使えるという特徴があった。だから魔術が得意ではないルースも、獲物を凍らせることができるのだ。

前世のような科学技術があまりない世界だが、そうやって魔術に工夫がある。とくに生活魔術は人が生きるために必要なので、使えない人間というのは滅多にいないほどだった。

ロッサと共にしばらく歩いていると、村で一番高い教会のシンボルが見えた。このまま順調に山を下りれば、昼間のうちに家で獲物を解体し、育児院にも持っていくことができるだろう。

「今日は母さんがボローアのステーキにしてくれるかな。楽しみだなあ」

「ああ。新鮮な肉のステーキは絶品だからな。ルース、食べすぎるなよ」

「父さんこそお代わりは五杯までに……」

「ん？　ルースどうした？」

話ながらも警戒して歩いていたルースの耳に、わずかに人の駆ける音が聞こえた。それを追うように、人間とは違う生物の足音が続いている。

「父さん、右手の山で、何か変な音が聞こえる……」

「え？　本当か？」

ロッサも動きを止めて耳を澄ませた。そのお陰でルースには先ほどよりはっきりと聞こえる。巨体を地面に沈ませながら歩く足音は人間ではない。その前方を走る生き物は、二足歩行だが足音がふらついている。

「これ、大きいのは獣か魔物だ。その前はたぶん人間……でも走り方がおかしい」

「誰かが魔物に追いかけられているってか？　……行ってみるぞ」

ロッサが少し足を速める。急いで駆け出さないのは、ルースの耳に聞こえてきた音が、冒険者が意図して行っている場合もあるからだ。相手が冒険者だった場合、囮役を立ててわざと追わせることがある。そんなときに割って入ってしまうと、逆に怒られるので慎重だった。

二人はしばらく荷を持ったまま、黙って音が聞こえるほうへ向かった。斜面がゆるくなった場所へ来ると、ようやくその姿が見えた。

「父さん、バルだ。バルが人を追いかけている！」

「バル!? バルは『魔物の咆哮』持ちだ、囮なんか使わねえ、急ぐぞ！」

三メートル以上ある巨体を二本足で支え進むそれは〝バル〟だった。二人は荷物をその場に置くと、先ほどより速度を上げて走り出す。

バルは棘付きの太い尻尾に、地面に届くほどの長い腕、頭は大きくないが三つ目で顔の半分以上を占める口を持つ黒い魔物だ。毛のようなものはなく、表面はつるんとしていて、見た目の雰囲気はよくあるゴーレムの黒ゼリー版と言ったほうが伝わるかもしれない。

バルは魔力で強化された腕力と防御力は突き抜けているが、動きが鈍いため討伐は簡単そうに思える。けれど『魔物の咆哮』という聞いた者を恐慌状態に陥れる技が凶悪だった。聞いた者の動きを止めるだけではなく、相手によっては失神させるほどの威力を持っているからだ。

バルは山奥に住んでいることが多く、人里には滅多に下りてこない。だが、動物だけではなく人までも喰らう危険ランクB生物でもある。比較的平和なハシ村では最大の恐怖対象だ。

急いで走っていると、ルースの視界にようやくバルの前方を走る者が見えてきた。

「あれは王都の騎士じゃねえか、なんでこんなところに？」

「脚を引いている。怪我しているみたいだ、助けよう。父さん挑発を」

「任せろ――『おいっ、バルぅ！　俺はここにいるぞぉオオ！』」

ロッサが『森の咆哮』と呼ばれる挑発行為をする。魔物の咆哮と似ているが、相手を恐慌状態に陥らせたりはできない、あくまでもこちらに意識を向ける単なる挑発行為だ。けれど、ロッサほどの大きさの声でやると、たいていの相手は驚いてくれるので、普通なら有効だ。

(でも、振り向いただけか……)

バルは一度振り向いただけで、すぐに前方を走る騎士に向き直ってしまう。だが、前方を走っていた騎士に味方が来たことが伝わったようだ。ただ走るだけだった動きに変化がでている。狭い木々の間をワザと通り、バルの動きを鈍らせながら、ルースたちに近づこうと動きだした。おかげでルースに彼らの動きがわかるようになった。

「父さん、引きつけるのは無理みたいだから追い払おう」

「追い払うったって二人でできるか……」

ルースはロッサにとある方法を告げると、少し離れて走り出した。背中から矢を抜いて練っていた術を付加させる。ボローアの頭を粉砕した術だ。

ちょうどそのとき、前を走っていた騎士がその場に倒れ、バルが彼を目がけて手を振り上げたのが目に入る。ルースはすぐに弓を取り、矢をつがえて引いた。

「はぁ！」

放った矢が木々の間をすり抜け、風を切ってバルへ向かう。振り上げられた手が騎士に当たる前にバルにぶつかった。

バズンと鈍い音を立てて、矢が手に直撃する。バルの手は矢の爆発に弾かれて、男には当たらず宙に跳ねた。

(つ、ダメージがほとんどない……)

ルースが放った矢は、ボローアの頭を粉砕することはできても、バルの手を砕くことはできなかった。バルの手は赤く爛れているが、致命傷を与えるほどのダメージにはならないらしい。

「ウウゥウ……」

けれど、攻撃のかいがあってか、低い唸り声を上げてバルがルースのほうを向く。ようやくこちらの存在を気に留めたらしい。手の攻撃を避けられた騎士は、その隙に倒れたまま距離を取る。ルースたちの意図が理解できているようだ。

(これ以上は石矢に強い負荷をかけられない……仕方ないか……)

ルースはなおもバルに走り寄りながら、背中から矢を抜いて術をかけずに放った。

「ゥウウウウウ」

次々と放たれる矢は頭や身体に当たり、バルがうざったそうに手を振ってそれを弾き落とす。人間でたとえるなら、砂をかけられている気分だろう。バルのターゲットは完全にルースに向いていて、騎士の存在を忘れているようだ。バルを挟んでルースの正面にいる騎士は、離れた木の陰に座り、脚に何かを巻いている。応急処置をしているのだろう。

「そこの騎士、このまましばらく東に行くと村がある。そこまで先に一人で行くのは可能か!?」

ルースはバルのほうを向いたまま、騎士に向かって叫んだ。バルは人語を理解できないので、自分に向かって叫んでいると思っているだろう。

男はルースの言葉が自分に向けられたと理解できたようだが、大きく首を振った。そして抱えていたらしい何かをルースに見せる。

（人の子……？　あれは村の子どもの恰好だ）

理由はわからないがあの騎士が、意識のない子どもを抱えているというのなら、バルは完全にターゲットを外すことはしないはず。バルにとって、人間の子どもは美味しいらしい。山を歩く人間なら誰でも知っている。

「ルース、できたぞ！」

「了解っ」

静かに移動をしていたロッサが、準備を終えたらしい。さすが山の男、身体が大きくても気配を消すのは一流だ。

矢がなくなったルースは背後からナイフを抜きとると、先ほどよりも強い術をかけた。兄クラークから誕生日にもらった王都製の鋳鉄ナイフは、石矢よりもずっと負荷がかけられる。これなら最悪バルの一撃を受け止められるだろう。

矢の邪魔がなくなったことで、バルは攻撃を仕掛けてきた。ルースは腕や尾の攻撃を避けながら、場所を移動する。

（バルはオレや父さんじゃ倒せない……ならば、帰ってもらうしかない）

幸いなことにバルはそれなりに賢い。ある程度強い抵抗を続けると諦めてくれることがある。苦労に対して得るものが少ないと判断できるのだろう。

こちらには子どもがいるという悪い条件の中だが、今回もそれを誘うつもりだ。

ルースはバルの腕の振り攻撃を避けながら、ロッサが地面に置いた縄を拾い上げる。バルの身体の周囲を回り、魔術の仕掛けをほどこしてから、持っていた縄の先をロッサへ放った。ロッサに渡した方と反対の縄の先は、最初から大木の幹にくくりつけてある。

「今だ、父さん！」

「ぬおおおおお！」

ルースが足元にあった縄を地面から蹴り上げる。縄がバルの上半身を滑り、首へ向かう。タイミングを見計らったロッサがその縄を引っ張った。縄がバルの弱点である首元へくると一気に絞まる。

「ウゥウウウ………ッ！」

大木とロッサの力によって首を絞められたバルはもがき暴れ、周りの土を抉って飛び散らせた。

首を絞めている縄は、バルの不器用な指先では掴むことはできない。だが、術で強化しているとはいえ、このままだと縄のほうが保たないはずだ。

ルースは縄を切ろうともがくバルへ向き直ると、ナイフにかけてあった術を最大限まで強化し、空いている腹へと駆けだした。

「はぁああアッ！」

ナイフの先端に魔術を集中させて、まっすぐに走る。――全身全霊をかけて突き刺した。

(刺さった……っ!)

弓矢の威力をものともしないバルの装甲を破り、ナイフの先端がその腹へと突き刺さる。バルの腹から血が溢れ出した。

ルースはそのまま斬り上げようとしたが、柄の近くまで刺さったナイフはその場で動きを止めてしまった。血を流すバルが痛みに暴れ始めるが、抜くこともできない。

(っ……オレの力じゃ、これ以上できないか……っ)

もっとダメージを与えたいところだが、ルースの力では突き刺すだけで限界だった。

そうこうしている間に、苦しさから我を忘れて暴れていたバルの視線がルースを捉える。

魔物独特の濁った瞳を向けられ、ルースの背に嫌な汗が流れる。

「――お二人とも、バルから離れてくれ!」

背後から響いた言葉に、ルースはとっさにナイフから手を放し、ロッサも距離を取った。見計らったかのように、バルの上空に雷雲が立ちこめる。

「我の言葉を雷として受けよ――ライトニングボルト!」

天を切り裂くような音を立てて、バルに大きな光の柱が落ちる。一瞬にして辺りが明るくなり、音が弾け、陰が消え去った。

「――ゥゴ、ォオ、オオ、オオ!」

バルが全身を震わせ悲鳴を上げる。腹に刺さったナイフが、避雷針の役割を果たしているのか、内部にまで魔術が到達しているらしい。

周囲に分散される光はスパークしていて、触れていなくともその激しさを物語っていた。

(こ……これ上級術とかじゃないかな？　……すごい)

魔術はアレクのおかげで何度も見たことはあるが、彼もあまり大きなのは危ないと言って滅多に使わなかったので、これほど高威力なのはルースも久しぶりに見た。

「ウ……ウ……」

やがて光がおさまると、全身から煙を上げたバルが、茫然と立ち尽くしていた。もちろん縄は燃えてしまっているので、バルを止めるものはなかったが、それでも動く気配を見せない。

「や、やったのか？　と、ぅお！」

ロッサがハンマーを構えながら近寄ろうとするが、バルの尻尾が近づけさせまいと反射的に動いた。どうやら茫然としてはいたが、死んでいたわけではないらしい。

ルースは再び警戒したが、バルは鈍い動きながら反転すると、背を向けて山へ歩き出した。

「……深追いは、やめておいたほうがいいな」

「まだ、父さんを睨んでいたしね」

バルを絞めあげて疲弊したロッサと、ナイフを失ったルースでは、あれほどダメージを与えたとはいえ、追いかけてもトドメを刺すのは難しいだろう。それほどバルは強い。

手負いの獣は厄介だということもあり、ドスドスと音を立てて去って行くバルの背を、ルースたちは大人しく見送る。やがて山の奥へその姿は消えた。

「にしてもお前、バルを前にして怯まなかったな」

「前に一度アレクと一緒に対峙したことがあったからね。って、それよりも騎士さん！」

「た、対峙!?　いや、騎士、そうだった！」

さらっと言ったルースの言葉にロッサは驚いたようだが、現状を思い出して追われていた騎士の元へ向かった。

木の陰に隠れていた男は、腕に抱えていた子どもをロッサに預けると、自力で立ち上がる。

男はロッサよりは低いが、ルースより背が高く、体つきも騎士の甲冑が似合うほどにたくましかった。

色素の薄めな茶色い短髪と、実直そうな黒い瞳、太い眉に彫りの深い顔立ち――そして全体から漂うのは生真面目そうな騎士のオーラだ。白い甲冑を着ていることもあってか、村では見かけないような洗練されたイケメンだ。

「術の援護を感謝するぜ。おかげさまで怪我もなく助かったよ。あんたすごいな、あんな術を」

「いいえ、お二人に時間を作ってもらったからこそ放つことができました。こちらこそ危ないところを助けてもら…………」

ロッサと穏やかに話していた男は、ルースと目が合うとなぜか固まった。少しばかり頬を染め、真面目な表情をわずかにゆるめる。

「女神……ゼノビア……」

「は？」

戸惑うようにルースが呟くと、男がますます黒い瞳を輝かせる。

「ルース、顔に血がついてるぞ」

「え、本当？」

どうやらバルへナイフを突き刺したときに血が顔に飛んでいたらしい。騎士の表情もその血を見てのことだろうと思った。しかし――。

「お父上と二人で助けていただき、誠にありがとうございました。私、名をマクシム・カラファーティと申します。このご恩は一生忘れません」

「え？　あ、はい？」

「……お父上？」

マクシムと名乗った騎士は、なぜかルースの前で片膝をつくと手をそっと取り、眩しいものを見つめるように目を細めた。まるで令嬢にダンスを申し込む貴族のような行動に、田舎育ちのルースは戸惑いを隠せない。もしかしてこれが都会流の感謝を告げるスタイルなのだろうか。

「……もしよろしければ、貴方様のお名前をお聞かせ願えませんでしょうか？」

「る、ルースですが……」

「ルース殿とおっしゃるのですね。貴方様の空を舞うような戦い方に合った、気高く美しい名前だ」

「？？？？　……は、はあ」

まるでオペラを歌うかのように大きな身振り手振りで動きながらキラキラと輝く黒い瞳を向けられて、ルースは戸惑いつつも横目でロッサを見る。

ロッサは頬を引きつらせてから、苦虫を噛み潰したような顔をすると、視線で『勘違いされてるぞ』と告げてきた。やはりルースと同じ考えだったらしい。

「あ、あの……カラファーティさん？」

「気軽に、マクシムとお呼びいただけますでしょうか」

「あ、ではマクシムさん……もしかしたら勘違いをなさっているかな～と思ってお伝えしたいことがあるのですが……」

「勘違いとはどんな――」

「――カラファーティ騎士団長！」

ルースがマクシムの勘違いを指摘しようとすると、それよりも早く大きな声が森に響いた。

「おお！　お前たち！」

声に振り向いたマクシムが手を振る。

しばらくして現れたのはマクシムよりは質は落ちるが、それでも洗練された甲冑を着た、攻守ともにバランスの良さそうな騎士五名と六頭の馬だった。

「皆、無事だったか！」

「それはこっちの台詞ですよ！　馬を投げ出し道を外れて、バルを追いかけ始めたときはどうしようかと」

「すまない。子どもがバルに追われていたのが見えたのでつい……」

どうやらロッサの抱えている子どもが、バルに追われているのを見つけたマクシムは、一緒に歩いていた隊を抜けて、ひとり勝手に崖を下ったらしい。馬と荷物を抱えた彼の仲間は、あまりの速さに共に下りそびれてしまったようだ。

マクシムの行動は民を守る騎士としては素晴らしいが、騎士団長に走られた部下はたまったものではないだろう。生真面目そうに見えて、わりとその辺はゆるいようだ。

マクシムが脚を怪我しているとわかると、騎士のひとりがすぐに治療を始めた。さすが騎士団、治癒術を扱える魔術師もちゃんと連れてきているらしい。

「……おいおい、こんな山奥に騎士団長って……」

「父さん、もしかしてこの人たち……」

「ああ……たぶんな」

異常さを改めて認識したルースは苦笑いをした。

勘違いでなければ、彼らは『アレクが貴族に頼んで寄こしてもらった』という、魔物討伐部隊だ。なぜ騎士団長クラスが来てしまったのかわからないが、でなければこんな寂れた山奥に王都の精鋭部隊が来るはずがない。

「ルース殿、お父上、紹介します。彼らは私と同じ騎士の仲間たちです。もうすぐハシ村で起こる魔物の討伐に参加するため王都から来ました」

ルースとロッサはやっぱりという顔をした。それに気付かないマクシムが今度は部下たちを振りかえる。

「皆、お二人はバルに追われていた私を助けてくれた恩人だ。丁寧に接してくれ」

「後ろのでか……じゃなくて、大柄な方だけではなく、そちらのお嬢さんもですか？」

「ああ、彼女は天を駆けるようにバルの攻撃を避け、その細腕でバルの腹にナイフを突き立てるほど力強い女性だ、本当に素晴らしかった」

「あのバルの腹にナイフ……すごいですね」

マクシムはうっとりとした表情を浮かべているが、騎士たちは若干引き気味だ。

「ああ、まるで女神ゼノビアのように美しかった……」

「……でちゃったよ、団長の女神病」

部下たちの表情は少し呆れが入っていたが侮蔑の感情はないように見えた。

それよりもバルに追いかけられ命の危機に瀕したにも拘らず、いつもの様子らしいマクシムに対して、尊敬と信頼を持っているのがうかがえた。

よく聞いていると言葉遣いも上司であるマクシムのほうが固いくらいだが、それを許される間柄らしい。彼らは騎士団の中でも結束力が強いメンバーなのかもしれない。

「ああ、そういえば先ほど私に勘違いがあるとルース殿はおっしゃっていましたが……」

「え……あ……」

マクシムの声に、全員の視線が集まるのをルースは感じた。ルースは助けを求めるためロッサを見たが、彼は視線から逃れようと腕に抱えた子どもに声をかけ、知らぬふりをしていた。

（父さんめ、逃げたな……）

助けはどうやらないらしい。

マクシムの勘違いがルースの思い違いでなく、確実だというのは先ほどの彼らの会話でしっかりとわかったのだが――。

（この状況で、オレは女じゃありません……なんて言えない……）

マクシムはルースを女だと思っている。会話の中で『女性』として伝えられていたことを考えても確実だった。

ルースも母似のため、村の外から来た人間に性別を間違われることはよくあるので、それほど気にしていない。だからといって放っておくと、後々面倒になると知っているので、すぐに訂正するべきだと思うが――全員が見ているところでマクシムに伝えることはできなかった。

彼らの仲がとても良いというのはわかるが、マクシムにも上司としての威厳というものがあるだろう。小さな村の青年に、勘違いを指摘される姿なんて部下に見せたくはないはず。

ルースはにっこりと営業スマイルを浮かべた。

「……実は、我々は皆さまが泊まる予定の宿屋の者なんです。このまま宿泊所へご案内ができるかなと～」

「おお、それは頼もしい。ルース殿、ぜひ案内を頼みたい」

結局その後『ルース嬢』と言われても訂正ができないまま、ルースは騎士団御一行様の会話に混ざりつつ彼らを村まで案内することになった。

［2］勇者のいない最初の村

『最初の村』もとい、ハシ村に着いたルースたちはそのまま宿屋へと向かった。

見慣れない騎士団の姿に村の人々はざわついていたが、その洗練された姿にただごとではないと理解し、ちょっかいを出す者はいなかった。

「ん……」

「お、起きたか？」

村のざわめきに気付いたのか、ルースに背負(せお)われていた村の子どもバードが目を覚ました。

バードは視線が合うと、ルースの背中を蹴(け)ってくる。

「と、ちょ、バード痛いって」

「下ろせ！　下ろせ！　お前に背負われたくない！」

「わかったよ」

ルースが背から下ろすと、バードは近くの木の裏まで急いで逃げて、睨(にら)みつけてきた。

元からあまり好かれてはいないと知っていたが、最近はあからさまに敵意を向けてくる。けれど年上として言わなければならないこともある。

「バード。なんで山の中を一人で歩いていたんだ？　しかもバルに追いかけられて、どこへ」

「うるさい、ルースには関係ない！」

ルースの言葉に耳を傾ける気がないバードの様子に、事情を訊くのは無理そうだと思った。

仕方なくその場にしゃがみ込むと、声を和らげてバードを見つめた。

「バード、べつにオレが嫌ならそれはいいよ。でも、お前がバルに追いかけられているところをこの騎士さんが助けてくれたんだ。その礼は言ったほうがいいんじゃないか？」

「……」

「助けてもらったのに礼を言わない人間を、アレクはなんて言っていた？」

ルースがそう言うと、バードは口をへの字にしたが、少しすると『ありがとうございます』と隣にいたマクシムに向かって感謝を告げた。

ルースには態度が悪いけれど、根は素直な子どもだ。バードがお礼をちゃんと言えて、ルースはホッとした。

けれど、彼は再びルースを睨みつけると大声で叫んだ。

「お前が引き止めないから、アレク兄ちゃんが王都に行っちゃったんだ！　貧弱ルースの馬鹿！」

そう言うと、バードは教会のほうへ走っていってしまった。

「ルース嬢、良かったのですか？　最終的に助けたのはお二人だというのに……」

「マクシムさんにちゃんとお礼を言えたのでいいとしますよ。これ以上言うと、ますます嫌われちゃいますからね。父さんはごめんね」

「俺はかまわんが……」

ルースが苦笑いするとマクシムとロッサは眉をしかめたが、それ以上何も言わなかった。

「じゃ、俺はマクシム殿を村長のところへお連れするよ」

宿に着くと、荷物を下ろしたマクシムに声をかけ、ロッサは彼と共に村長の家へ向かった。

マクシムはルースに連れていってもらいたそうな顔をしていたが、笑顔で気付かないふりをすることにした。息子を娘と言われ続けても逃げたロッサの、わずかばかりの謝罪行動なのだ。

ルースだって任せるに決まっている。

「さあ皆さん、お疲れですよね。お風呂が沸いていますので、どうぞ入ってきてください」

「風呂!?　この宿には風呂があるのですか!?」

「いやー楽しみだ！　団長には悪いけど先に行こうぜ」

「団長なら怒らないよ。助かった〜」

王都から徒歩なら十日掛かるところを、馬を使って四日でやってきた騎士たちは、当然ながら疲れているようだった。ルースの母セリーヌに案内されると、彼女の美貌に少し照れながらも素直に風呂へ向かった。

(やっぱり風呂は最高だよな、作ってよかった)

宿屋の風呂は前世で使っていたものとほぼ同じ作りをしており、わずかに魔力を込めるだけで、簡単に湯が沸かせる。これはルースがどうしても風呂が欲しいと思い、アレクに相談し二人で作ったものだ。

この世界で風呂というのは、王都の高い宿屋にしかない高価なものらしい。でも、村ではアレクが湯沸かし用の魔法陣を自作したことで、各家庭にも普及していたりする。もちろんせいぜい五右衛門風呂レベルだが、あるとなしとでは大違いだ。

宿屋ではアレクが時々風呂を借りに来て、浴槽の湯沸かし用魔法陣に魔力をチャージしてくれているので魔力が足らないということもない。浴槽のお湯は、後二、三年ほど魔力を込めなくても簡単に入れることができる。

(おかげでアレク、母さんにウケがめちゃくちゃいいんだよな〜)

風呂好きなセリーヌは魔力チャージまでしてくれるアレクを大変気に入っていて、ルースに『いざとなったら彼を婿取りしなさい』と冗談まで言うほどだ。ノリのいいアレクも『ぜひとも』なんて言うものだから、クラークが真っ青になっていたのも記憶に新しい。あげく『ルース、式は村の教会でいいか、それとも新婚旅行を兼ねて王都へ行ってみるか?』などと、楽しそうにルースにまで話題を振ってくる始末だ。

この話が始まると、セリーヌとアレクで盛り上がって、いつまでも終わらなくなる。ルースが冗談についていけなくなって部屋に引っ込むと、アレクが慌てて追いかけてくるのがいつもの流れだった。

(って、オレまたアレクのことを考えてた)

アレクが村を旅立って一ヵ月も経つのに、未だ頻繁にその存在を思い出してしまう。アレクがルースの生活へそれだけ密接に関わっていたからだろう。

「オレもアレクだけじゃなくて、もっとたくさんの人間と関わらないとな……」

アレクが聞いたら萎れてしまいそうなことを呟きながら、ルースは一度自室へ戻った。

着替えて武器を置いたルースは、店の裏手にある部屋へ向かう。中に入ると母セリーヌがすでにいた。その部屋の壁には血の跡があり、鉈やハンマーが無造作に置いてある。

「さあ、ルース、やるわよ」

「ああ」

目の前に五体の動物の死体を並べ、鉈を掲げて良い顔をするセリーヌの横に並び、ルースも解体作業を始める。手早く処理をするセリーヌの顔がとても楽しそうに見えて、ルースは苦笑いした。五体も獲ってきてくれたことが嬉しくて仕方ないらしい。

儚げな美人に見えるセリーヌだが、実は動物の解体作業が大好きな、ちょっと変わった人物だったりする。将来結婚するなら肉屋か猟師と言っていて、「自分たちで狩りはするから、解体してほしい」という、ロッサのとんでもないプロポーズに落ちたという伝説さえある。そんな母のおかげか、ルースも解体はわりと得意だった。

「ルース、そこの骨周りはもう少し綺麗に取って、それからそっちの部分は筋に沿うようにして切りなさい」

「あ、はい」

まだセリーヌから満点をもらうのは難しい。

しばらくして全て肉を部位別に分けると、それぞれ分配を決めた。

「うちの貯蔵庫へはこのくらいで、教会の分は倉庫の空きを考えてこれくらいにするとして、今回はいつもより多めに余るから後はゴーラスさんのところへ持っていきましょうか？」

「それはどうするの、母さん？」

ルースが瓶詰めされた物体に視線を向けると、セリーヌは難しい顔をした。

「クラークがいれば王都へ行くついでに持っていかせるところだけれど、しばらくは帰ってこないから、どうしましょうか？」

兄クラークは現在冬支度で忙しく、村にはいない。狩りで得た珍味は王都で売るとかなりの儲けになるのだが、今回はお金にするのは無理そうだ。かといって、村の肉屋に並べるわけにもいかない。

「……とりあえず、保留にしましょうか」

「まあ、何か使うことがあるかもしれないしね」

結局、それは貯蔵庫へしまわれることになった。ブラウ家には必要とする人間がいないのだ。

「じゃ、母さん行ってきます」

「神父様とゴーラスさんによろしくね」

背に籠を背負ったルースは、夕日が射す村を歩き肉屋へ向かう。途中ですれ違った村の女性に声をかけたが、狩りのようにうまくいかない。いつものことなので深く悩まないようにした。

「ゴーラスさん、肉の買い取りをお願いしに……」

「いらっしゃ……なんだよルースか」

「ダニエル」

村の肉屋に着くと、店番をしていたのは肉屋の息子のダニエルだった。

下段に肉を並べているカウンターの向こう側に座るダニエルは、灰色髪に黒目のわりと整った顔立ちをしている男だ。

ダニエルは同じ年の青年だが、基本的にルースはアレクと行動を共にしていたので、関わりが薄い。そして仲が良いとは言えない。なぜなら――。

「アレクの腰巾着が、肉の買い取り？　劣化した肉とかじゃねえだろうな」

「今日、父さんと狩りに行って獲ってきたものだから新鮮だよ」

「はぁ～ヒーローアレクがいなくなったと思ったら、今度はロッサおじさんってか。いいなぁ～俺も強い男についていって楽してえなぁ」

ダニエルは典型的ないじめっ子体質だ。アレクのことも口では一応褒めたりするが、内心は面白く思っていないのはバレバレだった。アレクがいなければ、ルースたちの年代の大将になれたと思っているからだろう。

（昔は仲が良かったのにな……）

ダニエルはルースが前世を思い出した辺りから、やたら突っかかってくるようになった。それまでは、親同士が仲が良いこともあり家に遊びに来たりしていたのに、あの事件以来会えばこの通りだ。この程度の嫌味を言われるのはジャブに近い。

（まあ、オレはこんなのあんまり気にならないんだけど、アレクが怒るんだよな……で、間に挟まれたオレはますます気まずくなる悪循環……）

前世の記憶があるルースからすれば、ダニエルの嫌味など子犬が吠えているような気分にしかならない。だから、アレクもかまわなければいいのに、ダニエルだけは我慢ならないらしく、ルースが捕まるとなぜか素を出して間に入ってくるから、いろいろ面倒くさくなってしまう。


『いちいちルースに声かけんじゃねえよ、大人しく肉を売ってろよ！』

『俺が誰に忠告しようと、〝ヒーロー〟には関係ないだろ。お前こそ、大人たちと狩りでも行ってろよ。貧相なそいつには俺が狩りを教えてやるよ』

『おい、どさくさに紛れて、ルースに触ろうとすんじゃねえよ！　この変態！』

『へ、変態!?　お、俺のどこが変態だっていうんだよ!?』

『ルースに突っかかる動機からして全部だよ！　言われたくねえなら関わるんじゃねえ、ルースには俺がいれば十分なんだよ！』

『ふ、ふざけんな！　アレク、今日は絶対に許さね……』

『……アレク、もういいから早く帰ろう……オレ、お腹空いたんだけど……』


　こんな感じのくだらない喧嘩が日常茶飯事だ。

　あまりにも二人がルースの前で喧嘩するので『オレはダシに使われているだけで、本当は二人とも仲が良いのでは？』と思ってしまうほどだ。

（にしても、相変わらずだな……）

ダニエルは少しばかり身体が大きい。熊のような家族を見ているルースにはたいしたことには思えないが、村の若者の中では背も高くがっしりしているせいで迫力もある。ゴーラス家は肉屋と同時に馬貸しもしているので、ダニエルは馬の扱いにも長けていて、狩りもとてもうまいと評判だ。そのせいかわりと発言力もあるので、睨まれたくないのか若い男たちはダニエルに対しては従順だ。

アレクがいた頃は圧倒的な力の差に大人しくしていたようだが、最近は目の上のタンコブが消えたせいで威張り散らしていると小耳にはさんだ。

(こんなところでもアレクがいなくなったことで問題が……)

村の若者たちの雰囲気は、アレクがいなくなったことで今少し変わってきている。圧倒的な実力差で保っていたバランスが、崩れて不安定になっているのだ。アレクが世界を救うことに比べればたいした問題ではないけれど、今後の村の雰囲気に関わる重要な局面に立っているのだな、と思うとルースは胃が痛くなった。

「ともかく査定してくれよ。この後、教会にも行かなきゃいけないんだから」

「……………そこにおけよ。これはボローアの肉か？」

「そうだよ、腿のところの部位」

「んなの見りゃわかる。少し黙れよ、ひ弱」

横暴なダニエルの言葉に、ルースは内心ため息をついて大人しく黙った。

ルースはダニエルの言葉を『若いな〜、いきがってるな〜』と思えるほどの余裕があるが、これが本当に同年代だったら、身体の大きなダニエルに怒鳴るように言われて萎縮してしまうだろう。

ルースが萎縮していると思ったダニエルはニヤニヤと笑うと、紙の代用品である木板に木炭で数字を書きルースに見せた。妥当だと思える金額にルースが了承しようとすると、ダニエルは木板を引っ込めて再び書きこんだ。

「いつも背中に隠れているルースにならこんなもんだろ」

そう言って、先ほどの金額から一つゼロを消した数字を出してきた。もちろん納得できる金額ではない。

「だめだ。安すぎるよ」

「なんだよ、隠れているだけのルースにはピッタリの値段だろ」

「オレはちゃんと狩りをしている。それに、たとえ隠れていてもこの値段はおかしいよ」

「うるせえな、小さいことでキャンキャン叫ぶんじゃねえよ。女なのかよ、ルースちゃんか？」

「ダニエル、ちゃんと買い取る気がないならオレは持って帰るよ」

「あーあールースちゃんは今日もうるさいな～」

「……」

会話する気のないダニエルにルースは深いため息をついた。

正直嫌味を言う程度ならいいが、ダニエルのこういったところがルースは苦手だ。彼はルースをからかうだけではなく、真面目な話すら進めようとしないことが頻繁にある。そのせいで会話をするのが疲れてしまうのだ。怒りも悲しみも湧かず、ただ子どもすぎて呆れる。『時は金なり』という名言を、ダニエルの子どもっぽい脳に書きこんでやりたいと思う。

「もういい。ありがとう。持って帰るよ」

「なっ……おい、ルースてめえ――」

「――何を騒いでるんだ」

ルースが店から出ようとすると、ダニエルの背後にあるドアが開いて、髭を生やし綺麗に頭を剃った男が顔を出した。体格はダニエルと同じくらいだが、腕の筋肉が只者ではない風格を漂わせている。

「ゴーラスさん、こんにちは」

「おうおう、ロッサのところの倅か、肉の買い取りか？」

「はい、お願いしてもいいですか？」

「おう、任せな。おお、さすがロッサだな、良い肉じゃねえか！」

ダニエルの父はルースの顔を見ると、厳しそうな顔立ちをゆるめて頷いてくれる。まともに査定してくれるゴーラスの登場にルースは安堵した。

だが、肉の査定をしようとしたゴーラスの視線が、ダニエルがふざけて値段を書いた木板をとらえると、般若のように変化する。

「てめえ、ダニエル、なんだこの値段は！　まさかこれでロッサのところの肉を買い取るつもりだったなんて言うんじゃねえだろうなぁ！」

「ち、ちがう……そ、そのお遊びでな、そうだろルース？」

大人げないと思ったが、ルースはダニエルの縋る視線を無視した。村で一番恐いと言われている父親に、たっぷり怒られればいいと思う。

「ダニエル、てめぇ子どもっぽい真似は卒業しろと何度も言ってるだろうが！　ルースが好きなら、さっさとそう言っちまえ！」

「ち、ち、ち、ち、げえに、きまってるだろ、ば、馬鹿なことをいうなぁ！　そんな女男だ、だ、だれがっ」

「だったら、仕事は、まじめにやるんだよぉ、この馬鹿息子がぁ！」

ものすごい威力のゲンコツを頭に落とされ、ダニエルはあっけなく失神した。そのダニエルを裏へ放り投げたゴーラスはにこやかに査定をしてくれ、おまけにルースに高級肉の切れ端を焼いたのをタダでくれた。

(肉うまー)

肉の美味しさに喜んだルースは、ゴーラス親子が妙なことを言っていたのをすぐに忘れた。

肉屋を出たルースはまっすぐ教会へ向かった。教会内部へ入り、住居がある扉をノックすると、神父様が出てくる。勉強会もお祈りも終わっている時間なので、手が空いていたのだろう。

「神父様、今日の狩りで得た獲物です」

「ありがとう、ルース。ブラウ一家のご厚意には本当に感謝しています」

「いいえ。それにアレクとの約束でもありますから」

教会は基本寄付と村の援助金で成り立っているが、この村では育児院の役割もしているので、維持費にはそれなりにお金がかかる。そのため、村民からお金以外の寄付を受け取っている。

とはいえ稼ぎ頭のアレクがいなくなり、教会は問題が起きているはずだ。彼が帰ってきたときに、教会がなくなっている、なんてことにしたくないルースは、今まで以上に頑張って、狩りの獲物を納めるつもりだ。

(アレクが育った教会だしな。神父様もアレクの父親みたいなものだし、代わりに守らないと)

お茶を飲んでいってくださいと言われ、ルースは応接室で待つことにする。ソファーに座ると正面にある絵が目に入った。

そこには四人の男女が神々しく描かれている。特に中央の女性は美しかった。

「こちらに描かれている神々のお名前を全員言えますか？　ルース」

お茶を持ってきた神父様が、教師のような顔をしてルースに質問をする。

「もちろんです。慈悲の男神ファンス、神気の女神ゼノビア、峻厳(しゅんげん)の男神シツティアディス。そして——王都を含むこの地域の人々がもっとも崇(あが)めている、愛情の女神アリストテレシアですよね」

「ええ、彼らが我らセスティアス教の神です」

セスティアス教は、この世界でもっとも普及している宗教だ。彼らの名前は覚えやすいようにと、一年を四半期に分けて、それぞれの区分で使われている。四季の名になっているのだ。

また、神が一人ではなく四人いるため、地域によって崇(あが)め奉(たてまつ)る対象が違う。ルースが住む村周辺では、愛情の女神アリストテレシアが一番重要視されていた。

ただルースは前世が無宗教というか多宗教だったので、あまりお祈りに熱心ではなかった。

（マクシムさんは、女神ゼノビアを頻繁に口にしていたな……）

神気の女神ゼノビアは、絵の左側に描かれた剣を持った女性だ。四神の中でも戦いに優れた女神で、圧倒的な力と高潔さを兼ね備えていると言われている。髪は短く動きやすそうな服を纏っている美人だが、胸は大きいしスタイルも良い女性の姿で描かれている。マクシムがルースを見てなぜその名を口にしたのかさっぱりわからない。

お茶を飲みながら絵について話していると、神父様が深いため息をついた。

「……ルースは、アレクが王都に向かった理由を知っていますか？」

「………勇者にされたと、本人から……」

この村では村長の次に権力をもつ神父様は、やはりアレクの事情を知っていたようで、ルースが小さく答えるとゆっくりと頷いた。

「やはり貴方には告げてアレクは出ていったのですね……。王都にいる神官が、女神アリストテレシア様から、神託を得たようです。山間部に存在する端の村に、世界を救える勇者が存在すると、彼を旅に向かわせろと神命を下されたそうです」

「神託……って本当にあるんだ」

ルースには神託を得ること自体が信じられなかった。だが神父様の様子を見るに世間的には一般常識のようだ。それならば、アレクをなんとしても王都へ向かわせようとした村長たちのことが少し理解できる。神と崇めている対象から指示されたら動かざるを得ないだろう。

しかし一番神を崇めているはずの、神父様の顔はなぜか曇っていた。

「……えと、神命って本来はあまりないものなんですか？」

「そうですね……神命となると強制力がありますから、愛情の女神である彼女なら本来はしないはずです。あまりにも不自然なのです……」

「……不自然」

ルースは神父様と共に顔をしかめた。信仰心の薄いルースに不自然さはわからない。だが神父様が不審に思っているというのは奇妙な感じだ。

(それにしても、神父様って神様のことは本当に詳しいんだな。それに、アリストテレシアを〝彼女〟って、まるで知り合いみたいだし)

ルースは王都の神官が神託をもらうとか、神が神命を下すことがあるなんて知らなかった。もともと村から出たことがなく、常識的なことは親や神父様からしか得られないので疎い自覚はあるが、それを差し引いても勇者のことといい神父様は物事をよく知っているなと思う。

優しく穏やかな人格者として村で歓迎されている神父様だが、逆に言うとなぜこれほどの人がこんな辺鄙な村にある小さな教会の神父様をやっているのだろうと思ってしまう。

(そういえば、オレが生まれた直後は違う神父様だったとか……覚えてないけど)

ルースがロッサとの会話を思い出そうとしていると神父様が顔を上げた。

「それよりルース。どうやら昼間バードがお世話になったみたいですね」

「え……あ」

昼間助けたバードは、アレクと同じように教会で世話になっている子どもだ。そして神父様を父のように慕っている。彼に怒られるのは堪えるだろうと思い、ルースは昼間のことを告げる気はなかったが——聡い神父様が服を汚したバードに、何があったのか尋ねないわけがなかった。もうすでに話は伝わっているようだ。

「素直になれないあの子の代わりに私から感謝を。バードの命を救っていただき、ありがとうございました」

「し、神父様、頭を下げるのはやめてください。それよりバードは元気そうですか？」

「ええ、叱られた後は落ち込んでいましたが。今ではもう元気に夕飯の手伝いをしています」

「そうですか、よかった」

後から痛みだす怪我などがなくて良かったなと胸を撫でおろしていると、神父様は少しだけ悲しそうな顔をした。

「もうたぶん、勝手に山を登るような真似はしないと思いますが、もし見かけたら叱って連れ帰ってきてもらえますか？」

「それはかまいませんが……バードはなぜ山を登るなんて真似を？　まだ狩りは教わっていませんよね？」

狩りを覚えたての子どもが、自分の腕を試したくて勝手に山を登ることはある。たいていは酷い目に遭って逃げ帰ってくるか、捜索隊が出されて大騒ぎになるのだが、バードはまだ八歳で何も教わってはいないはずだ。

「………アレクに会いに、王都へ行こうとしたらしいのです」

「アレクに？」

「バードは別れのときに顔を合わせられませんでしたから……アレクを兄のように慕っていましたし、会いたかったのでしょう」

「……そうでしたか」

ルースはアレクに直接教えてもらったので心の整理もついているが、バードは朝起きたらアレクがいなくなっていて、しばらく帰ってこないと突然告げられたのだ。

『お前が引き止めないから、アレク兄ちゃんが王都に行っちゃったんだ！　貧弱ルースの馬鹿！』

ルースに対する単なる悪口に聞こえたあの言葉も、慕っていたアレクが突然消えてしまった悲しみでいっぱいの気持ちの現れだったのだろう。そう考えると、バードが可哀相に思えた。

ルースがバードを思って少し黙っていると、教会の鐘の鳴る音がした。

「神父様、それではオレそろそろ失礼します。お茶をごちそうさまでした」

「いいえ、気をつけて帰ってくださいね」

神父様の見送りを辞して、ルースは家に戻るため広場に向かった。

赤い夕焼けが山の間から覗き、村の家々を赤く染める。別れの挨拶がそこら中で聞こえ、皆がそれぞれの家へ戻っていく。いつもと変わらない景色、いつもと変わらない日常――。

(――でもやっぱり、アレクがいないと違うんだなぁ)

アレクがいなくなった穴は、思ったよりも村に影響を与えているのだなと感じた。人口が少ない村なので、一人一人の存在がもともと大きいが、やはりアレクは別格だったのだろう。

「お前は大きいな……アレク」

つい数時間前に、アレクから離れて友人を作らなくてはなんて思っていたのに、すぐにその決意を覆(くつがえ)すようなことを考える自分の意志のゆるさに笑ってしまう。

(勇者の旅ってどれくらいかかるのかな……)

見上げた空はすでに闇が手を伸ばしていて、遠くには輝く惑星が見えた。前世の月に似たその惑星はもっと金色に近くて、なんだかアレクの髪色に似ているなと思ってしまった。

アレクのことを考えると、なぜか胸の奥が痛くなるような気がした。

宿に戻ると、騎士団のメンバーがすでに食事をしていた。

ブラウ家の経営する宿屋は一階に受付ロビー兼食堂があり、基本的にお客は食堂に集まる。ちなみにルースたちの住居は、食堂の横にある厨房の奥だ。

宿屋以外の店でも夕食はとれるが、小さな村なので遅くまでやっている所は少ない。たいていが宿屋で食事をとるので、夕食の時間になると食堂は混雑しはじめる。騎士団のメンバーは王都からの旅の疲れを癒すためにも、早めに食事をしているらしかった。

「ルース嬢、今お帰りですか」

「あ、はい。マクシムさんもお帰りなさい」

ニコニコと上機嫌に笑うマクシムが、ルースに大振りで手を振ってきた。大きなリアクションに少し驚いたが、営業スマイルを浮かべたまま小さく手を振り返す。ルースを男だと知っている他のお客がマクシムの言葉に驚いていたが、ともかく見なかったことにする。

騎士団長のマクシムがここにいるということは、村長との話し合いは終わったようだ。ルースは挨拶をするついでに、楽しんでいる騎士たちの様子を窺おうと近寄った。

「みなさん、お味はどうですか？」

「美味いよ〜」

「特に肉が最高！」

「お風呂も良かったし、良い宿だよ、ここは」

「ありがとうございます」

母セリーヌの料理は元々評判が良いが、どうやら舌の肥えた王都の人間でも満足してもらえる味らしい。

ルースはコップの空きを見ながら酒の追加を訊ねようとして、カウンターにいるセリーヌが荷物を背負った白髪の老人を前に困った顔をしているのに気付いた。

騎士団のメンバーに挨拶しながらルースはカウンターへ向かう。白鬢をたっぷり生やした小柄な老人が優しい笑みを浮かべていた。その姿が懐かしき前世の祖父に似ていて、ルースは反射的に笑顔を浮かべる。

「こんにちは、いらっしゃいませ。お泊まりですか？」

「ほお〜、めんこい娘がいるのぉ。ますますワシもそうしたいところなのじゃがのう……」

老人はそう言って、目が見えないほどボリュームのある白い眉毛を揺らした。

ルースはいろいろと訂正したい気持ちをひとまず抑える。カウンターにいるセリーヌへ声をかけた。

「……母さん、どうしたの？」

「お帰りなさい。ちょっとね……」

セリーヌが見せてきた宿帳には、珍しく全室埋まっていることが示されていた。

「部屋が空いてないのよ。予備の部屋も使っちゃったし、母屋の居間も、騎士団さんの荷物置き場にしちゃったから……」

「ああ……」

ブラウ家の宿屋は家族経営ということもあり、そこまで大きいものではない。最大で十名、予備の部屋を使っても十二名しか泊められない。ダンジョンが近くにあるとはいえ、普段は六割から八割までしか客室は埋まらないので問題ないのだが、今回は騎士団メンバーが六人も一度に来たためキャパオーバーになってしまったらしい。

「兄さんはしばらく帰ってこないよね？　部屋空けちゃえば？」

「それがね……そこをマクシムさんに貸しちゃったのよ」

セリーヌによると騎士団長のマクシムは、本来村長の家に泊まる予定だったのだが、部下たちとの相談もあるからとブラウ家へ来てしまったらしい。

「マクシムさんお貴族様だっていうし、部下の人たちと一緒ってわけにはいかないでしょ？」

そこでマクシムを兄クラークの部屋に通したらしい。クラークの部屋は物が少なく、いつも綺麗なので問題はなかったようなのだが、マクシムにはなんとしてでも村長の家へ行ってもらうべきだったと思わざるを得ない。

「息子の墓参りにきたんじゃが……今夜も野宿かのう……」

そんな寂しそうな声が聞こえて、ルースの胸を抉った。前世の厳しかった父に代わり、甘やかしてくれた祖父にどこか似ているこの老人を野宿なんてさせられない。

「あ……母さん」

「なに？」

「村長は元々マクシムさんを泊める予定だったんだよね？」

「ええそうよ。……ってもしかして？」

ルースが言いたいことに気付いたセリーヌが美しい笑顔を浮かべる。

「あの瓶詰めもらっていい？」

「ええ、もちろん」

ルースは貯蔵庫から目的の品を取り出すと、老人に声をかけて一緒に外に出た。

「本当は宿で待っていてもらったほうが良いのですが、もう日も暮れてきましたし」

「お嬢さんは気にしなさんなぁ。ワシはベッドで寝られるのなら多少の歩きはかまわんよ」

「すみません」

太陽が山の陰に隠れ出し、村の家々の外に明かりがつき始めていた。少し風も出てきている。早めに移動したほうがいいだろうと、ルースは老人を連れて村長の家へ急いだ。

ルースの目的は、村長の家に老人を一泊させてもらえるよう交渉することだ。マクシムを泊める予定だったのなら部屋を用意しているだろうし、食事も多めに作っている可能性がある。老人を泊める余裕もあるだろう。

老人は強盗には見えないし、村長の家には客人用の離れがあるのを知っている。明日になれば、宿に空きが出るので戻ってきてもらえばいい。

(まあ、村長のところが駄目だったら、最悪オレの部屋で一緒に寝てもらうしかないか)

小さな村ということもあり、宿屋でなくても雨風をしのぐため旅人に部屋を提供するのはよくあることだ。ルースも前世の記憶のせいで、最初は不用心な考え方が信じられなかったが、村の風習にはやがて慣れた。それに困っていれば助けあうのは当然のことなのだ。

「あ、それからお爺(じい)さん」

「ワシの名前はジオじゃ」

「では、ジオさん。お願いが。オレは男ですので、『お嬢さん』はやめてもらえないかなと」

「…………お前さん男なのか？」

「はい」

杖をついていたジオは、眉毛を揺らすと（それでも目は見えない）小さく身体を動かして、ルースをジロジロと観察し始めた。そして「ホー」と感心したような妙な声を出して杖を両手で握る。

「もしかしてお前さん、ルースか？」

「え、なんでオレの名前を？」

ルースが戸惑い気味に答えると、今度はうんうんと頷き「あの面食いめ」と小さく呟いた。

「いや、家に置いてきた弟子がのう。お前さんの名前を言っていたのでな」

「お弟子さんがオレの名前を？」

「馬鹿弟子なんじゃがのう……ルースは母親似じゃったか、よかったのう別嬪に生まれて」

「あはは……はい」

ルースは自分の顔がわりと好きなので、女性っぽいと言われようが実際女性に間違われようがかまわない。頭の中で『女性っぽい』イコール『顔立ちが整っている』という方程式が成り立つので、悪い気がしないのだ。前世で全く褒められた経験がないので、なんでも嬉しい。

（ジオさんのお弟子さんも、うちの宿に泊まったことがあるんだ。うちの宿の話をお師匠さんにもしてもらえるなんて光栄だな～）

ルースも宿に泊まった旅人全てを覚えてはいない。ジオの弟子が誰なのか全くわからないが、調理で忙しいセリーヌの代わりに配膳に出ているので、名前を聞かれることは頻繁にある。きっと彼の弟子もそのうちの一人なのだろう。

名前を聞かれるときは、たいてい女性と間違われての問いかけだが、愛想は良く対応しているつもりだったので、こういう形で宿の評判を聞けると嬉しいものだった。

そんな話をしながら歩いているうちに、村の一番奥にある村長の家に着いた。村長の家は宿屋を経営しているブラウ家に比べれば小さいが、個人宅にしては大きめだ。

ドアをノックすると手伝いの女性が出てきて、ルースが村長の名を告げる前に娘のマリアンヌが呼ばれた。

「なんだ、お父さんに話だったの？」

「うん。なんか先にマリアンヌに声をかけられちゃって」

「ファニーさんおっちょこちょいなのよ、ごめんね。案内するわ」

何かいいことがあったのか、いつもより笑顔が眩しいマリアンヌに案内されて、ルースは少しだけ気分が良かった。

（やっぱりマリアンヌは可愛(かわい)いな）

マリアンヌがアレクを好きだと知らなければ、とっくにルースはアピールしている。それほど彼女は可愛い。しかし残念ながらアレクに十年以上アピールし続けているマリアンヌに、その気は持てなかった。アレクもマリアンヌが好きなのだろうと勝手に思っていたので、彼女はルースにとって最初から対象外なのだ。

後ろにいたジオがマリアンヌの容姿を褒めると、彼女の機嫌はますます良くなる。村長の部屋の前で立ち止まると、ニコニコと笑みを浮かべてルースを見上げた。

「ね、ルース。お父さんと話す前にちょっと聞いて！」

「うん？」

「アレクからね、手紙が届いたの！　じゃーん！」

マリアンヌは得意げな顔をして、ポケットから手紙を取り出した。宛先（あてさき）がマリアンヌ個人ではなく、家名になっているのが少し気になったがルースは笑顔を浮かべた。

「よかったね、マリアンヌ」

「うん！　あのアレクが手紙を送ってくれるなんて思わなくて、すっごい嬉しかったの！」

まるで恋文をもらったかのように照れ笑いするマリアンヌに、ルースも自然とふにゃっとした笑顔を浮かべる。女の子の笑顔はやっぱり可愛いなと思う。

「ふふ、で、なんて書いてあったの？」

「それがね、酷いのよ。村の様子はどうだとか、作物の具合はどうだとか、そんなことばっかりで、自分のこと何も書いてないの！　私のことも最後に『身体には気をつけろ』ってだけで、お父さんのオマケみたいなことしか書いてなくて……もうちょっといろいろ書いてくれてもいいと思わない!?　アレクって筆不精すぎると思わない!?」

「そ、うかな……？」

「だって、王都へ向かって一ヵ月経っているのに、やっと一通よ。しかも便せん一枚だけ！　絶対に面倒くさがったのよ！」

「……」

笑顔を保っていたルースだが、アレクからの手紙に興奮気味なマリアンヌを前にして、内心首を傾げていた。

(アレクが筆不精……？)

自分とマリアンヌの認識に大きな差があることに、ルースはこのとき初めて気づいた。まさかアレクが、マリアンヌへまともに手紙を出していないと思わなかったのだ。

ルースは笑顔の裏で冷や汗を流す。この会話の流れで訊かれるであろう『ルースは手紙来た？』の質問に、どう答えていいのかわからない。

そんなとき、流れを変えてくれたのは、後ろにいたジオだった。

「お嬢さん、悪いがそろそろ、村長さんに会わせてくれんかのう？　ワシ腰が痛くて……」

「あ、ごめんなさい！　お父さん！　ルースがお話ししたいって！」

マリアンヌが声をかけると、部屋の中から返事が返ってきた。入室を許可する声に、マリアンヌが二人を置いて廊下を戻っていく。その手には大事そうに手紙が握られていた。

「元気な子じゃのう」

「可愛いですよね、マリアンヌ」

ルースがへラっと笑うと、それを見たジオは遠い目をしてから「そうじゃな」と少し呆れた声を出した。

「どうしたんだ、ルース。親父からの用事か？」

部屋に入ると大きな机の前にいたのはタヌキ――ではなく、ギョロっとした目が印象的で小柄な四十代の男だった。身長は娘のマリアンヌと変わらぬくらいで、体格も至って普通。丸メガネをかけているので一見すると知的に見えなくもないが、ルースはちょっと神経質なおじさんだなと思っている。これが村の長であるバルトロ・リレッセだ。

「父から、というか。宿屋の用事なんですが」

「なんだ？」

ルースはジオを置いて村長に近づく。机の前に立った。

「宿が宿泊客でいっぱいになってしまったので、あちらのジオさんを村長のご自宅へ一晩泊めていただけないかなと思いまして、お願いに来ました」

「ジオさん？」

声をひそめて話すルースから少し身体をずらすと、村長の目がジオに向けられる。

値踏みするようにジオをジロジロと観察したあと、やがて興味を失ったかのように視線を持っていた書類へ戻す。

「あの爺さんを泊めて、うちになんの得がある？」

「得っていうか、お爺さんがお困りの様子なので」

「他の家に行けばいいだろう。わざわざうちに泊めてやる義理はない」

ルースは小さくため息をついた。予想通りの反応だ。

村長のことは普段から厄介な人物だと認識している。性格が少々ひん曲がっていて、扱いにくいのだ。よくマリアンヌみたいな素直な女の子が生まれたなと思ってしまうほどだ。

（仕方ないか……）

ルースは持っていた袋から荷物を取り出した。その行動に村長が少し警戒した視線を向けてくる。

「タダとは言いません……実はちょっと良いものが手に入りまして……」

「こ、これは……」

ルースがジオへ見えないように出したのは、昼間セリーヌと処理に困っていた瓶詰めだ。

「ええ、ボローアのオスの睾丸（こうがん）です」

「ボローアの！」

村長が身を乗り出して顔を近づける。

ボローアのオスの睾丸は、精力促進、気力回復、滋養強壮、とどこかのドリンクのキャッチコピーみたいな、いわゆる精力系に効（き）く万能薬だ。

王都では貴族が扱う精力剤の他に、高価な回復薬にも使用されているらしい。けれどボローアの睾丸は腐りやすく、処理をキチンとしないとすぐに駄目になる。オスを狩っても必ず入手できるものではない。そのため王都ではかなりの高値で取引されていて、クラークが売りに行くと大変喜ばれるらしい。

ブラウ家では、セリーヌが正しい処理をできるため、あまり貴重品とは思っていない。よってこういう場面にも気楽に使えるのだ。

「今日獲った物なんですが、兄に渡そうか迷っていまして」

「おお……」

「お優しい村長がジオさんを受け入れてくれるのなら、感謝の印にお譲りしてもいいかなっと」

「な、なるほど……」

ゴホンとわざとらしい咳払いをした村長は乗り出した身を椅子に戻すと、人の良い笑みを浮かべてジオへ顔を向けた。

「事情はルースから聞きました。どうやらお困りのようですね。どうぞうちの客間をお使いください。部屋は余っていますから。急いで食事もお出ししましょう」

「本当ですか、ありがたや……」

さっきまでの態度と真逆の対応をする村長に呆れながらも、ルースは黙って様子を見守る。

村長が呼び鈴を鳴らすと、お手伝いのファニーが現れてジオを連れていった。ジオが去り際に小さく親指を立ててきたので、ルースも苦笑いしつつ同じように親指を立てた。もしかしたらルースたちの会話は、ジオに聞こえていたのかもしれない。

無事に村長と交渉を終えて家へ戻ったルースは、宿に寄らずに母屋の裏口から家に戻る。自分の部屋に入ると、机の側にあるチェストの引き出しを開けた。

「……これ、差出人間違ってないよな？」

ルースが開けた引き出しには、分厚い手紙が何通も入っていた。

配達の関係で王都からの手紙は月に一度まとめて送られてくるから、この量が届いたときは何が起きたのだと驚いた。チェストに入っている手紙の数は、一週間に一、二通は書いていると思える量だ。あまりの量に、ルースはまだ三通しか開けていなかったりする。

ルースは封を切っていない手紙を一つ手に取ると、五枚近い便せんを開いた。

『ルースへ
元気にしてるか。だんだんと寒くなってきてるから、風邪には気をつけろよ。
俺は王都に着いてから四日経って、騎士との対面をやらされたよ。デカイ野郎どもに囲まれて、さんざんな一日だった。あいつら、みんな同じ顔してるんだぞ。お前にも見せてやりたかった。騎士なのに、まともに動けるのなんて数人なんだよ。王都の騎士団なんて言ってもピンキリだな。お前のほうがよっぽど動ける。ああ、早くお前の顔を見ながら狩りに行きたい。今年のボロ―アは脂がのっていて――』

そんな、とりとめのない文章がたくさん書かれている。毎日起きたことをルースに教えていい範囲で記しているらしく、時々『これ以上書けない……帰ったら教える』と悔しがっていることもあった。読んでいるだけで差出人――アレクが毎日大変な目に遭っているのが手に取るようにわかる。最初の一通なんて王都行きの馬車の中で書いたらしく、途中の景色がアレクの素晴らしい絵で描かれていた。とても筆不精とは思えない。

「マリアンヌにも、こういうのを書いてやればいいのに……そしたらもっと喜んだろうに」

そう口では呟くものの、自分だけに宛てられた手紙に悪い気分はしなかった。マリアンヌには悪いと思う気持ちもある。だが、それよりもくすぐったく、胸の中がぐっと苦しくなる気もした。これがなんなのかルースにはよくわからない。

ベッドに横になったルースは、腕を伸ばして持っている手紙を見つめた。

「きっと、オレはアレクの事情を知っているから、いっぱい書いてるんだよな？」

勇者であるという事情を知らない人間に、こんな内容を書くことはできないだろう。

王様と対面したら黒子(ほくろ)が気になって話に集中できなかったとか、姫様とダンスをさせられそうになって逃げたとか、ただ王都へ勉強に行った人間にしては状況がおかしい。だからルースには日記をつける感覚で送ってきているのだろうと思った。

（あ……でも、プロポーズ相手には送っているの、かな？）

それを想像すると、少しだけ胸の内がもやついた気がした。

[3] ハシ村と魔物狩り

七日に一度行われる朝の御祈りの時間が終わり、集まっていた人々で教会は少しざわついていた。この日はいつも宿で忙しい両親も共に来られて、幼いルースはご機嫌だった。

父と母と兄が先に教会を出て歩き、その後ろをルースは小さなアレクの手を引いてついてく。

ルースの周りには同年代の子どもたちが集まっていた。彼らのルースを見る目はやわらかく楽しげだ。ルースのすぐ側にはあの肉屋の息子ダニエルもいた。

(あ、またこの夢か……)

過去に起きたことを夢で見ているのだとルースは理解した。もう何度も見ている夢。始まりはいつも同じため覚えている。

ルースが五歳、アレクが村に来て一年ほど経った辺りだ。あの事件が起こる少し前。

(この頃は皆と仲が良かったんだよな……)

前世など思い出すこともなくルースが平穏に暮らしていた昔——まだこの頃は友だちがたくさんいて、身体が大きかったこともあり村の中ではガキ大将に近かった。

『アレク、ちゃんとおいのりできた?』

『うん。できたよ』

零れそうなほど大きな瞳をゆるませて、幼い頃のアレクが微笑む。金色の髪も相まって天使と見まがうほど可愛らしいアレクは、ルースに「褒めて褒めて」と言いたげに繫いだ手を引っ張った。その姿は尻尾をふりまくる子犬にしか見えない。

『アレク。お前、ルースにめいわくかけんなよ』

『……か、かけてないよ』

『どうだか。おいのりのさいちゅうにねてたのおれ知ってんだぜ』

『ね、ねてない……よ』

『うそつくなよ。ルースに起こしてもらってただろ』

『ぼ、ぼくは……』

『ダニエルやめろって』

アレクに絡むダニエルにルースが割って入る。この頃のルースはダニエルよりも背が高くて、見下ろすことができた。

『アレクは教会に住んでるから、おいのりの日は、はやく起きなきゃいけないんだ。少しねむくてもしかたないだろ』

『ルース……』

ダニエルからかばってくれるルースに、アレクはキラキラとした瞳を向けた。ダニエルは不満そうだが、それ以上ルースに嚙みついたりはしない。この頃の力関係は、どちらかといえばルースが上だった。

『みなさん気をつけて帰ってくださいね』

『はーい』

神父様のそんな声に、ルースを筆頭に子どもたちが元気に挨拶をする。周りの大人たちは仲の良い子どもたちの様子に微笑ましい視線を向ける。

ただアレクだけは、教会に残って掃除をしなくてはいけないため、不満そうだ。

（ああ、始まる――）

『っ……』

『ルース!?』

そんなとき、子どもたちの中心を歩いていたルースが突然その場に倒れた。

周りにいた子どもたちは、ルースが倒れたことに驚き、側にいた両親や大人たちも慌てて近寄ってくる。ルースは周りの人々に声をかけられ、手を繋いでいたアレクに横にされる。両親に揺すられたところで、ようやく目を開けた。

――しかし目を開けたルースは、もう何も知らなかった子どもではなかった。

『あ？　……あれ、なんだこれ!?　どうなっているんだ？』

声こそは子どもらしい高さを保っていたが、言葉の使い方が全く違っていた。起き上がる動きも頭の重い子どものものではなく、どこか大人のような機敏さがあった。

『オ、オレ、なんで、あのとき車にはねられて死んだはずじゃ……どうして』

『ルース？　ルース、どうしちゃったの？』

側にいた母セリーヌが戸惑うように声をかける。しかし声をかけられたルースは、肩に触れてきた手をとっさに振り払った。

『貴方は誰!?　……いや、違う、お母さん？　違うんだ。オレは、オレ……オレって誰だ？』

『……なんかルース変じゃない？』

『……どうしたの？　何かのあそび？』

時間が経つにつれて、ルースの様子がおかしいと、周りの村人にも広まっていく。

突然成人した大人のように話し出した姿は、呪いでもかけられたように不気味に映ったのか、子どもの手を引いて離れる大人たちも現れた。

『オレは……×××じゃないのか？　ルース？　ルース？　この身体は、オレはルースっていう少年なのか？』

『ルース、落ち着いて、少し家でお休みしましょう』

『家……家って実家のこと？　あそこはもう潰れて道路になったはずじゃ……いや、違う、それは〝前〟の話だ。今はそう、宿屋。小さな宿屋を家族経営していて……あれ!?　あれ!?』

ルースの頭の中はパニックになっていた。怒濤のように甦った前世の記憶が、現在の記憶と混ざり合い、何が今世のことで、何が前世のことなのかわからなくなっていたのだ。

しかしそんなことを知らない周りの村人たちは、騒ぐルースから距離をとる。

突然意味のわからないことを言い出した危ない人間から離れようとするのは、己の身を守ろうとする人間として当然の行動だ。誰も責められない。

『……なんかルース、きもちわるい』

『へんなこと言ってみんなにちゅうもくされたいの？　……もう、行こうよ』

一人、また一人と周りにいた村人たちが顔を強張らせながら去っていく。残ったのは涙を浮かべる母、戸惑う父、悲しそうな兄、そしてルースに手を摑まれて茫然としているアレクだけだった。

ルースは側で膝をついているアレクに気がついて顔を上げた。

『き、君は？　き、君は……あ、ア……あれ？』

大好きな友人だと認識できても、名前さえ出てこないことにルースは涙を零した。自分の頭が壊れてしまったのではないかと恐怖して身体が震えた。自分がどうなってしまったのか全くわからなかったのだ。

そんなルースの流した涙が、戸惑っていたアレクの表情を変えた。

『ぼくは……アレクだよ。ルース』

ルースの変貌に怯えるかと思っていた小さなアレクは――それまでの頼りない顔から一変して、決意を込めた表情で震えているルースの身体を抱きしめた。

『だいじょうぶだよ、ルース。こわくないよ。だから泣かないで』

アレクのその声に、両親や兄の顔がハッとなる。

『そうよ、ルース。お母さんはここにいるから。怖くないからね』

『ルース俺がいるから大丈夫だぞ』

『ルース、お兄ちゃんだよ』

ルースはみんなに支えられて家に帰った。彼らに触れられ、慰められているうちにだんだんと震えは消えていった。

その日の夜、アレクはずっと手を握っていてくれて、いつの間にか隣で寝ていた。

少し悲しくて、でも温かい思い出だった。


意識の覚醒を感じて、その場に起き上がる。

窓の隙間から外を見ると、夜が明けたばかりだとわかる薄暗さだった。

「……また懐かしい夢を見たな」

幼い頃に突然前世を思い出したルースは、一度に襲ってくる情報の渦の中で、前世と今世の境がわからなくなりパニックになった。しかもそれが大勢の村人がいた広場で起こったから問題だった。ルースの奇行は村中に知れ渡ることになってしまったのだ。

しかも、三十一年分の記憶を与えられた五歳の脳は、その膨大な量の情報を整理するため知恵熱を出した。そのせいで一週間以上も寝込むことになり、それがますます村人たちの不安を煽ることになった。『悪魔がとりついた』だの『病気になって気がふれた』など言われ、アレク以外の友だちは全員離れていってしまったのだ。

（まあ、しょうがないことだよな）

自分ではあまり認識できないが、たぶんルースの雰囲気はあの後から変わってしまった。

記憶を整理して、落ち着きを取り戻すことはできたが、何も知らなかった五歳児には戻れないのは当然だ。隠していたとはいえ、周囲はそれを感じとっていたのだと思う。

ルースの中では、今世の十九年分の棚と前世である三十一年分の棚が、並列で置いてある状態になっている。前世を『過去』として思い出すのではなく、『本棚にしまってある伝記を読むようなもの』と頭の中で位置づけることで安定を保っていた。でないと『自分』という存在はそもそも何なのかという哲学的な悩みになってしまい、生活に支障をきたすからだ。

（だけど、この本棚、やけに穴が多いんだよな……）

ルースは前世を思い出したのだが、その情報は完璧ではなかった。若い頃、学生時代のことは事細かに覚えているが、社会人、特に死ぬまでの数年に至ってはごっそり記憶が抜け落ちていた。まるで誰かに持っていかれたような気さえする。ただし死の直前は鮮明に覚えているから、死んでいないとかそういう勘違いを起こさずにすんだのは良かったかもしれない。

「さてと、起きようかな」

二度寝する気にならなかったルースはベッドから出た。服を衣装棚から引っ張り出す。

紺に近い青の膝丈まである上着を厚めのベルトで締め、ベージュ色のズボンに脚（あし）を通し、脹脛（ふくらはぎ）までのこげ茶のブーツを履くとお馴染（なじ）みの姿だ。狩りの道具を一度確認しようとして、ナイフがないことに気付いた。

「あ、そうか……昨日バルに持っていかれたんだっけ」

クラークが買ってくれた、ちょっとお高めの鋳鉄（ちゅうてつ）ナイフ。ルースはとても大事に使っていたが、もうそれはない。あのクラスのナイフをそう簡単に購入することもできないだろうから、しばらくはランクを下げたものを使うしかない。仕方のないことだが少し凹(へこ)んだ。

「倉庫に、前使っていたヤツあったかな」

部屋を出たルースは宿屋の裏にある倉庫へ向かう。昇り始めたばかりの太陽を見て目を細めて廊下を歩くと、薪(まき)を割ることができる裏の広場に先客がいることに気付いた。

「マクシムさん、おはようございます。お早いですね」

「る、ルース嬢！　お、おはよう」

薄暗い広場にいたのは、剣を持ったマクシムだった。マクシムは素振(すぶ)りか何かをしていたのか、肌寒い時間にも拘(かかわ)らず少し汗をかいていて、頬(ほお)も火照(ほて)っていた。

その姿は爽(さわ)やかなはずなのに色気を感じさせ感心してしまう。こういう色気を纏(まと)えば、村の女性はもう少しルースに関心を持ってくれるだろうか。

「鍛錬(たんれん)ですか？」

「はい。毎日欠かさずやらないと、すぐに筋力は落ちますから」

マクシムは見た目通りの真面目な男だなと感心した。

騎士団長となれば本来前線には立たない。後方で指示を出す役割が大半で、自ら戦うことも少ないはずだ。鍛錬もそこまでする必要はないだろう。それなのにマクシムは一兵卒のように己を鍛えることをやめる気はないらしい。もしかしたら真面目なので後方に徹しているからこそ、己を鍛えることをやめてはいけないと思っているのかもしれない。

感心しながらルースが見ていると、笑顔だったマクシムの表情に少しだけ陰りが見えた。

「私は、強さでしか、皆を引っ張っていく力がありませんから」

「え……？」

「いえ、なんでもありません」

ルースが聞き返すと、マクシムはすぐに元の笑顔に戻り、再び剣を振り始めた。

鋭く整った太刀筋は、マクシムがどれだけ己を鍛えてきたのかわかるほどに、研ぎ澄まされて力強いものだった。側で見ているだけでビリビリと痺れそうなほどに気迫が伝わってきて、カッコいいなと素直に思える。剣の動きだけだったら、アレクも敵わないのではないだろうか。

（って、そんなことアレクに言ったら、負けず嫌いに火がともりそうだよな）

普段は冷静に振舞っているくせに、アレクは変なところで負けず嫌いで熱い部分がある。

ルースから『○○の××って技がすごい』なんて聞いたとたん、それを研究し始め、だいたい十日以内に会得してしまうのだ。様々な属性の魔術を、その流れでアレクは習得に至っている。そして、それだけで終わらないのがアレクの最もすごいところだ。

『あの魔術をもっと効率化して、威力を上げてみた。これなら岩くらい砕けるぞ。どうだルース、すごいと思わねえか？』

そうやって必ず自分なりの改良を加えてルースに見せてくるのだ。ルースは魔力も技もアレクには絶対に敵わないと察しているので、嫉妬も感じないため素直に褒める。するとアレクは眩しいほどの笑顔を浮かべて照れるのだ。

そんな好奇心旺盛で、努力家なところが、アレクを親友として誇らしく思う部分でもある。

(でも、村長とかが『こんな術を～』なんて言っても、たいてい『簡単にはできない』って渋るんだよな。村長もアレクの負けず嫌いを煽るようにうまく言えばいいのにな)

『村長はアレクを乗せるのが下手だよな』と思っているルースは、なぜアレクが自分が言うと頑張るのかまでは想像できなかった。

そんなふうにルースはアレクのことを考えながら、マクシムが剣を振る様子を見学していた。

だが、剣を振り切った後のマクシムが、小さくため息をついていることに気がついた。

(騎士団長だし、悩みも多いのかな……わりと若そうだし)

少しばかり気になったが、ルースごとき小さな村の住人が、直球で訊ねるわけにもいかないだろう。マクシムも昨日会ったばかりの女性(と思っている)相手に話せるわけがない。

ルースはそっと視線を外すとマクシムの邪魔をしないように歩き、当初の目的通り倉庫へ向かう。その道すがら、なにげない様子で声をかけた。

「失礼だと思いますけど……マクシムさんっておいくつなんですか?」

「年齢、です、か? 私は、二十八です、もうすぐ二十九になります!」

「その年で騎士団長ってすごいですね」

思ったよりも若い年齢に驚いたルースは、倉庫の扉を開くとマクシムのほうに振り返る。

マクシムは素直に感心するルースを横目でチラリと見て、少しばかり照れくさそうに笑うと、剣を下ろして首に下げていた布で顔を拭いた。

「……そうでも、ありませんよ。前騎士団長が病気のため退役することになり、派閥の問題で無害そうな私が選ばれただけです」

「派閥の問題……？」

「騎士団にもいろいろありまして……残念ながら、誰からも認められた者がトップに選ばれるわけではないのです。私も騎士団長になるまでは、隊長職を数年したくらいで、上に立つには経験も人望も浅い人間でした。……誇れるものと言えば剣しかない」

頭からタオルをかけたマクシムの手が剣を強く握りしめる。それは摑んでいるようにも、縋っているようにも見えた。

「私は強くなくてはいけないのです。誰よりも強く、皆が恐れるくらい力がないと、誰もついてきてくれません。だから鍛錬を欠かさないのです」

そう言うとマクシムはタオルを取って、再び剣を振り始めた。厳しい顔をする彼の太刀筋には、痛いほどの決意と孤独が滲んでいるように見えた。

（この人も苦しんでいるんだな……）

貴族出身の二十八歳で騎士団長に就いたイケメン。順風満帆にエリート街道を歩いているように見えて、マクシムも他人には相談しにくい悩みがたくさんあるのだろう。昨日の様子を見ているだけでは、部下からも信頼を得ているし人間関係も上手くいっているように思えたが、内心はやはり簡単に読みとれるものではない。

（前世で言うならば、その若さで警視総監にでもなってしまったって感じかな……）

マクシムの悩みはルースでは到底理解できそうにない。

だからといってここで何も言わずに立ち去るのは気が引けた。理解しきれないとしても、寄り添う言葉をかけることはできるだろう。

ルースは、黙って剣を振り続けるマクシムに背を向けて、倉庫の中でナイフを探しながら、なにげなく声をかけた。

「騎士の皆さんは、マクシムさんの力を恐れたからついてきたとは思えませんでしたけどね」

「……今回の件は、命令でもありましたから」

「命令かもしれないけど……宿にいたときも皆さん楽しそうだったじゃないですか。ああいうのって、力で従わされている上司の元ではできないことだと思いますよ」

「……そう、ですか？」

少し驚いたような声が聞こえて、ルースは目的のナイフを手に持ちながら振り返る。

「そうですよ。マクシムさんといるときの皆さんの表情とても良かったですし、力だけに従わされているとは思えません。バルのときも、皆さん必死で来てくれたじゃないですか。それって上司として慕っているからだと思いますよ。もちろんマクシムさんの強さに尊敬もあると思いますが、決して恐怖ではないと思います」

「…………」

マクシムがジッとルースを見つめる。いつの間にか両手で握っていた剣は止まっていた。

「力だけ、なんて思われているのを知ったら、部下の皆さんも残念に思うかもしれませんよ。

少なくとも、オレだったら悲しいかなぁ、って」

もしアレクに、力を恐れて友人をやっているなんて思われたら、ルースは泣きたくなるほど悲しい。ルースはアレクと一緒にいると楽しいし、力になりたいと思うから側にいるのだ。そんな気持ちを誤解されるほど辛いものはないと思う。

(あ、でもオレ余計なこと言ったかな)

反応のないマクシムに、年上に対して言いすぎたかもしれないといまさら気づいた。誤魔化すように苦笑いを浮かべ目を逸らす。手に取ったナイフに傷がないのを確認すると、腰のベルトに取りつけた。

「まいったな……」

しかしそんな声が聞こえて、再び顔を上げるとマクシムは苦笑いをしながら頭を搔いていた。その顔には照れが混じっていて、少し子どもっぽく見えた。怒っている様子は微塵もない。

十歳近く年下の相手にこんなことを言われて腹を立てるかと思ったが、意外にも真面目に受け止めてくれたようだ。固そうに見えて、年下の話を真面目に聞くことができる柔軟さが、マクシムが部下たちに好かれている要因だと思う。

「ルース嬢は十代とは思えないほど周りをよく見ているんですね」

「あ、ああ。その……宿屋なんてやっていると、いろいろな人を泊めるんで、その人たちの雰囲気とかで、関係性がすぐわかるようになったんですよ」

力で従わされている冒険者グループは、常にピリピリしているし、笑顔なんて全く見せない。

逆に信頼のない関係のグループは、お互いに関心がないのが丸わかりだ。

騎士団のメンバーにはどちらの傾向も見られなかった。しいて言うなら、信頼の厚いグループが楽しんで冒険をしているように見えた。

「あ……すみません。なんか生意気なことを言ってしまって」

「いいえ、全くそんなふうには思いませんでした。むしろ年上の方から助言をもらったような気分です」

「え……あ……はは……」

ルースが前世を思い浮かべ気まずく思っていると、マクシムは真っ青になった。

「は！　す、すみません。〝年上〟なんて失礼を！　そ、そういう意味じゃないんです！」

「あ、いえ、べつに大丈夫ですよ」

「ほ、本当に違うので！　ルース嬢は若くて美しいですし、笑顔もとても素敵で、気配りもできていて、女神ゼノビアに勝るとも劣らない気高さを纏った強さは惚れ惚れするほどで、きっと夫となる人物はこの上なく幸せ者だと、その――」

「ま、マクシムさん！　も、もういいですからそこまでで！」

マクシムはルースの反応を『女性が年上だと言われたことに怒った』と勘違いしたらしい。

必死に誤解を解こうと、変に持ち上げるような言葉を重ねてくる。

失言を訂正するために増えていく賛辞の言葉に、ルースは恥ずかしくなる。必死にやめるように言うと、ようやく手を当て口を閉じてくれた。

マクシムは真っ赤になると『すみません、余計なことを言ってしまう性質で……』と項垂れた。もしかしたら同じような失敗をしたことがあるのかもしれない。落ち込むマクシムを見て、少し気まずく思う。ルースはわざとらしい咳払いをすると違う話題を口にした。

「それよりも、えーと……騎士の皆さんって、付き合いは長いんですか？」

「いえ、彼らは元々、前騎士団長の直属の部下なんです。だから、まともに顔を合わせたのも半年ほど前が初めてで……本来なら今回の交代人事のときに、もっと階級が上がって自分たちの部隊を持つこともできたのに、なぜか私の部下をしてくれているんです」

「良い方たちですね」

「はい。まだまともに仕事をわかっていない私を常にサポートしてくれて、彼らにはとても感謝しています。……最初に私が王都で開催されている剣豪大会で優勝したことをとても褒めてくれたので……てっきり、部下でいてくれているのはそのことがあるからだと……」

王都では変わった演目での大会が頻繁に行われているらしい。聞くところによると、その中でも剣豪大会はすでに三十回を超えるほどの、伝統ある大会のようだ。半月前にも行われたばかりらしい。

「オレはそれだけじゃないと思いますけどね。……にしても、すごいですね。王都の大会で優勝なんて、それってどれくらいの人が集まるんですか？」

「千人近くの登録があると聞きました。私は去年優勝しているからシード権を持っているのですが、最初から上がってくると十回近くも試合をすると聞きます」

「……千人……ハシ村の十倍の人が集まるんですね……規模が違うな」

「でもたいがいは、常連組で優勝を争うかたちになるので、代わりばえはしないのですが……今年はものすごい新人が現れて、王都中が大騒ぎになりました」

「新人？」

「初登録のうえ弱冠二十歳で、怪我ひとつ負わずに歴戦の猛者たちを倒し、一回戦から決勝戦まで上ってきた強者です。彼の圧倒的な強さに王都は大いに沸きましたよ、どこへ行ってもその話題でもちきりでした……ルース嬢も知っている人ですよ」

マクシムが柔らかい笑顔を向けてくる。その微笑みと言葉に、とある人物がルースの頭の中をよぎった。

「まさか……アレクですか？」

「はい。彼は素晴らしい青年ですね。さすがゆ……その力を認められ、王都へ勉強しに来た若者です」

『勇者』と言いそうになり、マクシムは言葉を濁した。昨日村長の家へ行っているので、村人には知らせないように言われているのだろう。

（いやそれより、アレクだよ。勇者なのになんで剣豪大会とか出ているんだよ！）

ちゃっかりイベントごとに参加しているアレクにルースは苦笑いする。手紙には早く帰りたいなんて書いていたけれど、それなりに楽しんでいるようだ。もしかしたら、まだ開けていない手紙に剣豪大会のことも書いてあるのかもしれない。

「あ、ってことは……もしかして、アレクとマクシムさんは優勝を争って戦ったんですか？」

「ええ、決勝戦で彼と戦いました。驚きましたよ、あれほどの青年が世の中に埋もれていたなんて信じられません。ものすごい強さでしたね」

「そ、それで……ど、どっちが勝ったんですか？」

ルースが恐る恐る尋ねると、マクシムは少しだけ得意げな笑みを浮かべた。

「僅差でしたが、私が勝たせていただきました」

「おおおお！」

マクシムの勝利宣言に、ルースは素直に感心した。あのアレクを倒せる人がいるなんて思わなかったからだ。

アレクには〝勇者〟という称号までついている。それなのに勝ってしまうということは、マクシムの強さが尋常でないという証拠だった。

「でも、あくまでもそれは剣の腕前だけの話です。魔術の使用を禁止されていなければ、正直なところ勝てたかどうかは怪しいです」

「魔術は禁止だったんですか」

「剣豪大会ですからね。それに、彼が対人戦の経験が浅かったのも幸いでしたよ」

「村では魔物とか動物しか相手にしていませんでしたからね」

ルースが知っている限り、対人戦の経験はアレクでもほとんどない。あるといえば時々現れる荒くれ者の冒険者を追っ払うくらいだったが、たいていそういう輩はアレクがヒノキ棒で地

面を抉るような一撃を放つと逃げ帰っていくので相手にならなかった。

「でも戦ってみてわかったのですが、彼は気持ちのいい青年ですね。また機会があれば手合わせを願いたいです」

「アレクはいい奴ですから」

「ええ、なにせ大会に出場したのも、この村のためだったみたいですしね」

「村のため？」

「ん？　こちらには伝わっていないのですか？」

マクシムが不思議そうな顔をして首を傾げる。そして『べつに、これくらいなら言ってもいいはずだよな』と呟いた。

「私が今回ハシ村に来たのは、アレク殿に直接『村の魔物狩りに参加してくれ』と言われたからなんですよ」

「え……ええ!?」

「あれほどの強さを見せて優勝を争った彼に頭を下げられてしまっては、私も動かざるを得なかったです。どうやら大会参加も、忙しくて直接会えなかった私に頼みごとをしたかっただけらしくてね。準優勝のトロフィーも邪魔だから預かってくれって渡されてしまいましたよ」

ははは と爽やかに笑うマクシムを前に、ルースは顔を引きつらせた。

『貴族様へ進言してくれたんだってよ。魔物の被害を受ける可能性があるから、村に人を派遣してくれって』

（貴族に進言って……騎士団長に直接訴えたってことなのか、アレク!?）

てっきり騎士団へ影響力のある貴族に、村への派遣を願い出たと思っていたが、アレクはそんな遠回りはせずに、貴族（騎士団長）に直接お願いをしてくれたらしい。騎士団長本人が今回村に来たのも、そういった事情があったからだったようだ。

（……アレクらしい、予想の斜め上の行動だな……）

勇者の考えは凡人であるルースには予測しきれないようだ。

「でも話をうかがうに、ルース嬢はアレク殿と…………その……仲が、良いんですね」

「まあ幼馴染（おさななじみ）で、親友ですから」

「……『親友』ですか。男女では珍しいですね」

ルースは『男女』と言われて、マクシムに未だに女性だと勘違いされていることを思い出した。マクシムが自然とそういう発言をするので、すっかり慣れてしまっていたらしい。

「あ、あのマクシムさん、いまさらながら伝えたいことがあり――」

「カラファーティ騎士団長！　ここにいましたか！」

しかし間の悪いことは続くもので、やっとルースが自身の性別を伝えようとした途端、騎士団のメンバーがぞろぞろと宿から出てきた。

「全く、朝の鍛錬するなら、部下に声をかけてくださいよ」

「そうですよ。剣豪大会優勝者から直接指導を受けられるタイミングなんて、滅多（めった）にない貴重なことなんですから」

「団長の指導を受けたい人間は騎士団に多いんですぞ、自覚してくだされ」

「丁寧だし、教え方もうまいから、指導教官よりも人気があるんですよ」

「王都に帰ったら団長の鍛錬時に一般兵を参加させてもらえませんか？　士気が上がります」

マクシムの側に集まった騎士のメンバーたちは、ルースに挨拶をしながらも、楽しそうに会話を広げていく。

「……ああ、すまない。今度からは必ず声をかけよう」

彼らに囲まれて、マクシムは目を細めた。そこに孤独を感じていたときのような空気はなかった。

自分の言葉が影響を与えたなんて傲慢な考えはないが、少しでもマクシムの気持ちが軽くなったのならいいなとルースは笑みを浮かべた。

ルースは和気あいあいと話している彼らに、自身の性別のことを持ち出すのはさすがに無粋に思えて、そっと挨拶をしながら母屋に戻った。


「ジオさん、お帰りなさい」

「ただいま、帰ったよぉ」

それからしばらくして宿屋の朝食が終わった頃、昨日は村長の家へ泊まったジオがブラウ家へ戻ってきた。部屋の空きを確認するジオに、昼過ぎになれば部屋に案内できると伝えて、ロビーで待ってもらうことにする。杖を抱えた小さな身体で、年季の入ったソファーに腰掛けるジオにお茶を持っていく。彼は眉毛を揺らしながら深いため息をついた。

「昨日は眠れましたか？」

「ああ、飯も美味(うま)かったし、良いベッドじゃったな。でもワシとしては、もう少し固めが好きじゃのう。まあ、人の家に泊めてもらっているから贅沢(ぜいたく)は言えんがのう」

「ははは。うちのベッドは固いですから大丈夫ですよ」

どうやら村長宅での宿泊は悪くはなかったようで安心する。世間話をしながらルースはジオの側に膝をつくと、宿帳を見ながら口を開いた。

「ところでジオさん、宿泊期間が未定となっていますが……。確かお墓参りにいらっしゃったんですよね？」

「そうじゃ。そんなに歩かないところにあるから一日あればすぐに終わるんじゃが、せっかく足を延ばしてここまできたからのう、のんびりこの村を堪能(たんのう)しようかと思って。なんせこの村にある宿屋の風呂は特に良いと弟子からも聞いてしまったのでなぁ」

どうやら噂(うわさ)の弟子からお風呂の情報も聞いていたらしい。確かに宿屋の風呂は他家より大きくて入りがいがあるだろう。そこはアレクといろいろ試行錯誤をしたこともあり自慢できる。

「お風呂はゆっくり入って楽しんでください。ただ、ジオさん、できれば三日後くらいにはハシ村から離れてもらえないかなと思いまして……」

「……なんでじゃ？」

ルースの言葉にジオはゆっくり身体を起こす。その顔は特に怒っているわけでもなく、不思議に思っただけのようで安心した。下手な言い方をすると、今の発言だけで怒りだすお客もいるのでそこは慎重だ。

「実はあと七日もしないうちに、魔物の大群がこの村へやってくるんです」

「魔物の大群？」

ルースはジオに、しばらくすると起こる『魔物狩り』について話した。

ブラウ家では、この時期に訪れる宿泊客には早めにハシ村から離れるように促（うなが）している。毎年のことなので説明には慣れていた。

「ほう、そんなことがこの村では起きているのじゃな…………あの馬鹿、そういうことか」

「？　……なので、ジオさんもなるべく早めに村を離れていただければと」

「強制ではないのじゃろ？」

「……もちろん強制ではないですが、騒がしくなるとオレたちもあまりお相手できなくなりますし、当日は村の女性たちと一緒に狭（せま）いところへ避難（ひなん）してもらうことになってしまいますよ？」

ルースが困った顔をしてジオを見つめると、相手は首を傾げながら眉を動かした。

「……頭には入れておこう。じゃが、三日後に村を出るかはまだ決められんのう」

「そうですか……。変更がありましたら、誰でも良いので伝えてください。ではお部屋の最終チェックをしてきますね」

なぜか決断をしぶるジオに内心ため息をつきながら、ルースは客間へ向かった。

「はぁ……オレじゃ説得しきれなかったか。母さんへバトンタッチかな。まだまだだな」

たいていの客は母セリーヌの心配そうな表情に絆(ほだ)され、こちらの願いどおりに村を離れてくれる。セリーヌの説得に頷(うなず)かなかった客も、父ロッサが真面目な顔をして騒ぎの大変さを語れば、ほぼ逃げ出すようにして去ってくれる。そんな両親にルースはまだ敵(かな)わない。

(アレクが帰ってくるまでには、こういうのも一人で対応できるようにしないとなぁ……)

ルースは気合を入れつつ、宿の部屋掃除に取り掛かった。


ジオに村の事情を話した次の日、さっそく村人による今年の『魔物狩り』対処へ向けての総会が開かれた。一応一時間ほどで終わる総会のため、店も一時的に閉じて、村人全員が教会に集まる。お祈りの時間であってもこれほど人は集まらないので、教会は鮨詰(すしづ)め状態だった。

簡易的に作られた壇上(だんじょう)へ上がる父ロッサとそれに付き添う母セリーヌから、ルースは離れて教会の端に立っていた。

マクシムの隣に立った村長が一歩前に出ると、壇上の袖(そで)にいた神父様が声を上げて、教会内は一気に静かになった。

村長が毎年恒例の挨拶を始める。あまり意味のない話を終えてから、ようやく本題に入った。

「今年出現する魔物は二十五体前後であると予測が立った」

この時期になると魔物は、なぜか半月ほど前に山の向こうに一度集結する。その後、村へ一気に向かってくるのだ。何かに統率されているかのような規則正しい襲撃に、最初はボスがいると考えていたらしいが、今のところそんな個体は見つかっていない。ハシ村では彼らのその習性を利用して、集結した魔物の数を調べてから、対策を練ることにしていた。

(今年は二十五体……ずいぶん少ないな……)

ルースと同じように思った村人は多かったらしく、教会内がにわかにざわつく。年々数を増していた魔物は、去年は四十体を超えていた。それなのに、今年は半分ほどしかいないのだから気になるのだろう。

「村長、あまりにも少なくはないですか？」

壇上にいたロッサが、皆の気持ちを代弁する。村長は深く頷いた。

「皆も同じことを思っただろう。だが、何度調査しても予測は変わらなかった。そこで今年は約二十五体という結論に達した。これも皆が毎年頑張り、怪我を負わずに村を守っていた努力のたまものだろう」

村長は自分の出した結論に満足しているようで、何度も深く頷いていた。続いて魔物の編成を告げていく。

今年は危険度Eランクの魔物が約十五体、D・Cランク約八体、Bランクが二体という編成らしい。去年はE・D・Cランクが非常に多かったが、今年はBランク級の魔物が二体いる。相手の全体的な総力は落ちているとはいえ、安心できるような編成ではない。

「今年はやけに強い奴(やつ)が多いな……」

「だよなぁ……アレクがいないけど大丈夫なのか？」

だがそんな声がチラホラと聞こえてくると、村長は大きく咳払いをした。

「今年は少しばかり村の住人の数が減り、戦力が落ちたことを危惧している者もいるだろう。だが安心してほしい。今年は私の不安を知った王都の者が素晴らしい応援を送ってくれた。紹介しよう、マクシム・カラファーティ王都騎士団長と彼の親衛隊五名の精鋭たちだ」

『おおお！』

村長の紹介でマクシムたちが前に出て、教会内が一気に騒がしくなる。

やはり騎士団長の肩書はかなり強いらしく、村人たちの不安げな表情は一気に吹き飛んだ。まだ彼らを見たこともなかった村人も多くいたようで、その姿を一目見ようと、ヒーローショーのような賑わいを見せていた。

（でも、あの言い方って……まるで村長がマクシムさんたちを呼んだようにも聞こえるんだけど……）

あれでは、村長が『王都の者』に不安を伝えたことにより、マクシムたちを呼ぶことができたというニュアンスで村人に伝わってしまう。確かに、アレクは王都に行ったので『王都の者』に間違いはないが、わざとらしい言い回しである。

けれど嘘を言っているわけでもないので指摘もできない。やっぱり村長はタヌキだ。

「彼らには、村の精鋭を集めて行っていた奇襲部隊の役割を担ってもらう予定だ」

『おおお！』

奇襲部隊とは、一番レベルが高い魔物を撃退する部隊だ。去年まではアレクやロッサなどが入っていた。

魔物狩りの魔物は低レベルから村にくるので、村人たちは守りを固め、村に入る直前に撃退する。その間に、背後から高ランクの魔物を倒すのが奇襲部隊の役目だ。

村長に異論を唱える者はいないらしく、教会内は安堵のため息すら聞こえた。

皆アレクがいないことに不安を感じていたのだろう。その役目を王都の騎士たちが担ってくれると知って希望に繋がったらしい。

「他の者の配置は去年とほぼ変わりない。中央広場にそれぞれの役目を貼り出しておくので、確認後、午後から準備に向かってくれ。皆今年も怪我人なく魔物を倒し、我らの土地を守るぞ！」

『おおー！』

教会内が熱気に包まれる中、『去年と同じ配置』と言われルースは一人肩を落とした。


昼を過ぎて、多くの村人が魔物狩りの準備のため騒がしく行動を始める中、ルースはマクシムを連れて村を歩いた。

「いや、お手をわずらわせてしまって申し訳ない。でもルース嬢に案内してもらえるなんて、とても幸せです」

「はは……それならよかったです」

村長はルースに『どうせ暇なのだろう』と言い放ち、マクシムを案内するよう指示してきた。実際ルースは櫓を組むわけでも、罠を作るわけでもない。暇と言われてしまえばそこまでなのだが、さすがに直球だとちょっと堪える。

しかし、マクシムがとても嬉しそうにしてくれているので、少しだけ救われた。

（マクシムさんっていつも笑顔だよな）

最初に比べてなおさら笑顔に艶が出ているような気もする。それにルースが声をかけると、マクシムは嬉しそうに笑ってくれるし、逆に向こうからも声をかけてくれるほどだ。

アレクがいなくなった村で、少し微妙な立場になってしまったルースとしては、そうやって普通に話すことができる人が増えたのは単純に嬉しかった。

そのうちこっそり、騎士団のメンバーが楽しみにしているという、剣技の技術指導なんかもしてもらえるんじゃないかなと思う。そうなったら、帰ってきたアレクを少しくらい吃驚させられるかもしれない。

「それにしても、皆さん集団で来る魔物の対応に慣れているのですね」

「毎年のことですからね」

「てっきり普通に剣を持ち魔物に対抗するのだと思っていましたが、大がかりな罠を仕掛けて戦術的に魔物を殲滅しているなんて思いもよりませんでした」

「普通に戦ってしまうと、個人の技能に任せることになってしまいますから。そうすると怪我人がたくさん出てしまうので、そういうのは一部の腕の立つ人間だけがやることになっているんです」

『魔物狩り』と称してはいるが、実際ハシ村の行う魔物への対抗策は大がかりな仕掛けによる罠での殲滅に近い。

魔物の第一陣は低ランクの知能が低いタイプが多いので、堀を使って落とし火をかける。第二陣は身体が大きく動きが鈍いタイプが多いため、台車付きの太い槍を放つことができる機械や投石機を並ばせ、魔物に向かって打ちこむ。ここまでの仕掛けで、毎年九割以上の魔物を行動不能に陥らせることができる。

「罠のタイプは複数あるのですが、毎年少しずつ変えて、魔物に対応されないようにしています。彼らに知識を共有する知能があるかはわかりませんが、仕掛けを突破されたら大事ですからね」

「いや、話を聞いているだけでもすごいですよ。こう言うと失礼ですが、こんな小さな村でそこまで戦略を立てているなんて想像していませんでした。騎士団も見習うべきだな」

村の倉庫から出されて整備をされている投石器を見て、マクシムは感心したように頷いた。

「全部アレクの提案なんです。小さな村とはいえ毎年のことだし、魔物の来る方向もわかっている。だったら知恵を絞ってもっと効率的で安全に戦うべきだって、それから村長たちと話し合って、ああいう物を作ることにしたんです」

「……やはり彼はすごい青年ですね」

マクシムは改めてアレクのすごさを実感したようだった。

（なんか、オレが褒められたわけじゃないのに嬉しいな）

小さなころは母親と一緒に隠れていたから知らなかったが、狩りを習った後から現実を目の当たりにしてルースは少なからず恐怖した。たまに魔物に遭遇するくらいならかまわないが、命を脅かす集団が村を攻めてくる姿なんて想像していなかったからだ。

『ルース大丈夫だ。俺がいるだろう？　奴らになんて負けないさ』

そうやってアレクが手を握ってくれていなければ、初めて父親たちが戦う姿を見たときも、一人情けなく震えていたかもしれない。

そんなルースを見たせいか、アレクはいろんなことを勉強し始めた。きっとルースを見てあまりの情けなさに、不安を覚えたのだろう。生き残れないと思ったのかもしれない。

（オレ、『恐い、どうしよう』って思っていただけだったからな）

実際ルースは前世の記憶があるから、魔物への対抗手段に兵器を使うことを考えられたはず。だが、悲しいことにその発想すらなかった。だからこそ投擲器などを提案してしまうアレクに、チート能力があると思ってしまったのだ。実際、アレクには勇者というチート能力があった。

「ちなみに、兵器の所持は王様に認められていますので、安心してください」

「それはもちろんです……でも王都にいる者は、誰もここまで大がかりな物だとは思っていないですよ」

「……えっと、黙っていてもらえますか。取り上げられてしまうと困ったことになるので」

「もちろん黙っておきますよ」

ルースが口の前に人差し指を立てると、目じりをゆるませたマクシムが同じ仕草をした。

マクシムはただ真面目なだけではなく、話をわかってくれる本当に良い人間だと思う。上に立つ人間として、ここまでピッタリな人材はいないはずだ。

（にしても、なんで同じ仕草をしているのに、こうも色気が溢れているんだろう……）

見た目爽やかなのにマクシムの動作には妙に色気を感じる。すれ違った村の女性がマクシムを見て腰砕けになっていたから、決してルースだけがそう感じているわけではないのだろう。

ルースは軽く咳払いをすると、気分を変えて話を続けることにした。

「残りは知能が高いか、魔術による個体能力が高い魔物です。そういった個体は、毎年二、三体はいます。奴らだけはどうしても罠に掛からず、村人たちとの総力戦となってしまいます。でも、それだと怪我人がでてしまう」

「そこで我々の登場ですね」

「はい、実際はこちらが第一陣を処理している間に向かってもらうことになります」

そのためマクシムたちと村人は完全に別行動になる。そもそも村の近くにBランク級の魔物を近づけるのはとても危険なので、先に戦いを仕掛けて遠ざける必要があるのだ。

「この役目をアレク殿が毎年やっていたのですか？」

「はい。アレクの他に、うちの父や、他にも腕の立つ人間を数人連れていましたが、基本はアレクが仕留めていたようです」

ロッサ曰く、アレクの動きはずば抜けているため、自分たちはほとんど囮や補助や回復に努めていて、あまり役立っているとは思えなかったらしい。

「……『親友』のアレク殿は村でも大活躍なのですね」

「はい。すごかったらしいですよ。バルみたいな超硬化能力持ちですらどんどん切り捨てて、魔術を打ってくる魔物にはそれを反射させるなんてこともしていたみたいですよ！　オレも近くで見てみたかったなぁ」

ルースも男であるため、やはり強い者の闘いをこの目で見てみたいという欲求はある。特にアレクの力は桁外れなのでなおさらだ。嫉妬する気にすらならない。

アレクと狩りに出掛けても、Ｂランク級の魔物に遭遇することは滅多にないので、アレクのすごさを目の当たりにできないのが残念だった。魔術の反射とかリアルで見てみたいに決まっている。

ゲームの主人公並みに圧倒的な力を見せるアレクを想像して、興奮気味にルースが語っていると、マクシムが大きな咳払いをした。

「マクシムさん？　大丈夫ですか？」

「ああ、すみません、ちょっと喉が。それより、ルース嬢の分担はどこなんですか、その辺りも見せていただきたいなと思いまして」

「あ……分担、ですか」

あまり話したくないことを聞かれて、ルースの返事が鈍った。そんなルースに気付かないマクシムは期待を込めた視線を向けてくる。小さくため息をつくと口を開いた。

「あの、実はオレ、分担ってないんです……」

「え？」

「いや、暇しているってわけじゃなくて、なんていうか雑用とか、荷物移動とかが主で……」

マクシムの手前取り繕おうとするが、正直な話、ルースは魔物狩りの準備期間に割り当てられた仕事はない。というのも、男性陣が担当する兵器や防衛手段の準備チームからは『力なさそうだし、不器用そう』と戦力外通告を受け、準備期間内は村人全員の配給用の食事を作る女性陣からも『余計な人材はいらない』と追い出されてしまっている。

最初の頃はなんとか役割をもらおうとアピールを頑張ったが、それも三年目にして諦めた。下手な真似をすると、中心になっているアレクやロッサに迷惑がかかるとわかったからだ。

そのためルースは居場所がなく、時々女性陣から雑用を告げられて、主に食料の荷運びなどをするのが仕事だった。

宿屋に戻るという手段もあるが、お客には魔物狩りの前に村から離れてもらっているし、セリーヌが基本的にいるので、下手に戻ると『仕事をもらってきなさい』と追い出されてしまう。だから家に戻ることもできない。まるで家に居場所のない父親が、街でふらついているみたいだと自分でも思う。

ルースが肩を落としながら話していると、マクシムの顔が痛々しい者を見るような目になっているのに気付いた。

「あっ……ああ！　でもわりと楽しいんですよ！　いろんな作業が見られるので、こっちの進みが遅いなと思ったら声をかけて誰か呼ぶこともできるし、どれだけ早く水を運ぶかとかベストタイムを個人的に競ったりして仕事の効率化を……」

「ルース嬢……そんな……」

自身のフォローのつもりで告げた内容だったが、なぜかマクシムはますます表情を曇らせた。

もちろんマクシムの言いたいことはわかるが、ルースとしてはどうしようもない。今年は何かと仕事を振ってくれていたアレクもいないので、ますます手が空いてしまっているから暇そうに見えるだろう。村長にマクシムの案内を頼まれてむしろ喜んでいたのだ。

「ルースちょっと来て～」

嫌な沈黙にルースが汗を流していると、食事を作っている女性陣から声をかけられた。きっと食材運びの雑用だろう。

「あ、じゃ、仕事もらえたんで、失礼しますね。村の中は自由に見てください」

「……ああ、ありがとう」

複雑な表情のマクシムを置いて、ルースは急いで女性たちの元へ走った。

【4】騎士団長様は立ち上がれない

二日後、宿に残っている客はジオだけとなった。すっかり暇(ひま)になったルースは、さっそく他の人たちから仕事をもらおうと宿を出ようとした。そこへ早馬を使った荷物が届く。

「あ、マクシムさん宛(あて)だ」

配達人が宿へ置いていったのは、五十センチくらいの布に包まれた荷物で、その硬い感触から箱に入ったものだと思われた。送り先は三日ほど歩いたところにある、ハシ村より大きい町からだった。魔術を使った早馬なら半日もかからずに着く場所だ。

「生モノじゃなさそうだし、帰ってきてから渡せばいいかな？」

「早馬を使っての速達(そくたつ)でしょ？　それに、あの町は武器加工で有名なところだから、マクシムさんが今回のことに使う物を頼んだのかもしれないわよ」

セリーヌにそう言われ、早めに届けることにしたルースは、マクシムたちが集まっている村長宅へ向かった。事情を話すと奥の部屋に通される。

部屋にはマクシムや他の騎士と共に、村長や神父様、父ロッサなどの村の中心人物たちもいた。テーブルの上の地図を見て、魔物狩りについて話し合いをしていたようだ。

（去年まではここにアレクがいたんだよな……）

今年は騎士団長という実力者が来てくれ、魔物狩りに備えることができている。けれど、アレクの存在がここにないだけで、ルースは少し寂しい気分になる。

「ルース、どうしたんだ？」

息子の存在に気付いたロッサが声をかけてくれた。

マクシムへの速達便を持ってきたことを告げると彼は近寄ってきた。他の人々は少し休憩するらしく、部屋の隅にあるお茶の入ったポットへと群がった。

「二日前にお願いしたんですが、もう届いたんですか」

肉屋と馬貸しをしているゴーラス家の早馬を使って、町と連絡を取っていたらしい。村人すら早馬の存在を忘れかけていたのに、村にある物を理解してちゃんと利用するマクシムには感心してしまう。

マクシムはルースから荷物を受け取ると、隅の机の上に置いて包んでいる布を取った。中から出てきたのは高そうな箱だった。

ルースが視線で見てもいいかと尋ねると、もちろんと言わんばかりにマクシムが見やすく広げてくれる。それに気付いたロッサや騎士のメンバーがわらわらと寄ってきた。

「高そうな物が入ってそうな箱だな」

「団長、これあの工房の物じゃないですか……」

「また買ったんですか」

集まったメンバーが口々にその箱に対して感想を述べるが、マクシムはあまり気にした様子はなく、そのまま箱のふたを開ける。

（うわ……）

中から出てきたのはケース付きの大振りナイフ。ナイフケースの中心には宝石がはまり、緻密な細工もされていて、とても実用品とは思えない物だ。

マクシムはそのナイフを手に取ると、ケースを外して中身を確認した。

「うん、良い出来だ」

ナイフ本体はケースの繊細さに比べて、わりと普通の作りだった。多少のデザインはされているが、物が切れそうな雰囲気は保っている。剣身までに宝石がついていたら、なんのためのナイフなんだろうと悩んでしまいそうだが、一応飾り物ではなさそうだ。

マクシムは一通りナイフの様子を確かめると満足したように笑い、ケースに納めてから——なぜかルースの前に差し出した。

「え？」

ルースが戸惑いながら見上げると、マクシムはズイッと寄せてくる。

「あ、あの、マクシムさん？」

「以前、私を助けたときにナイフを失わせてしまいましたよね？　代わりといってはなんですが、使ってください。多少華美ではありますが、耐久性は以前のナイフよりはあるはずです」

「え……ええ？」

「受け取ってくださいルース嬢、私の気持ちです」

マクシムがやたら甘い笑みを浮かべてルースを見つめてくる。

周りにいた騎士たちが声をひそめながら『いけ、押せ、騎士団長』とか『ここで落とせ』とか『頑張れ』とかはやし立てる。それが聞こえているはずのマクシムも、少し照れくさそうにしてはいるが否定する様子はない。

だが逆に、その後ろにいるロッサは顔を真っ青にしながら猛烈な勢いで『受けとるな』と首を振っている。あれは緊急事態を知らせる合図だ。

その様子に、鈍いとアレクからさんざん言われていたルースも、いよいよこれが受け取ってはいけないものだというのに気付いた。

(ああああ、しまったぁ！　ずっと性別を言いだせなかったからこんなことに……！)

初対面のときから『女神』だの『美しい』だの言われて、多少気にしてはいたが、貴族特有の褒め言葉かと思って軽く流していた。都会から来た人間の甘い言葉をそのまま信じるようなお花畑な頭をルースは持っていなかったのだ。

それに、いくら美人の母似で、女性と勘違いされやすいと理解していても〝男性に本気で好意を寄せられることがある〟なんて想像していなかった。発想がなかったのだ。

それが災いした。マクシムの本気度合いがだんだんと強くなっていることに、全く気付けなかった。多少は『なんか最初とマクシムさんの態度が違うな～』とは思っていたが、仲良くなったからだと思って流してしまっていた。

自分がマクシムにとって恋愛対象である女性だと思われているのを、完全に忘れていたのだ。

「ルース嬢、受け取ってくれませんか？　そして、この度の件が終わってもこのまま交流を」

「あ、あの、マクシムさん。ちょっとお話があるのですがいいですか？　できれば二人で」

「あ……はい」

緊張した面持ちで、けれどどこか期待した様子で頷くマクシム。そんな彼に、内心謝り倒しながらルースは村長の家を出て、人気のないところへ連れて行った。

「あの、ルース嬢、こんなところで何を」

「マクシムさん。本当に申し訳ないです。けどハッキリと言います」

「はい？」

「オレ、男なんです」

「………………………………え？」

「もう一度言います。オレは男です。ですから、そのナイフを受け取ることはできません」

「…………え」

真面目でいつも自信を持ったように話すマクシムから間の抜けた声が聞こえた。目を瞑っていたルースが顔を上げると、混乱と驚きで真っ青な顔をしているマクシムと対面した。

「じょ、冗談でしょう？　あなたが、男性？」

「申し訳ないのですが、本当です。……話すのが遅くなって本当にすみません」

ルースが深く頭を下げると、目の前にいたマクシムは悲しそうな顔をした。

「……これは、私とは今後お付き合いできないという、遠回しな拒絶なんでしょうか」

「違います。本当にオレは男で」

「それとも、お付き合いしている相手がいるから、こんなふうに断りを」

「ですから……」

ルースが男であることを、あくまでも信じようとしないマクシムに、だんだん申し訳なさでいっぱいになってくる。でも気持ちはわからないでもない、好意を告げた異性が、じつは同性だったなんて誰だって信じたくないだろう。

(だけど……)

ルースは深くため息をつくと上着のボタンを外し始めた。そして戸惑う声を上げるマクシムの前で、ガバリと自分の服を開いた。

「女性でないのは、おわかりいただけるでしょうか？」

「…………」

目を見開いたまま硬直するマクシムに、ルースは自分の胸板を見せた。もちろんそこには女性特有の乳房などはなく、狩りで鍛（きた）え上げられた上半身があるだけだ。

着やせする外見なので、服を着ているとかなり細身に見えるらしいが、ロッサは元より、アレクより筋肉の付きは悪いものの、ルースだってそれなりに筋力はある。この身体を見てさすがに胸のない女性だと思う人間がいるはずない。

「…………」

「……オレが男だと信じてもらえましたか？」

「っ！　は、はい！　わ、わかりました！　で、ですから前を！　閉めてください！」

しばらくじっとルースの身体を見ていたマクシムは、声をかけると真っ赤になって顔を逸らした。急いでルースに前を閉めるように言う。

男の身体なんて必要以上に見たくないだろうと思い、ルースも大人しく前を隠す。口元に手を当てたまま顔を逸らしているマクシムを見つめた。

(せっかく仲良くなれたと思ったのに……)

この様子では友情を育むことは難しそうだ。きっと明日からは目を逸らされるか、拒絶されるに決まっている。そう考えると胸が痛いが、自業自得なのだろう。

ルースは残念に思いながらも、再び頭を下げた。

「本当にすみませんでした。騙すつもりはなかったんです。ただ言いだすタイミングを失ってしまって……」

「……そのことはいいです。勝手に勘違いしたこちらにも非がありますから。むしろ男性なのに何度も女性扱いをしてしまい申し訳ない。ルースじょ……ルース殿も不快だったでしょう」

「マクシムさん……！」

なんて良い人なんだとルースは感激した。酷い言葉を投げつけられてもおかしくない状況なのに、むしろルースの気持ちを気にしてくれている。マクシムのあまりの聖人っぷりに、ルースは尊敬の眼差しを向けた。

そんなルースにマクシムは咳払いしてから、ようやく目を合わせてくれた。

「ですが、それとこれは別の話です」

そう言ってマクシムは背後に手を伸ばすと、いつも彼が身につけていた大振りのナイフを腰から抜き取った。突然抜き身のナイフを見せられて、ルースが硬直していると、マクシムはクルリと反転させて持ち手の部分をルースへ向けた。

「せめて、これをお受け取りください」

「え？」

「あの宝石の付いたナイフを受け取れないというのはわかりました。確かにあれは実用的とは言い難いし、感謝の気持ちにしては華美すぎる。それに気持ち的にも重いでしょう」

「……ま、まあ……たしかに」

「ですから、私が普段から使っているこのナイフを代わりに受け取ってください。これは完全に戦いの効率のみを考えた一級品です。ルースじょ……ルース殿のような戦い方をなさる方ならうまく扱えるはずです」

「え……でも」

ルースが戸惑った視線を向けると、マクシムは少し苦笑いした。

「私を助けたことで、ルース殿がナイフを失ったのは事実です。ですから、お受け取りください。これは、マクシム・カラファーティからルース・ブラウへの感謝の気持ちです」

ぎこちないものだったが、柔らかく微笑(ほほえ)みを向けられて、ルースはようやく緊張で固まっていた身体を解(ほぐ)す。差し出されたナイフを受け取った。

全長五十センチ前後、以前のナイフよりわずかに大きいが、圧倒的に軽かった。刃も鋭く、歪(ゆが)みも全くない。また手に持った瞬間から、魔術へ対する伝導率の高さがうかがえるほど、落ち着いたオーラを放っている。無骨(ぶこつ)だが握りも計算しつくされていて、手にしっかりフィットする形だ。

「いいんですか、こんなに良い物を？」

「かまいません。命を助けてもらったお礼としては、むしろ安すぎると思います。ぜひ使ってください」

ルースは微笑むマクシムに笑顔を返した。

「ありがとうございます、マクシムさん。大事にします！」

心から礼を告げると、マクシムが少し戸惑ったような顔をした。けれど新しいナイフに心を躍らせていたルースは、あまり気にすることはなかった。

その後村長宅へ戻るマクシムと別れて、ルースは仕事を探しに広場へ向かうことにした。

その背を目で追うマクシムが小さく『女神』と呟(つぶや)いた声には気付かなかった。

マクシムといろいろあった次の日。

ルースは魔物の襲来(しゅうらい)が明後日だとざわつく村内を歩き、頼まれる雑用を片付け続けた。その最中にふと手を止めると、思い出すのは昨日のマクシムとのことだった。

（やっぱり悪いことしちゃったよな……。オレ最悪だよな、アレク……）

ルースの視界に、銀色に輝く腕輪が入る。アレクに預けられた日から、風呂以外は肌身離さず付けているものだ。以前なら凹むような失敗があると、彼に愚痴ることもできたのだが、いまではそういう相手もいない。少しばかり気持ちがまとまらなかった。

マクシムからナイフをもらって喜んだものの、時間が経つと再び溢れ出てくるのは、申し訳なさだった。あの後、彼が宿に戻っても変わらず接してくれたのでなおさらだ。

(断られるのが辛いって、オレ自身が一番知ってるくせに……前世の経験が役立ってないな)

どういった事情であれ、相手の好意を拒否してしまったことには違いない。正当な理由があったとしても、拒否されると少なからず傷つくことをルースは身を以って知っているし、その痛みがとても苦しいこともわかっている。それなのに、あんな言葉を告げてしまった。

本当ならもっと早くに事実を伝えて、村の青年として普通に接してもらうべきだった。悠長にかまえていた己の馬鹿さ加減に苛立ってしまう。

ルースは大きくため息をつくと、その場にしゃがみ込んで預かっている腕輪に額をつけた。冷たく硬い腕輪に額をつけていると、ざわついていた気分が落ち着くような気がした。不思議なことにまるでアレクに励まされている気分だった。

「うん…………反省はここまでにしよう。凹んでいてもはじまらないし」

思わぬ腕輪の効力に笑みを浮かべ、感謝を告げつつ少し撫でると、再び立ち上がった。

ルースが自己嫌悪に陥ったところで、事実は変わらないし変えられない。もやついた気持ちはすぐに晴れないが、それも悪いことをしてしまった罰だと思って受け入れるしかない。

「そういえば、さっきサラ姉さんに頼みごとがあるって言われていたんだっけ」

兄であるクラークの婚約者サラに来てほしいと言われていたのを思い出したルースは、気持ちを切り変えて広場近くに一時的に設置している炊事場に行くことにする。あの辺はいま女性の戦場なので入りにくいが、雑用を頼まれれば行くしかない。

しかし足を進めようとした瞬間、背後から声をかけられた。

「なにひゃくめんそうしてるんだよ、ルース」

「え……って、バード？」

背後を振り向くと、近くにあった木の陰に隠れていたのは、アレクを兄のように慕っているバードだった。彼は髪と同じの茶色いツリ目でルースを睨みつけていた。

バードは八歳なので村の男たちの仕事にはまだ関われないが、この時間は母親たちが忙しいので、もっと小さな子どもたちの面倒を教会で見るという仕事があるはず。そう言うと気まずそうに視線を逸らした。

「いまチビたち昼寝の時間だから……」

つまり面倒を見る相手が寝ているので、教会を出てきたらしい。誰もいなくて大丈夫なのかと聞くと、小さな子どもたちの面倒を見ている同年代は他にもいるので、起きて騒ぎださない限り大丈夫のようだ。それに大人もちゃんといるという。

ルースはその話を聞くと返事をしながら歩きだす。その後を少し離れてバードがついてくる。

「それで、オレの後についてくるのはなんでかな？」

「お前のカンシだ！」

「監視？」

「皆がルースは仕事してないって言ってたから、おれが見張り役になることにしたんだ！」

「ああ、そういうこと」

確かに事情を知らなければ、ルースはサボっているように見えるかもしれない。頼まれる雑務のほとんどが荷物の整頓や荷物運びのうえ、あちこちで雑務を頼まれるため、ルースが一ヵ所に留まって仕事をすることはほとんどないからだ。誰もルースが何をしているのかはっきりと知らないのだろう。だが、それを説明したところで、あっさり信じてくれるとも思えない。

だったら、バードの監視ごっこに付き合うのもいいのかもしれない。

「監視するのはかまわないけど、他の人の邪魔にならないように。危ないから」

「貧弱なルースじゃないから危なくない！」

「はは、頼もしいな」

そのままバードを連れて中央広場に行くと、仮設の炊事場に村の女性たちが溢れているのが見えた。気配に気付いた女性たちが振り向いたので、ルースは笑顔で手を振ったが、彼女たちはひそひそと話すだけだ。手を振り返してくれたのはずっと年上の女性ばかりだった。

母親より年上の女性たちに可哀相な息子を見るような目で手を振られて、ちょっとばかり微妙な気分になったが、無視されるよりはいいだろう。

「お前、同じくらいの年の女に嫌われてるな」

「……そ、そんなことない。これからだよ」

バードからの強烈なツッコミに心を痛めたが、年上の意地で平気なフリをする。

（だけど、もうちょっと柔らかく接してもらいたいな……）

皆がマリアンヌみたいに笑顔で手を振ってくれたら、とても幸せな気分になれるのにと思う。

昼食の片づけで忙しい炊事場の脇を通り、食料の一時保管場所にされている小屋に入る。そこには目的の人物がいた。

「サラ姉さん、遅くなってごめん。用事って何？」

「ルース、来てくれてありがとう。あら、バードもこんにちは」

「……こ、こんにちは」

六畳ほどの小屋の中にいたのは、兄クラークの婚約者のサラだ。サラは腰まで届く綺麗な黒髪を三つ編みにした茶色い瞳のほんわか美人だ。小柄なうえに、頬がほんのりピンク色に染まっているので、ルースより一つ年上なのにとても可愛く見える。クラークと並べると熊とウサギだ。村内ではお似合いカップルと言われている。

「ごめんね。夕食のための材料を奥の倉庫から持ってきてもらう予定だったんだけど、頼んでいた人たちが忙しくて手が離せないみたいで」

「ああ、そういうこと。いいよ、任せて。リストある？」

サラは村で一番大きい雑貨屋の一人娘で、有事の際はこうやって使用品の管理を任されることが多い。今は夕食に使用する材料の欠品を確認していたらしい。ちなみに今クラークが村にいないのも、彼女の家の仕事を手伝うため、行商で王都へ行っているからだ。

渡されたリストを確認しているルースを、サラは心配そうに見上げた。

「多いでしょ？　大丈夫かしら？」

「大丈夫だよ。このくらいなら」

「でも粉物もあるのよ？　あの袋、すっごく重いから……やっぱりお父様に頼んだほうがいいかしら」

「サラ姉さん大丈夫だよ。これくらいならそう時間もかからないし」

ルースが安心させようと力瘤（ちからこぶ）を見せるように腕を曲げると、なぜかサラはますます心配そうな顔をして目を潤ませた。

「だって、あなたこんなに細いのよ。あんな袋を持ちあげたら腕を折ってしまうんじゃないかって、私心配で……」

「ね、姉さん……」

サラはルースに対して当たりの優しい女性の一人だ。しかし一緒に住んでいるわけではないので、ルースのことを少し勘違いしていて、どうも力仕事ができない弱い青年だと思っているらしい。生来の心配症から、やたらルースを過保護に扱い、力仕事はクラークに振る。

（まあ、外見からして、オレのほうが兄さんより力持ちなんて思わないよな……）

ブラウ家の腕力での力関係は、ロッサ、ルース、クラーク、セリーヌの順だ。ちなみにこれが一般的にいう力関係となると、セリーヌがトップに出るのは言うまでもない。

「大丈夫だよ、サラ姉さん。ちゃんと工夫して運んでくるから」

「本当に？　本当に気をつけてね。危なかったら、男の人を呼んでね。重い物を持っちゃ駄目よ、絶対よ？」

「オレも男なんだってば……」

まるで妹に頼みごとをするようなサラに苦笑いしつつ、ルースは小屋を出て村の奥にある共同倉庫へ向かった。サラの前ではもじもじして大人しかったバードも後をついてきた。

「……お前、荷運びなんてできるのかよ」

「心配してくれてるの？　ありがとうバード」

「し、心配なんてしてねえよ！」

思いっきりツンデレを発揮してくれるバードに笑いつつ共に倉庫へ入った。バードは初めて入ったらしく、少し興奮気味に辺りを見渡す。

この倉庫の床はルースの腰より高い位置にある。階段を使って中に入るタイプの建物だ。一般家屋の二倍の広さがある倉庫内は、いざというときの食料や雑貨の備蓄（これもアレクの提案）が置いてある。もちろん魔物狩りのために使う食料もある。

ルースは倉庫の外に置いてあった荷車を、入口近くの階段下へ置くと、リストの材料を集め始めた。リストには粉物、野菜、豆類、キノコ類、肉に、調味料の類まで書いてある。騎士が増えたことで、食糧の減りが早くなっているのだろう。

ルースが粉袋を四つ抱えて入口へ戻ってくると、階段付近に座っていたバードが驚いた顔をした。

「どうしたんだ？　バード」

「……お前、それ軽いの？」

「うーん。軽くはないかな」

　そう言いつつ、バードを避けて階段を降りる。ルースはよろけることもなく袋を荷車に下ろしたが、同じ場所へ一度に置いたせいで、荷車が壊れそうな悲鳴を上げた。慌てて分散して並べ直す。そうしていると、変な顔をしたままのバードが側に近寄ってきた。

「バード、危ないから」

「うるさい」

　ルースの注意を一蹴したバードは、荷車に乗ると粉物の袋を持ちあげようとして——手が滑り、後ろに引っくり返った。

「ちょ、バード!?」

「な、なんだよこれ」

　地面に引っくり返った姿に驚くルースを無視して、バードは立ち上がると、再び粉袋を抱えあげようとする。しかし八歳の力では到底持ちあげることはできず、端のほうが少し上がっただけですぐに下ろしてしまった。

　バードは怒ったような顔をしてルースを睨みつけてきた。

「な、……なんだよこれ、めちゃくちゃ重いよ！」

「だから、軽くないって」

「お前、こんなの四つ持てるのかよ!?」

「まあ……運んできたしね」

「…………」

バードは驚愕し目を見開く。信じられないと言いたげなバードの視線に耐えきれなくなったルースは倉庫に戻った。リストを確認しながら追加で粉物四袋、再び倉庫内に戻って、今度は豆とキノコ類を持って出てくると、荷車近くの石の上に座っていたバードと目が合った。

「バード？　どうした？」

「…………べつに」

フンと鼻を鳴らして余所を向いたバードだが、ルースが倉庫の階段を降りるとジッと視線を送ってくる。

(気付かないフリをしたほうがいいのかな……)

バードはルースに気付いてほしくないようなので、知らないふりをすることにした。

ひとまず豆とキノコ類の袋を台車の側にある台の上に置く。再度倉庫内に戻り、重い野菜を持って出てくると、荷車のキノコ袋の上に豆類の瓶を置こうとしているバードを見つけた。

「待った、バード。キノコの上に瓶はだめだ」

慌てて声をかけるとバードは驚いた顔をしたものの、手を止めてくれた。だがその顔もすぐ見慣れた不満げな表情に変わる。

「……なんでだよ」

「キノコは軽いし、形が崩れやすいから、なるべく上のほうに置かなきゃだめなんだよ。逆に豆の入った瓶は重いから下のほうに置かないと荷車のバランスが悪くなる」

「……」

ムスッとした表情をするバードだが、意味は理解できたようで反発することはなかった。

けれど、再び石に座って膝を抱えてしまう。不貞腐れてしまったようだ。

きっと手伝おうとしたのに注意されて、やる気を奪ってしまったのだろう。せっかくバードが好意的に動いてくれた気持ちを、ここで萎えさせてしまうのは悪い気がした。

「……バード、もしよかったらさ、荷物を出すのを手伝ってくれないかな？」

「……おれ重いのなんて持てないけど」

「重いのはオレが持つから。それより数が多いから、オレ一人だと時間が掛かっちゃいそうで……手伝ってもらえると嬉しいかな。きっとバードが手伝ってくれれば、早くすむと思うし」

「…………いいよ」

バードの普段の態度を考えると断られそうな提案だったが、意外にもバードは素直に了承してくれた。顔はふくれっ面のままだが、機嫌は悪くないようである。

その様子に安堵したルースがため息とつくと、バードはジロリと睨みあげてきた。

「なんだよ」

「いや。手伝ってもらえて嬉しいなって。ありがとう、バード」

「べつに………アレク兄ちゃんなら、手伝うと思うし。それだけだよ！」

照れくささからか、バードはアレクを引き合いに出す。ルースは内心苦笑いをしながらも彼と共に倉庫内に戻った。今度は二人で手分けして荷物をかき集める。

しばらくして全ての荷物を荷車の近くに置き終えると、続いて積み始めた。

「バード、その野菜は柔らかいから上に、イモ類は下のほうに置いて」

「……うん。この瓶は？」

「端っこの下へ置いて」

「うん」

二人で作業をしていると、だんだんとバードの険が取れ、ルースの言葉に素直に応えてくれるようになってきた。睨むような視線を向けられることもなくなったし、重い物を動かそうとするときはルースに声をかけてくれる。少し嬉しい気分だ。

「ルース、この軽い袋は？」

「ああ、コンソレは一番上に置こうか」

「コンソレ？」

首を傾げるバードに、ルースは手に持っていたクッションサイズの袋を開けて見せる。中に入っていたのは、手のひらほどの大きさがある薄皮のようなものだった。

「あ、良い匂いする……育児院でも料理のときに嗅いだことがある」

「コンソレは料理の調味料でね、こんなふうに軽いし袋に穴も開きやすいんだよ」

「でも、木くずみたいだ」

「まあ、木くずだしね」

「木くずなの？」

コンソレは、コンソーレという木の皮を小さくしたものである。だがこの木の皮を調理に混ぜると、不思議なことに味が濃厚になり、深みが増すのだ。出汁のようなものである。ただ欠点があるとするならば、味を出しつくしたコンソレ自体はあまり美味しくなく、出汁として使うにはある程度の量がいるということだ。価格が安いので村ではよく使われている。

最後にコンソレの袋を荷車へ大量に積んで終わった。頼まれていた品は全部揃った。

「ルース、これ動かせるの？」

「大丈夫だよ」

ルースは荷車の前にある鉄の部分に手をかけると、前方に向かって押す。車輪が少し鈍い音を立てたが、動かせないほどではないようだ。

「おれもやる」

「え」

「やるったらやる」

手伝いたい意欲が最高潮なのか、バードがルースの隣に入ってきて、鉄の部分を掴んだ。しかしバードの掴む力はかなり小さく、押す力が片方に寄ってしまいバランスが悪くなる。慌てて無理やり平行に戻すが、変に力が掛かっているせいかタイヤの軋む音がする。

「バード。かなり重いから、危ないぞ」

「おれも荷積み手伝ったんだから、持ってくのもやる」

「……しょうがないな」

唇を尖らせて『やる』ときかないバードに、ルースは苦笑いしながらも許可した。

正直に言えば手伝ってもらうと余計に大変なのだが、バードがルースを手伝おうとする気持ちが嬉しかったので断ることができなかった。

重量のある荷車を押しながら村の端から広場のほうへ向かう。

途中ですれ違う大人たちが、ルースの手伝いをするバードをほめちぎっていた。同時に『自分だけじゃできないからって、小さな子どもに手伝わせてやがる』とルースをやじる声もあったが、手伝ってくれるバードの気持ちが嬉しかったのでどうでもよかった。

「バード、もう少しだ。頑張れるか？」

「う、うん……」

ほとんどルースが押しているとはいえ、やはり距離が長かったのか、バードが疲れた声を出している。そろそろやめさせようかと思った瞬間、それは起きた。

「うわっ」

「つ、バード！」

ガタンと荷車が揺れて斜めに傾き、バードの身体が反動で宙に浮いたのがわかった。慌てたルースは急いで手を伸ばし、地面に打ち付けられる前にバードを受け止めた。

「バード、大丈夫か？」

「あ……ルース」

地面から身体を起きあがらせてバードを見れば、驚いているが怪我をしている様子はない。しかし、背後にある荷車にバードの視線が向くと、泣きそうな顔になった。

「ごめん……おれ……穴に気付かなくて」

荷車からは、コンソレやキノコなど軽い物が荷台から零れ落ちて辺りに散乱していた。地面にあった穴にタイヤが落ちたのが原因で、荷車のバランスが悪くなり荷物が崩れたらしい。

「いいよ、気にするな。手伝わせたのはオレなんだから。怪我がなくてよかった――」

「――ぶははは！　ひでー！」

落ち込むバードを慰めようとしたが側から笑い声が聞こえて、ルースたちは振り向いた。

そこには、肉屋の息子ダニエルを含む村でも声の大きい三人の青年たちが丸太に座ってルースを指差しながら笑っていた。

「ルースの野郎。コンソレの袋の荷車で転げてやがる」

「マジで貧弱なんだな、あいつ」

「いつもアレクに隠れて得していたからなあいつ、いい気味だ」

馬鹿にした笑い方と台詞に、ルースをやじりたくて仕方ないのだなとすぐにわかった。

ルース本人はそんなふうに冷静に考えてしまうので怒りも何も湧かず、むしろ『さぼってないで仕事しろよ』と呆れていたが、代わりにバードが反応した。

「こ、これ、すごい重いんだぞ！　笑うな！」

「あー、バードには重いかもな」

「コンソレだけどな」

「あとキノコもあるか」

「そ、それだけじゃない！　これ、いっぱいいっぱい積んでいるから重いんだ！　それに、ルースはすごい力もちなんだ！　重い袋をいっぱい持ちあげて、貧弱に見えるけどすごいんだぞ！　かっこいいんだぞ！」

「あー、ソウダネ、バード」

「いやー、木くずを持ち上げてカッコいいと思わせるルースは確かにすごいな、感心する」

「さすが天性のタラシ男だなルース、アレクだけじゃなくガキまでも懐柔するなんてな」

何を言ってもルースをやじることしか考えていない三人組は、バードの言葉を右から左へ流す。なお且つニヤつく表情とからかう言葉をやめない。そんな三人組に何を言っても無駄だとルースにはわかっていた。

ルースが無視してコンソレの袋を拾おうとすると、先に袋が浮かび上がった。

「村の仲間が困っているのに、座ったまま笑うのが君たちのやるべきことなのか？」

「……マクシムさん」

コンソレ袋を拾い上げたのはマクシムだった。

村の中を歩いているときは甲冑を脱いでいるため物々しさはないが、それでも溢れ出る騎士団長のオーラは他人を黙らせるほどの威圧感があった。先ほどまで大声で笑っていた三人組が、すっかり口を閉じてしまっているほどだ。

「小さい子どもを助けた仲間を笑い、子どもの言葉を馬鹿にし、そうやって集まることが、君たちが村で学んだことなのか？」

コンソレ袋を拾い上げながら発するマクシムの声は決して大きくなかったが、なぜかよく響いた。まるで脳みそに直接語りかけてくるような重さがあった。

「大人として、その行動を誇れるのか、自分たちの行いを振り返ったらどうだ？」

マクシムが鋭い視線で見つめると、三人はビクリと身体を揺らし腰を浮かせた。目を泳がせ、逃げるように自分たちの作業場所のほうへ消えていく。

三人の姿を見送ったマクシムは渋い顔をしつつ、拾ったコンソレを荷台に載せた。

「……ありがとうございます、マクシムさん」

消えた三人の姿に小さくため息をついたルースがお礼を言うと、なぜかマクシムはまだ厳しい顔をしていた。しかし大きく息を吸うと、いつもどおりの穏やかな表情に戻る。

「……ともかく、荷車を目的地へ運ぼう」

「はい。じゃ、バード、一緒に拾おうか」

「……う、うん」

三人で散らばった食料を拾い上げる。

ルースが遠くへ転がっていた瓶を拾おうとすると、再びそれが勝手に浮かび上がった。

「え……って、ダニエル？」

「……ん」

ルースの目の前にいたのは、先ほど逃げていったはずのダニエルだった。その周りに、いつもの二人の仲間はいない。

不満そうな表情をしているダニエルの手には、地面に落ちた荷物がいくつか抱えられていた。それを無理やり押しつけてくる。ルースは戸惑いつつも受け取った。

「え……あ、ありがとう？」

「…………っ」

ルースを見つめるダニエルは何か言いたげに口を開いたが、結局何も言わずにそのまま作業場へ戻って行ってしまった。

（……拾うのを、手伝ってくれたんだよな？）

普段のダニエルからは信じられない行動にルースが意味を考えていると、そっと裾を引かれた。そこには心配顔のバードがいて、『ダニエルに何か言われた？』とルースを案じてくれた。

バードの変化を嬉しく思いながら『大丈夫だ』と告げ、荷車を押して広場近くの食品小屋に向かう。その道すがら、ダニエルたちに立ち向かったバードをマクシムが褒めたことで、食品小屋に到着する頃にはすっかり二人は仲良くなっていた。

「あら、やだルース！　確かに誰か男の人の力を借りなさいって言ったけど、まさか、騎士団長様のお力を借りちゃうなんて……騎士団長様、義弟がお手をわずらわせてしまって本当に申し訳ございません！」

「いえいえ、ちょうど手が空いていましたので。むしろ使っていただけたほうが助かります」

妙に慌てるサラに、今度は威圧感のない騎士団長オーラを放ったマクシムは、ニッコリと眩しいほどの笑顔を見せる。サラの頬が赤かったことは、クラークの幸せのために見なかったことにした。あれだけクラークにベタ惚れなサラの頬を染めさせるマクシムがむしろ恐ろしい。

その後手伝ってくれたバードを教会まで送り届ける。去り際、『またな』と言ってくれたことを嬉しく思っていると、マクシムが厳しい顔をしてルースを見ているのに気がついた。

「どうか、しましたか？」

「……ルース殿、先ほどはバード君の前なので言わなかったが、君も少し自分のことを考えるべきだ」

「え？」

「君はなぜあの場で彼らに言い返さなかった、喧嘩になるのを恐れているのか？」

「いや、オレは……どうせ言い返したところで、ダニエルたちはやめないでしょうし」

ルースが困ったように笑うと、マクシムは大きくため息をついた。それはまるで込み上げる怒りを無理やり発散させているようにも見えた。

「それに、この村の人々は君を過小評価しすぎる。バルを追い払うほどの実力を持った君が、なぜこんな扱いを受けているんだ。アレク殿があの若さで村の中心になって動いていたというのなら、君がお父上のロッサ殿の隣で、作戦の中心に参加していたって何もおかしいことはないはずだ、それなのに……！」

「はは……オレはアレクみたいになんでもできるわけじゃありませんから」

「勇者と一般人を比べるもんじゃない！　……っ、あ」

勢いで言ってしまった言葉が、マズイ台詞だと思い出したのか、マクシムが少し青い顔をした。アレクが勇者だというのは村では秘密のはずだ。

「大丈夫です。オレ、アレクが勇者として旅立ったのを知っているんです」

「そう、なのか……すまない」

ルースが知っているとわかって、マクシムはほっとしたようだった。しきりに汗を拭っている。きっと激しく動揺しているのだろう。

さっきから様子がおかしい感じもするし、いつもならこんな失態は演じないだろうから、もしかしたら作戦前で気が立っているのかもしれない。

「……ともかくもう少し君は、村の人々に自分をアピールしたほうがいい、戦いを知っている私からすれば、君はこの村の中でもかなり腕の立つ人間だ。こんなふうに冷遇されていいものではない」

マクシムは幾分か落ち着いた顔をすると、ルースの瞳をまっすぐに見つめてきた。その目には過剰な思い入れなどなく、ただ単純にルースの扱いが不当なものだと腹を立てているように思えた。真面目なマクシムらしい考えだ。

（冷遇だなんて思ってないんだけどな。でも心配してくれているんだよな……）

マクシムのそんな優しさがくすぐったい。村ではあまり良いほうに捉えてくれる人間がいないのでなおさらだ。

しかもアレクに勝てるほどの実力をもつマクシムに「腕が立つ」なんて言われると、男として認められたと思えて嬉しくてたまらない。村での立場なんてどうでもいい気さえする。

「ありがとうございます、マクシムさん。貴方にそう言ってもらえただけでも、嬉しいです」

「つ……」

ルースが素直な返事をすると、なぜかマクシムは顔を真っ赤にし、あからさまな動揺をみせた。足を一歩二歩さがらせ、教会の壁に手をつくと、胸の辺りを掴みながら頭を振りだす。まるで何かにとりつかれ、それを追い払いたいような動作にも見えた。

「ま、マクシムさん、大丈夫ですか？」

「だ、大丈夫だ……はっ、すまない急用を思い出したので、これで失礼する！」

「え、は、はあ……」

マクシムは焦ったようにそう言うと、ルースの目を見ることなく行ってしまった。

（『なんで言い返さないのか』か……ずいぶん前に、アレクにも言われたな）

『お前はなんで言い返さないんだ！　お前が言えないのなら、俺が奴を殴り飛ばしてやる！』

そう言って本気で怒っていたアレクを思い出す。

彼もルースが不当な扱いを受けていると思っていたらしく、村の人々が許せなかったようだ。

（けど、何を言っても無駄な人は無駄なんだよね）

前世のルースは、今以上に誤解を受けやすい外見をしていた。どんなに丁寧に接しても誤解されたままのこともあった。普通に話しただけなのに恐喝されたなんて吹聴する人間もいた。若い頃はそういった相手に真摯に対応して、理解してもらおうと努めた。けれど年を取るごとに、べつに無理に彼らに好かれる必要はないのだと思い直すようになった。

(だって人生は短いし、言ってもわかってもらえない人に時間を使うなんて、もったいないって思うんだよね。だったらその分をわかってくれる人、アレクとか家族とか、マクシムさんも。そういった人のために使いたいし。そっちのほうが大事だと思うからさ)

前世も割り切ることができた後は、徐々に理解してくれる人が増えた気がした。そのおかげか、好かれないことに悲しんだり辛くなったりすることもなくなった。簡単には好かれない自分を、許すことができたのだと思う。

『俺も……ルースがいてくれれば、村の奴らにどう思われてもいい。だからもう、考えない』

(オレの考えを話したら、アレクはちょっと不貞腐れながら納得してくれたっけ……マクシムさんにもいつか話をしてわかってもらえるといいな)

ルースは当時のアレクの顔を思い出して温かい気持ちになりながら、ほかの仕事を探しに広場へ戻っていった。

次の日の夜、広場での仕事を終え、宿屋の風呂掃除をしてから食堂へ戻ってくると、騎士団のメンバーが食事をしていた。彼らは夕方の配給で食べているはずなのに、いつも足らないようで、宿屋でもう一度夕食を取るのが習慣になっている。

その隣のテーブルには、墓参りに来たジオもいるのに気付いた。

(ジオさん、結局当日までいるつもりっぽいからな)

セリーヌとロッサの説得にも応じなかったジオは、そのまま普通に宿屋で毎日を送っていた。店番をしているセリーヌによると、ロビーでお茶を飲みながら本を読んでいたり、散歩に出かけたりしてのんびりと楽しんでいるらしい。そんなジオに、もう一度出て行けなんて言うことはできなかった。もうこうなれば、当日も村の一員として面倒を見るしかないだろう。

「ジオさん、お風呂が綺麗(きれい)になりましたよ」

「おおう。ではさっそく入らせてもらおうかのう。ありがとうな、ルース」

食後のお茶を飲んでいたジオは、にこにこと嬉しそうに笑いながら杖を持って立ち上がり、さっそく風呂へ向かっていった。宿の風呂が気に入っているようなので、一番風呂が楽しみで仕方ないのだろう。

ルースはそんな背中を見送ると、ジオの皿を片付けて、騎士団メンバーの元へ行った。

「皆さん、食事は足りてますか?」

「ばっちり」

「外での大勢の食事も楽しいけど、ここの宿屋は格別だ」

「うんうん。今日も良い味付けですな。特にスープが美味(うま)い」

「団長も食べればいいのに」

「マクシムさんは、食べてないんですか？」

「考えごとがあるらしくて、引きこもっているんですよ。あとでここの食事を少し持っていっていいですか？　どうせ配給程度じゃ足りてないでしょうから」

「かまいませんが、……よかったらオレが運びましょうか？」

ルースがそう言うと、楽しげに食事をしていた彼らの表情が少し固まった。

「だ、大丈夫ですよ。俺たちで持っていきますから」

「そうですか、じゃあ申し訳ないのですが、お願いします」

彼らの表情が少し固いことに気付いたが、誤魔化（ごまか）された以上そこを詳しく聞くわけにもいかないだろう。何も気付かないふりをして厨房（ちゅうぼう）に戻ろうとすると、「ルース君」と呼び止められた。振り向くと、彼らはまるで反省会を行っているような低いテンションだった。

「え、あの、どうしたんですか？」

「……申し訳ない」

「……何が？」

突然の謝罪に首を傾げると、マクシムの副官という人が立ち上がって頭を下げてきた。

「君を何度も女性扱いして申し訳なかった、という話です」

「あ、ああ。その件ですか。むしろこちらこそすみません」

どうやらマクシムからルースの性別について聞いたようで、それに対しての謝罪らしい。

べつに気にはしていないし、むしろ騙すような真似をしてこちらのほうが申し訳ないと思っているのに、面と向かって話を振るなんて騎士団の人たちは潔いなと思った。

頭を下げる副官を落ち着かせふたたび席に戻るように勧めると、その隣に座っていたいつも軽い感じで話す騎士が深くため息をついた。

「それにしても、君はルース君だったのか～、残念だ。団長の女神病を気にとめない子が現れたと思ったのに……」

「あの、その女神病ってなんですか？」

前にも一度聞いたことがある珍しい単語について質問すると、その前に座っていた一番年配の騎士が困った顔をした。

「団長専用の造語です。実は彼、女神ゼノビアに心底惚れていましてね」

「でも、王都の信仰の主体は女神アリストテレシアですよね？」

「ああ、信仰の対象としてではないですよ。それは団長も周りと変わりません。女神ゼノビアには言葉の通り惚れこんでいるんです」

「女性として、ということですか？」

「正しく言うと、女性としての憧れの結晶が女神ゼノビアらしいのです」

「なるほど……」

つまり女神ゼノビアのような女性を追い求めている、ということなのかなと解釈した。

カラファーティ家は歴史のある騎士の家系らしい。そのせいで幼い頃から戦いの女神でもあるゼノビアのことを教え込まれているようで、その過程でマクシムは女神病に陥ってしまったようだ。

「団長はかなりおモテになります。ですが女神病がネックで、お付き合いが続かないらしくて」

「どういうことなんです？」

「女神ゼノビアのように美しい、女神ゼノビアのようにお優しい、女神ゼノビアのように麗しい……毎回こんなことを言われたら相手の女性は嫌になりますよ、比較対象が女神ですからね」

「あー、そういうことで……」

「団長は貴族様だから親の決めた婚約者の令嬢とかもいたらしいんだけど、女神病のせいでだいぶ前に振られたようです」

「真面目で誠実なんだけど、女神病を患っているから変に重いし、女性には辛いよな」

全員がいっせいに深くため息をついた。上司の恋愛話なのに、皆自分のことのように深刻な様子だ。それだけマクシムに幸せになってほしいと思っているのだろう。彼らのお互いを思いやる気持ちがわかって少し微笑ましい気さえした。

（ああ、だからオレに気持ちが向いたのかな）

ルースは『都会の人間の言葉』と思い、マクシムの褒め言葉をスルーしていたので、嫌がることも照れることもしなかった。そんな今までない反応に、マクシムが興味を示したのだろう。

納得のいく理由がわかって少しばかりほっとした。マクシムほどの色男が、ルースのような村娘（あのときはそう思っていたはず）に好意を寄せるなんておかしいと思っていたのだ。

（でも、あのマクシムさんがな……）

婚約破棄され、女性とのお付き合いも長続きしない――方向性は全く違うが、女性相手にうまくいかないマクシムに、失礼ながら少しだけルースは親近感を覚えてしまった。


ロビーの灯りを落とした頃、ルースは風呂に入りに来た。

ブラウ家の風呂は宿屋のものと共同だ。入浴中の札をかけて男女交代で入れるし、内側からカギをかけることもできる。お客と一緒に入ってはいけない決まりも特にないので、ロッサなどは冒険者と酒を飲みながら入ることも多い。

しかし、ルースはいつもお客が入浴を終えた頃に入ることにしている。というのも『客と入るなんて失礼だからやめろ』と、アレクがうるさかったからだ。確かに一人でのんびり入っているところに、従業員が入ってきたら居づらいだろう。仕方なくルースはお風呂のランプを落とすためにも最後に入ることにしている。

（あ、でも今日はまだ誰か入っているな……）

風呂の扉に男性入浴中の札がかかっている。きっと騎士団の誰かが入浴しているのだろう。

アレクにさんざん言われているので、いつもなら他の人がいるときにルースは入ろうとは思わない。だが、明日は魔物狩りで朝から忙しいので、さっさと風呂に入ってしまいたい。

（まあいっか）

ルースは扉を開けて、脱衣所に入った。扉の音で、中の人間には誰かが来たことがわかっただろう。相手が嫌そうな顔をしたら、すぐに出ればいいだけのことだ。

脱衣所には一人分の衣類が置いてあるので、入浴しているのは一人だけのようだった。ルースは全ての服を脱ぎ捨てると、タオルだけ持って扉を開けた。

客室三つ分ほどの広い風呂場には、三つの洗い場と三分の一の面積を占める風呂がある。周りは木の壁に囲まれており、天井には特注のガラス（前世からすれば通常よりも小さめ）をとりつけていた。ランプも灯しているが、天井から月の光も入るので、わりと風呂場は明るい。

ルースは露店風呂みたいにしたかったのだが、「女性が入るとき周囲が気になるだろ」とこれまたアレクが断固反対したのでこの形だ。一応、昼間は換気をして壁板が腐らないように気を配って使っている。

湯気が立つ室内に目を凝らしてみると、食堂で話題にあがっていた本人がいた。

「あ、マクシムさんこんばんは、お邪魔しますね」

「るっ、ルースど、っ！　――っ！」

ルースが明るく挨拶すると、入り口側を向いて湯船に入っていたマクシムは飛び跳ねるように驚き――なぜか勢いよく湯船に顔を浸けてしまった。

「ど、どうしました？　マクシムさん」

「……」

マクシムのあまりの変な動きに驚き声をかけると、彼は顔を湯船に浸けたまま身体の向きを

反転させ、ルースに背を向けた状態で起き上がった。

「ぶはっ、はぁはぁ……っ少々、少々！　潜水の訓練をしようかと思いまして！」

「はあ……潜水の訓練ですか、のぼせないように気をつけてください」

「もちろんです！」

やたら声を張るマクシムを不思議に思いながらも、ルースは洗い場で身体を洗い始める。

声を張りっぱなしのマクシムと『夜空が綺麗ですね』とか『夕飯を用意していただきありがとうございます』とか会話をしつつ頭まで洗い終えると、タオルを持って湯船へ向かった。

「となり、失礼します」

「っ……ど、どうぞ……」

ルースが一人分空けて湯船に浸かると、マクシムがぎこちなく身体を端に寄せるのに気付いた。前をタオルでしっかり隠していることからも、裸の付き合いは苦手なのかなと思い、ルースも少しだけ端に寄り、一気に肩まで沈めた。

「はぁ〜あ……気持ち良い……」

温かいお湯が全身に染みわたり、疲れが一気に揉みほぐされる。

「く、ぅ……！」

ルースの声に反応するように、マクシムが妙な呻き声を上げる。そちらに視線を向けると、彼は横の壁に額を付けて湯船の中で正座していた。

「マクシムさん、体調が悪いようでしたら、早めに上がったほうが」

「だ、大丈夫です。悪いところはどこもありません。むしろ調子が良すぎて、立ち上がれないというか、立ち上がっているというか」

「立ち上がる？」

「いいえ、なんでもありません！　もうちょっと湯船を堪能したいんです！」

「それならいいですけど」

様子のおかしいマクシムが気になったが、あまり声をかけすぎても失礼だろうと思い、ルースは湯に身体をなじませる。裸の付き合いはいいものだと父ロッサは言うけれど、距離感が難しいものだというのも知っている。

（アレクもすごい拒否するからな……）

ルースとしては親友と一緒に湯船に浸かるのも楽しいだろうと思って誘うのだが、なぜかアレクは断固として嫌がった。そのせいで親友なのに一度も一緒に入ったことがない。

曰く『落ち着いて湯船に浸かっていられる自信がない』とのことだが、ルースにはいまいち意味がわからない。けれど嫌がるアレクの目はかなり動揺していたように見えたので、普段は冷静な彼でもはしゃぎたくなるほど風呂とは魅力的なものなのだろうと一人納得していた。

（それにしても……マクシムさんも良い身体しているんだな）

湯船の表面が波立っているためわかりにくいが、正座しているせいかマクシムの背中は三分の一ほど外に出ていたので、そこにしっかりとした無駄のない筋肉が見えた。ロッサやクラークほどの筋肉だらけという感じではないが、ルースとの体格の違いは明らかだ。ルースも自分は筋肉がそれなりにあると思うのだが、彼と比べると男らしさを感じないかもしれない。

(やっぱりモテる秘訣は筋肉かな……)

この顔も身体も気に入っているのだが、女性にモテるためには筋肉を付けるべきだろうか、とルースは真面目に悩んでしまう。

「……あ、はい。明日はついに魔物狩りですね」

「あ、はい。ついに明日ですね」

ルースが筋肉観察をしていると、先ほどよりだいぶ落ち着いたテンションでマクシムが声をかけてきた。いつも通りに相槌を打つと、彼はようやく正座を崩して肩まで沈み、お湯で顔を洗ってから、深いため息をついた。しかし、なぜか視線は明後日のほうを向いたままだ。

「ルース殿は恐くないんですか？」

「恐い？」

「魔物狩りのことです」

「うーん、恐いか恐くないかと聞かれれば、恐いと思いますよ」

ルースだって殺されるのは恐いし、嫌だと思う。しかも魔物は意思疎通が不可能で、こちらに対する配慮などいっさいない生き物だ。人間を生きたまま頭から食べる魔物もいるという。そんな話を聞いて、平気でいられるほど神経も太くはない。前世が平和な時代で、そういった脅威がなかったからなおさらだ。

「……それなのに、この村を出ようとは考えないのですか？」

「村を出る、ですか……」

「王都にくれば魔物に脅かされることもないし、危ない狩りをして生計を立てる必要もない、とても安全なのですよ」

ルースは生まれてこのかた村を出たことがない。王都の話などはクラークからよく聞くし、前世の記憶があるので世間が広いというのも知っている。きっと世の中にはルースの知らないことがいっぱいあるのだろう。そういうのを見聞きしたいという気持ちがないわけでもない。

(だけど、村を出ようとは思わないんだよな)

ルースは漠然とこの村で親の宿屋を継いで、死んでいくのが当然だと思っていた。そういう発想自体がなかったに等しい。マクシムに言われて、初めてそういう手段があることに気付いたくらいだ。それがなぜなのだろうと考えて――。

「オレ、狩りが嫌いじゃないんです。自分の手で獲物を狩って、感謝をしながら全てをいただく。きっと街に出てしまうと、そういうのが薄れてしまうと思うんです。それは嫌だなって」

前世の平穏な世の中を知っているからこそ、命を奪うという行為が怖くて、最初はまともに狩りもできなかった。

でも、あるとき気付いた。前世の生活も、たくさんの生き物の死で成り立っていたのだということに。今はそれが目の前で見えているから、より大事にしなければと思える。だからこそ山での暮らしが重要に思えて、ここから出たいと思わないんだろうとルースは感じた。

「それに、オレ、宿屋の経営好きなんです。確かに王都の宿屋に比べれば収入も微々たるものだし、贅沢なんてできないけど、小さい宿だからお客さんとの距離も近いし、いろいろ工夫もできて楽しいし。ちゃんと継いで、少し大きくできたらいいなと思っているんです」

ルースとしては、この規模の村に大きな宿屋はいらないと思っている。けれど、両親が作り上げた基盤を元に、また村に来たいと思えるような宿屋にしたいという夢もあった。

「ルース殿は若いのにしっかり先を考えているんですね」

「……いや、そうでもないと思いますけど」

まさか褒められると思っていなかったルースは、照れくさそうに笑い声を上げた。

「あと、村に帰ってくるアレクを待たなきゃいけないですしね」

「……アレク殿を？」

「勇者の使命を終えたアレクは村に戻ってくるっていうんです。オレに待っていてほしいって。だから帰ってきたときに『お帰り』って、言ってやらなきゃいけないんです。でないと、あいつ泣くかなって」

いろいろあってなんだか忘れてしまいそうになるが、ルースはアレクとの約束は必ず果たすつもりでいた。何年経とうともアレクの帰りを村で待ち、無事の帰還を共に喜び合いたい。

そう言うとマクシムが深いため息をつくのが聞こえた。

「……ルース殿はアレク殿を大切にしているのですね」

「幼馴染で、親友ですから」

「……親友、ですか」

なぜかマクシムは乾いた笑いを零した。その響きが少し寂しそうに聞こえて、何かマズイことを言ってしまったかと思ったが、理由は何も浮かばなかった。

しばらく沈黙が続いたかと思うと、やがて身体を動かす水音が聞こえた。いつの間にか、マクシムがこちらを見ていたのに気付いた。

「ルース殿」

ルースの名を呼ぶその顔は、あまりにも真面目だった。真剣な話をしようとしているのだと思い、ルースも同じように姿勢を正してマクシムを向く。なぜかその瞬間、マクシムが『うっ』という変な呻き声をあげ顔を引きつらせたが、全く視線を逸らそうとしなかったのでルースも心配するのはやめた。真面目な話をしているときは目を見なくては駄目だ。

「私は明日、この村のため魔物狩りに全力を尽くします」

「はい、よろしくお願いします」

「その代わりと言ってはなんですが、ルース殿に無事を祈っていてほしいのです」

「オレに、ですか？」

「はい。私が無事に戻ってこられるように、祈って待っていてもらえますか？」

湯船に浸かっているせいだろう、マクシムの頬は赤い。でも、視線は真剣だった。

(ああ、そういうことか)

きっと帰りを待つ人間がいるかいないかでは、やる気にも違いが出るからこんなことを告げてきているのだと、ルースは解釈した。ルースを選んだのも、下手にこんなことを村の女性にでも言ってしまうと、勘違いを起こしかねないからだ。

(オレだって少しドキッとしちゃったし、な)

もちろん、マクシムはルースが女性でないとわかった時点でそういう対象として見てないと理解しているので、変な勘違いを起こしたりはしない。

ルースはちょっとざわついてしまった心を落ち着かせると、まっすぐマクシムを見つめた。

「マクシムさん。無事のお帰りをお待ちしています。頑張ってきてください」

「つ……ありがとうございます。ルース殿、あなたのためにも俺は頑張ります」

『あなたのため』という言葉が少々気になったが、自身のことを『俺』と称したマクシムの顔が甘くゆるんだので吹っ飛んだ。マクシムの黒い瞳に光がたくさん集まり、頬がなおさら赤く染まった気がした。ブワリと色気のような熱気がマクシムから湧き上がるのを感じ——。

「ま、マクシムさん……」

「なんでしょう」

「鼻から血が……」

「え!?」

マクシムの、キラキラの笑顔の中央から、タラリと赤い血が零れる。

(え、これはまずいんじゃ!?)

きっと湯船で長く会話していたせいでのぼせてしまったのだと思い、ルースは顔を引きつらせた。明日は大事な魔物狩りなのに、マクシムを倒れさせてしまったら一大事だ。

「マクシムさん、のぼせてしまったんですね！　オレ急いで水を持って――」

「うわあああああ！」

ルースが急いで湯船から出ようとした瞬間、マクシムは叫び声に似た悲鳴(ひめい)を上げてきた。

マクシムはそのまま大げさな身振り手振りで、ルースに湯船に戻るようにうながす。しかし顔は明後日を向いたままだ。

「ルース殿、頼むから湯船から上がらないでください！　お願いします！」

「え、で、でも、冷たい水を」

「大丈夫です。『のぼせてしまっただけ』なので、すぐ止まります！　ですから、どうかまだそこに浸かっていてください！　お願いします！　俺のためにもお願いします！　これ以上は、本当にもう、いろいろ、まずいのです！」

「体調がまずいんですか？」

「ち、違います。体調はとても良いです。むしろ良すぎて、そちらで困っているのです！」

「は、はあ……？」

マクシムはルースに湯船に浸かっているように言うと、前屈(まえかが)みの変な体勢で脱衣所へ向かった。バタバタと着替えをすますと、ドア越しにルースへ挨拶をし、風呂場から去っていく。

「……本当に大丈夫かな……」

いつもの落ち着いたマクシムらしくない言動に、少し不安になるルースだった。

[5] 勇者の力と宿屋の息子

いよいよ魔物狩りの当日になった。魔物たちの村への到達予想時間は夕方前、それまでに避難と迎え撃つ準備を整えなくてはいけない。

マクシムたちは昼前に発つことになった。彼ら騎士団のメンバーと一部腕の立つ村人たちは魔物の軍団を迂回して背後へ回り、Bランク級の魔物を引きつけ、村から離れた場所で倒してもらう役割がある。

「それではルース殿、出掛けてまいります」

「無事のお帰りをお待ちしています」

「はい！」

昨日の夜とは打って変わって、いつも通り騎士団長の威厳オーラを余すことなく振りまくマクシム。彼はルースに良い笑顔を向けながら宿屋のドアから出ていった。

その後に副官が続いて行ったが、彼はどこか遠い目をして『カラファーティ家は団長の代で終わりですかね』と不吉なことを言っていたのが少し気になった。後に続くメンバー全員も、ルースとマクシムを見て安堵のような困惑のような微妙な顔をしていた。彼らの様子が気になったが、今は引き留めるわけにもいかない。帰ってきたら聞いてみよう、とルースは思った。

マクシムたち一行を見送る村人たち。その様子を遠くから眺めていたルースは、ロビーに現れたジオに気付いて宿の中へ戻った。

「ジオさん、今日は大丈夫そうですか？」

「うんうん。ちゃんと流れは聞いとるから大丈夫じゃ。それよりすまんのう、つい居心地がよくて当日まで居座ってしまって」

「いえ、それはかまいません。でも危ないと感じたら、一目散に逃げてください。自分の命だけを守ることに専念してください」

ルースがそう言うと、ジオは真っ白な眉毛を上げ、持っていた杖を軽く振った。

「はは、大丈夫じゃよう。こう見えて、それなりにできるんじゃい」

「ですが」

「わかっておる、わかっておる。危なかったら逃げるから安心せい」

ジオは心配するルースを宥めるようにゆっくり首を動かす。あまり魔物狩りに対して怯えはなさそうだ。一人で旅をしてこの村に来たのだから、魔物には多少慣れているのかもしれない。

だが、年齢のこともあるし、気を配っておかなくてはいけないだろう。

昼過ぎになり村長を中心に広場へ全員が集まった。その後各々自分たちが任されている配置場所へ向かう。父ロッサは村で魔物を迎え撃つ役目を担っているので、治癒術を使える神父様たちと櫓へ向かった。

ルースとセリーヌは、広場の隅へ集まる人々に近づいた。そこにいるのは女性、子ども、年寄り、怪我人、誰もが魔物に対する手段を持たない者だ。

「皆はぐれないようにしてくれ、それでは出発するぞ」

先陣を切る武装した男の後について、広場に集まった人々は村を出て山沿いの祠へ向かう。

そこはかつて、山火事があった際に村人が隠れて助かったと言われている場所で、常に修繕して逃げ込めるようになっている。魔物狩りのときも、戦う術を持たない村人たちが、ここへ避難することになっていた。

集団の最後尾を歩くルースも、今日は矢を石ではなく鉄製に変え、ナイフも先日マクシムにもらったものを身につけ武装している。

周囲の音を警戒しながら歩いていると、バードが近寄ってきた。

「なあ、ルース。ルースも、おれたちを祠に送り届けた後、村に戻って魔物と戦うのか⁉」

「え……あー」

先日までとは違い、キラキラした瞳でバードに見つめられて、ルースは返答に詰まった。

バードがルースの活躍する姿を期待しているとわかっているが、良い返事はできない。なぜなら――。

「オレの担当は祠の警備なんだ。だから魔物とは戦わないんだよね」

「えー！」

「去年もいたんだけど覚えてない？」

「ぜんぜん」

「そ、そっか……」

魔物狩り当日のルースの担当は、祠に身を寄せた人たちの安全を守る警備だ。これは魔物狩りに正式に参加するようになった頃から一度も変わらない。

一応ルース以外にも同じ場所を担当する人間はいるのだが、メンバーになる人間は少年ばかりで、毎年変わってしまう。祠の警備は魔物狩りの登竜門(とうりゅうもん)とされているらしい。

「ルース、あんなに力持ちなのになんでだよ！　魔物とだって戦えるだろ！」

バードは酷(ひど)く不満そうだが、その表情を見ると微笑(ほほえ)ましく感じる。以前は存在すら覚えていないほど気に留めなかったのに、今はルースの活躍を信じきっているのがわかるからだ。

(なんか嬉しいな)

荷物運びの件で、バードのルースに対する認識が変わったのだろう。この程度で人をすぐ信じてしまうなんて大丈夫だろうかと心配にもなるが、あれだけルースを毛嫌いしていたバードに好かれることが、嬉しいのには変わりない。

「ありがとう。でもバード、警備の仕事もとても大切なことだ。いざとなったら身を挺(てい)して皆を逃がしてやらないといけないからね。村で一番重い責任をオレは負ってるんだよ」

「え〜」

「これはアレクが言っていたんだよ」

「アレク兄ちゃんが？」

「そう」

そう言うとバードは納得したようだった。さすがアレクの名前は強い。

（まあ、オレもアレクにそうやって説得されたんだけどね）

　ルースも最初は祠の警備担当を任されて何も思わなかった。だが、二年三年と連続で任され、あげく一緒に警備していたメンバーがどんどん村の配属に変わってしまっているのに、自分だけこの場から動けないのを不満に思うようになった。やはり男としては前に出て戦いたかったからだ。

『何言ってるんだ。俺はお前を一番信用してるから、そこの警備を任せているんだよ。村の奴(やつ)らは誰でもできるって思ってるかもしれないが、俺たちが守っているのは誰もいない村じゃなくて、戦えない者たちなんだ。お前はその最終防衛ラインなんだぞ。一番責任が重いんだよ。狩りを覚えたてのガキだけに任せておけるか、お前が中心に立たなきゃ話にならねえだろ』

　そんなふうにルースを説得してきたアレクの真面目な顔や、言い聞かすように強く握られた手は、いまでもしっかりと覚えている。

　ルースは、アレクからそんなに強い信頼を受けていることを知って、とても感激した。それ以降は不満もなく祠の警備を続けている。アレクも毎年『お前がそこにいてくれると、俺は安心して前に出ていける』と言ってくれるので、誇らしいくらいだ。確かに、後方がしっかりしていれば、前線は安心して戦いに向かえるだろう。前世のサッカーがいい例だ。

（今回はアレクがいないけど。頑張らないとな）

　再び気合いを入れたルースが、しばらくバードとそんな話をしながら歩いていると、目的の祠に着いた。

山の斜面を抉るようにして作られた祠には、全長二メートルほどの扉が付けられ、中は多少の人数が寝起きできるようになっている。毛布や食料も置いてあり、何かあればここで数日は過ごせるように準備が整っていた。

先頭を歩いていた武装した男が中の安全を確認すると、村人は次々と入っていった。彼らはルースたちに後を任せると、すぐさま来た道を戻っていく。このまま魔物狩りに参加する予定だった。

「じゃあ、警備につこうか」

狩りを覚えたての少年と、ルースの一つ下の青年に声をかけて、それぞれ配置につく。といっても入口は一ヵ所なので、三人で前に並ぶだけだ。

ルースたちがその場に落ち着いてしばらくすると、やがて高い笛の音が聞こえた。

（……はじまったな）

魔物の襲来を告げる笛の音に、ルースの心臓の音も少し速くなる。

毎年、ここからの数時間がとても長く感じる。ルースたちは、魔物狩り終了の知らせが村から来るまで待っていることしかできないからだ。

やがて日が傾き、空が赤く染まりだした。笛の音が響いてから数時間、いつもならそろそろ村から連絡が来てもおかしくない時刻だ。ルースと一緒に警備している二人も、同じことを考えているのか、緊張した面持ちだった。

ルースがあまり気張らないほうがいいと声をかけようとした瞬間だった――。

——オオオオオオオ

遠くから激しいプレッシャーのようなものが空気を通して響いてきた。それが耳に入った途端、ルースの肌を嫌なものが駆け抜ける。まるで虫が這うような気持ち悪さだ。この場にいたくない、そんなふうに思ってしまった。

「なんだ、これ」

「っ……ぁあ！」

「うぁああ！」

「どうした、二人とも!?」

隣に立っていた少年がその場にしゃがみ込み、反対側にいた青年が震えだす。尋常じゃない様子に、何かが起きていると感じたルースは、動けない二人を引っ張ると祠の扉を開けた。

「うあぁあん！」

「いやー助けて！」

祠の中はパニックになっていた。子どもたちは泣き叫び、大人も怯え、神に祈りをささげるものすらいた。

「ルース」

「母さん」

奥から出てきたのは、顔は青ざめているが正常な様子のセリーヌだった。

「何があったの!?」

「わからないわ。突然変な気配がしたと思ったら子どもたちが泣きだして、皆震えて怯えだすし。村から何も連絡は来ていないの？」

「何も来ていないけど……でもこれは……」

村の者なら狩りを教わるときに何度も聞かされた現象。その声を近くで聞くと、弱きものは失神するという、悪魔の声――。

ルースが冷たい汗を流していると、開け放たれていた祠のドアの向こうから、馬の声が聞こえた。扉から出ると、背中に人を乗せた馬がまっすぐ祠へ迫っていた。ナイフを抜き警戒すると、その馬はルースにぶつかる寸前で止まり、乗っていた人物が転げるように降りてきた。

「た、大変だ」

「ダニエル！」

馬から降りてきたのは連絡役のダニエルだった。ダニエルは真っ青な顔のまま、駆け寄るルースに手を伸ばす。

「大変って、村で何かあったのか!?」

「……ルが」

「え？」

「……全く予定になかったバルが一体、バリケードを破って、村に入ってきたんだ！」

バル——体長三メートル、二本足で歩き、三つ目を持ち、足まで届く長い手、棘のある尻尾。そして、ただの武器では傷一つ付けられない超硬化能力を持ち、人を喰らう、この土地周辺で最強の、Bランク級の魔物。

「バルが……」

一週間ほど前、追い返すことしかできなかったBランク級の魔物の姿を思い出して、ルースの額に冷たい汗が流れた。

「バルって……マクシムさん、騎士団の人たちが負けたってことなのか!?」

「違う。そもそもバルは、今回の魔物狩りのリストにはいなかったんだ」

今回の魔物狩りでは、Bランク級の魔物の中にバルの名はなかった。奇襲部隊の騎士団を含む一行は、バルとは違うBランク級の魔物を倒しに向かって、まだ帰ってきていないらしい。

村にいた防衛部隊は、作戦通り村に来た第一陣・第二陣の魔物たちを村人たちだけで倒していた。そこへ山のほうから単体でバルが下りてきたという。

「そんな……じゃ、今、村は」

「ちょうど第二陣を処理していた最中だったから、バルだけじゃなくてD・Cランク級の魔物も村に入ってきちまって……」

状況がよくないのを悟ったダニエルは、急いで知らせるためここへ一人で来たらしい。

(そんな……)

バルを相手にするのは防衛部隊の村人だけでは難しい。それだけではなく、他の魔物までもが村の中に入ってきてしまったら、大苦戦になるのは想像に難くない。今年は父ロッサなどが村に残って魔物たちを迎え撃っているとはいえ、騎士団を含む奇襲部隊に比べれば、防衛部隊では圧倒的に戦力が落ちる。

「村に……バルって本当⁉」

悲鳴のような声にルースが後ろを振り向くと、薬草屋の娘のパリアがいた。どうやら、ルースとダニエルの会話を聞いてしまったらしい。パリアは真っ青になり震えだす。バルの名前を聞いて、冷静でいられる人間はそう多くないので当然の反応だ。

「パリア、落ち着いて……」

「落ち着けないわよ、む、村にはお父さんがいるのよ！　バルが来ちゃったら、お父さんが死んじゃうかもしれないってことなんでしょ！」

『バル⁉　バルって本当⁉』

パリアの叫び声は、祠の中にいた村人たちにも聞こえてしまったらしい。先ほどまで己の内から湧きあがる恐怖に怯えていた村人たちが、今度は村に残った者たちを心配して騒ぎ出す。

（まずい……！）

この騒ぎを村にいる魔物に気付かれたら、ここに人間がいるのが知られてしまう。

ルースは慌ててダニエルとパリアを祠へ押し込み扉を閉めた。

「みなさん、落ち着いてください！」

『お父さん、お父さん！』

『あなたー！』

『誰か息子を助けてぇ‼』

「落ち着いて、皆さん！　冷静になって、叫んじゃ駄目だ！　ここに魔物を呼んでしまう！」

だが必死のルースの声に反応する者はいなかった。皆己の想像する恐怖で頭がいっぱいで、ルースの声など全く届いていないのだろう。

（オレじゃ……皆を落ち着かせることもできないのか……）

ルースは己が無力であることを知る。自分がどんなに冷静であっても、他人を落ち着かせる力を持っていなければ、こういうとき何も役立たない。

それは村人に良い印象を持たれていないと気付いていながらも、ルースが無視していた結果だと思った。良い感情を持っていない相手の言葉を、素直に聞く人間なんていない。

「ルース！　お父さんは、あの人は大丈夫なの⁉　ねえ、大丈夫なの⁉」

普段は気丈で、滅多なことでは騒がないセリーヌがルースに駆け寄ってくる。

震えながら縋るようにしてルースに抱きついてきた母の姿に、この状況がただの恐怖から起きている現象でないことに気付いた。

（ああ、これは……アレの影響か……！）

先ほど響いてきた不穏な、音ともいえないプレッシャーのような響き。バルが持っている技『魔物の咆哮』に違いなかった。きっと村に来たバルがその技を放ったのだろう。

祠にいる村人たちは、そのせいで不安が増大され、普段ではありえないほどのパニックを起こしているらしい。このままでは、恐怖に勝てなくなり、ただ叫ぶだけではなく、失神者や自傷行為、喧嘩を始める者だって現れるはずだ。

（それに村も……！）

遠くにある祠の中ですらこの様子なのだから、村はもっと酷いことになっているだろう。残っている者たちのほうが肉体的にも精神的にも強いとはいえ、近くで聞いたのなら身体が動かなくなったり、失神する人もいるはずだ。そうなれば、ますます状況は悪くなるに違いない。

（村に、いかなきゃ……助けに……。でも……！）

目の前でパニックを起こしている村人たちを放置していくわけにはいかない。

ルースは今どうやって彼らを宥めていいかもわからなかった。己の力のなさに、苛立ちがこみ上げる。唇を嚙みしめたときだった――。

――コーン

祠の中で、深く、力強い音が響いた。その音は決して大きくないが、ルースの身体の奥深くに響き、脳の中を一瞬にして晴らした。

（今の、音は……？）

再び同じ音が繰り返される。その音に、パニックに陥っていた村人たちも急に黙り、あれほど騒がしかった祠の中が静かになった。

「落ち着くのじゃ。皆さんが騒いだところで、何も解決しないよ」

穏やかで静かな声が祠内で響いたと思うと、人々が動いて道を作る。奥から眉で目が隠れて表情がわからない老人が現れた。

「ジオ、さん……」

「やはりルースはアレを聞いても冷静なようじゃのう」

そう言って眉毛を動かしたジオはルースの側まで来て、杖で宙に何かを描き出した。

その杖の動きに添って光の粒が溢(あふ)れだし、宙に温かな光が広がっていく。やがて最初と最後の線が合わさると、ジオは優しく吐息をかけた。その途端、空に描かれた蝶(ちょう)が一気に十羽ほどに増えて、命をもらったように羽ばたいた。

「き、れい……」

「すごい……」

「ちょうちょ……」

先ほどまでパニックを起こしていた村人たちは、茫然と羽ばたく蝶を見つめ、だんだんと表情を穏やかなものへ変えていく。立ち上がっていた者は座り、予備で置いていた武器を手にしていた者は下ろし、泣いていた者は泣きやみ、赤ん坊に至っては寝息を立てていた。

隣にいたセリーヌも落ち着いた様子で、広がる光の粒に手を伸ばしていた。

（まるで『光の砂』みたいだ……）

ルースは飛んできた光の粒を握りしめ、そこに水滴がついたのを見つけると、アレクの顔を思い出した。彼が作り出した特殊な魔術は、誰にも真似ができない特別なものだった。なぜ誰にも真似ができないかというと、光と水の融合魔術だったからだ。

（え！　じゃあ）

ルースは驚いた顔で、隣に立つジオを見た。

『二系統以上の魔術を使える人間は、あまり多くないのですよ。そして、同時使用となると、きっと世界でもそういないでしょう』

神父様が言っていた言葉が頭の中でよみがえる。

そんな難しい術を、ジオがやってのけたということは――。

（ジオさんは、ただのおじいさんじゃない……？）

ルースが驚愕の表情のまま見つめていると、ジオは眉毛をヒョコヒョコと動かしてから皆がいるほうを向いて小さく呟いた。

「馬鹿弟子の術も、こういうときは役立つのう」

「え……」

「皆さんや、バルが村に来たことで恐怖に怯える気持ちはわかるが、今ワシらがここで騒いでも、良いことは起こらないじゃろう。むしろルースの言うように、この場に魔物を呼び、危険を生む。それは村で戦っている者たちの望むことではないはずじゃ」

ジオの言葉に全員が落ち着きを取り戻した。アレクが使っていた魔術に似たものを見せたおかげか、含蓄ある老人の言葉故か、ジオ本来の性質によるのかはわからないが、彼には不思議と皆の注目を集め落ち着かせる力があった。

「で、でもこのままじゃ村で戦っている夫たちが……」

誰かの不安そうな声に続いて、「息子が」「兄が」「弟が」「孫が」と人々があげる言葉には、絶望の色が宿っているのを感じる。頭では騒いではいけないとわかっていても、皆村に残してきた男たちが心配で仕方ないのだろう。

「残念じゃが、我々にできることは多くない。近くの村に助けを求めるか、奇襲部隊が戻ってくるのを待つか……」

隣村までは早馬でも半日はかかる。一応村長が手紙を送り、いざというときには力を貸してもらえるようにしているが、それだってただの保険だ。実際に事が起きてしまったら間に合わないだろうとわかっている。

そうなると望みは奇襲部隊だが、村からかなり離れた場所で戦っている。バルの襲撃を受けた村が、奇襲部隊が帰るまで持ちこたえられるかはわからない。

「――もしくは、少しでも戦える者を送るかじゃ」

その声に祠内がざわつく。皆どういうことかわからない様子だった。ルースも同じだ、ジオが何を言っているのかわからない。

しかしジオはそんなざわつきを気にせず、ルースの手を握った。

「ルース、この中で一番動けるのはお前さんのようじゃ」

「え、え？」

「力を少し与えよう」

そう言うと、ジオは戸惑うルースの手を握り、その甲に杖を当てた。

その瞬間、ルースの身体を熱が駆け抜けた。その熱は皮膚から体内の奥底へ入り込み、ルースの内に今までにない力の強さを感じさせた。

まるでジオから力を与えられたような、不思議な感覚だった。ルースも物に己の力を付与することはできるが、さすがに人へ与えることはできない。

（……っ、いったっ）

力が最大限まで上がっていく感覚に身をゆだねていると、パリンと頭の端で何かが弾けたような気がした。まるで固いガラスが砕けたような衝撃に顔をしかめるとジオが眉を揺らした。

「ん？　……お前さん、その称号は…………」

「……え？」

「……いや。その件は全てが終わってからにしよう」

ジオは再び皆のほうを向くと、握っていたルースの手を上へ掲げた。

「いまルースの能力を全体的に上げた。これなら奇襲部隊が戻ってくるまで、村の者たちの大きな助けになれるじゃろう。安心するがよい」

想像通りジオが今ルースに施したのは、能力を向上させるような特殊な術らしい。ルースは今までにないほどの力を己に感じていた。

「ワシらはルースに任せて、大人しく待とう」

そんなジオの静かな言葉に——黙って見ていた皆から動揺の声が上がった。

「で、でもルースよ……そんなひ弱な男に何ができるのよ……」

「そうよ、ルース君よ。狩りだってまともにできそうにないじゃない……」

「いつもアレクの後ろに隠れていた男よ。何ができるの？」

「お爺さんは村の人間じゃないから、何も知らないのよ！」

周りの声にセリーヌやバードが反論するが、ほとんどの人間は文句を言うか、黙ってうつむくかだ。マリアンヌでさえも気まずげな顔をして、ルースと視線を合わせようとしない。きっと同じように思っているのだろう。

〝頼りない青年〟というのが、ルースに対する村の認識だ。こればかりはどうしようもない。

皆の動揺が頂点に達しようとしたとき、ジオが杖を地面に打ち付けた。再び固い音が祠内に響き、騒がしくしていた者たちが黙る。

ジオはわざとらしくため息をついた。

「そうじゃな、ワシは村の人間ではない。じゃが〝村の人間でない〟からこそ、わかることもあるのじゃよ。その者の見てくれや、凝り固まった村の共通認識で、物を見ないからのう」

そこで言葉を切ったジオは、静かにもう一度杖を地面に打ち付ける。その途端、冷えた空気が周囲に広がる気がした。

「……この中で一番動けるのは、間違いなくこの青年じゃ。それが気に入らんのなら、自ら剣を取り、バルに喰われてくればよい」

ジオの言葉に声を上げていた者たちは、その気迫に飲まれて完全に黙った。

年寄りとは思えないジオのオーラは、まるで歴戦の猛者のように強いものだった。ルースもその声を聞いているだけで嫌な汗が流れるほどだ。目の前にした村の人々はそれどころではないだろう。

このままではマズイと思い、ルースは無理やりニッコリと笑うと、ジオに話しかけた。

「じ、ジオさん」

「なんじゃ、ルース」

「冗談でもバル相手に『喰われてくればよい』はやめてください。シャレになりませんよ。皆もビックリしていますし」

「……そうかのう？」

ルースの言葉にジオは先ほどまでの冷たい気配を消して、ヒョコヒョコと眉を動かした。周りの人間からも安堵のため息がこぼれる。

「皆さん、オレじゃ確かに頼りないかもしれませんが、騎士団の方たちが戻ってくるまで持ちこたえるように頑張ります。だから皆さんは、落ち着いてこの場に隠れていてください。二人とも後は頼んだよ」

ルースは警備の任についていた残りの二人に声をかけつつ、自ら向かう意思を伝えた。元々助けに向かいたいと思っていたのだ。ジオに後押しを受けて動かない理由はない。

ルースの言葉に今度は不安を訴える村人はいなかった。先ほどよりもルースを見つめる視線は複雑だったが、少しだけでも希望を感じてくれたのかもしれない。もしくはどういう理由にしろ、ルースしかいないのだろうと諦めたか。

「ルース、お父さんを頼んだわよ。けれど、危なくなったら逃げなさい」

「うん。でも持ちこたえられるように頑張るよ」

「あの……」

セリーヌと別れの挨拶をしていると、背後から声をかけられた。そこにいたのは、先ほど真っ先に『ルースでは不安だ』と、声をあげたパリアだった。

「お父さんを、お願い……」

「……うん。わかった」

「息子を……」

「おにいちゃんを……」

パリアの言葉をきっかけに、皆からルースへ声がかかる。

自分たちだって本当は恐くてたまらないのに、みんな家族の身を案じている。そんな彼らの思いやりの気持ちが、ルースは温かく感じられた。

「ジオさん、もしものときはお願いできますか」

「……できる限りはしよう」

「よろしくお願いします。……ダニエルも後は頼んだ」

「え……」

ジオに頭を下げると、ルースは祠を飛び出した。崖を転げ落ちるように村へ一直線に走った。

まだ夕日は見えているものの、辺りは暗くなり始めていた。夜戦になれば、不利なのは人間側だ。それに動物も騒ぎを聞きつけ、集まってくるかもしれない。そうなれば、もっと大変なことになる。

(魔物の咆哮が聞こえてから、少し経っている、急がないと……!)

ジオのおかげで、ルースはいつもより数倍軽い身を動かし山を駆けていく。しかし、この速度でも村に到着する頃にはだいぶ薄暗くなってしまうだろう。

ルースが不安に思いつつ走っていると、背後からものすごい速さで迫ってくる気配に気付いた。

尋常でないスピードに、魔物かと警戒し振り向くと、そこにいたのは目を血走らせて走る馬だった。その馬の背に乗っていた人物に、ルースはさらに目を剝く。

「——だ、ダニエル!?」

「ルース、てめえ自分だけイイかっこしてんじゃねえよ!」

ダニエルは馬を操りつつ、ルースに並走させる。

ルースが道なき道を駆けているのに、難なく馬を操って並走するダニエルに正直感心してしまうが、その言い方はさすがに酷いのではないかと思った。

「いいかっこうなんて、しているわけがないだろ！　バルがいる村に向かうんだぞ！」

「それがいいかっこしてるんだって言ってんだ！　お前みたいなひ弱は大人しく、後ろで守られていればいいんだよ！」

「ひ弱って……お前、ジオさんの話聞いてなかったのかよ！」

「俺よりお前のほうが動けるとか、あんな老いぼれの言葉なんて信じられるか！　ともかく戻れよ！　お前が行ったたって、役に立たねえよ！　喰われて死ぬだけだぞ！」

そう言いつつ、ダニエルはルースを阻もうと馬を寄せてくる。ルースは回避するが、こんな邪魔が入っていては、ますます村に着くのが遅くなってしまう。

（こいつこんなときにも……）

毎度のことながら、ルースを馬鹿にするダニエルには頭が痛い。だが、いつも通り無視すれば問題ない。――そう思いつつも、バルが村にいるという不安と、暗くなる周囲に焦る気持ちが湧き起こり、ルースは普段の冷静さを失っていた。

「いい加減にしろよ、ダニエル！」

ルースの怒号に、再び近寄って邪魔しようとしていたダニエルが馬ごと離れる。

「お前がオレを嫌うのはかまわない。馬鹿にしたければすればいい。そんなことで、オレは動揺しないし、お前なんてどうでもいい！」

「っ……」

「けど、今オレは村を守るために走っているんだ、お前も村が大事なら、こんなときに邪魔をするのだけはやめろ！　本気で軽蔑（けいべつ）するぞ！」

ルースが大声を上げると、ダニエルの馬はだんだんと速度を落とし、ルースの視界から消えていった。ルースは振り返ることもなくそのまま走り続ける。

（やばい、大声を出したから、息が……）

いくらジオに術をかけてもらっているとはいえ、さすがに全力で走りながら大声を出すというのは身体にも負担がかかったらしい。足がわずかに遅くなる。少しでも早く村に着きたいのに、と焦りだけが増していく。

「――ちくしょおおおお！」

「……え」

怒鳴（どな）り声が聞こえたと思うと、後方に離れたはずのダニエルの馬が、再びルースの横に並んできた。彼はわずかに前に出ると、振り向いて叫んだ。

「ルース、乗れ！」

「え!?」

「お前の足より、俺の馬のほうが速い！　村に早く着きたいならさっさと乗れ！」

どういう心変わりがあったのかわからないが、ダニエルは馬に乗せてくれるという。

最初は冗談か、もしくはまた何かあるのかと思ったが、ダニエルはわずかに苛（いら）ついているだけで、ルースに対してそれ以上変なことは言わなかった。

「けど、二人乗りなんて、馬のスピードが落ちるぞ！」

「俺もこいつも、お前を追いかけるために爺さんに変な術をかけてもらってるんだよ。今なら一人も二人も変わらないはずだ！」

「は!?　え、じゃあ最初からオレを乗せるつもりだったのか!?　だったらなんであんなことを言ったんだよ！」

話を聞いてちょっとイラっとしたルースは、視界の端に見えていたダニエルの脚を殴る。すると、『すまん……』という素直な謝罪が聞こえてきた。あまりに素直すぎて少し不気味に思ってしまったのは言わないでおく。

(でも、オレへ力を貸すために、わざわざ馬を連れてきてくれたのか……)

顔を真っ青にして祠に来たダニエルの様子から、彼がバルの出現で怯えていたのはわかった。それを見てルースは戦力として期待するのをやめていた。祠を頼んだのもそれが理由だ。けれど、青ざめていたはずのダニエルは恐怖を抑えて、ルースの足となるため来てくれた。そんな彼の気持ちが純粋に嬉しかった。

(意外といい奴かもな……)

自分でも単純だなと思うが、普段がアレな分、理由がわかると先ほどの妨害に対していまさら文句を言う気にはならなかった。水に流してやろうと思う。

「少しスピードを落とす、だからその隙に後ろへ」

「そのままでいい、片手をオレのほうへ出してくれ！」

「え、こうか？　うおっ！」

ルースは伸ばされた手を掴むと、少しだけ身体に引き寄せながらジャンプした。ダニエルが驚いた顔をしているのを見ながら宙を舞い、彼の手を軸に身体を寄せると、馬の背に腰を落とす。ゆっくりとダニエルの肩に手を置き、乱れていた呼吸を整えた。

「お、お前、そんな真似……」

「ダニエル、前、前！」

振り返って驚くダニエルに前を向くように言う。ダニエルは何か言いたそうにしたが、ルースがしっかり乗ったのを確認すると、馬の手綱を再び握った。

「ああ、くそ！　ルース！」

「ん？」

「今回のことが全部終わったら、ちょっと話すぞ！」

「え、あ、うん。からかわないなら、かまわないよ」

「よし、もっとスピードを上げるぞ、振り落とされるなよ！」

「おお！」

ダニエルは宣言すると馬の腹を蹴って、ますますスピードを上げた。ジオに術をかけてもらったのは嘘ではないようだ。二人乗りをしているのにも拘らず、馬はおかしなほどの速さで山道を走り抜ける。

ルースの足とは比べ物にならないほどの速さで進む馬は、崖を滑るように降り、谷を飛び越え、水辺は宙を舞って横断した。

常識を超えたスピードのおかげか、わずかな時間で村の様子が見えてきた。

ルースはダニエルの背に膝をあてバランスを取りながら立ち上がり、村の様子をうかがった。

「少し煙が上がっている！」

「くそ、やっぱり押されてるのか」

村は遠くからでも、争いによって建物が崩れているのが見えた。

魔物を兵器で駆逐することはできても、村にいる男たち全員が戦いに長けているわけではない。狩りは習っていても、人によっては普段剣さえまともに握らない村人もいる。彼らが無事でいられるか心配だった。

「ダニエル、あそこ！」

「あれは、パリアのとこのおじさん？」

ルースは村の外で仰向けに倒れている男に気付いた。ダニエルに一度馬を止めてもらい、急いで駆け寄る。

「おじさん!?　おじさん!?」

パリアの父は、見たところ怪我もなく、心臓も動いていた。しかし、意識はなく呼びかけにも応じない。

「『魔物の咆哮』の影響かもな。俺が村を出て、しばらくしてから上がったから。もしかしたら他にも倒れているかもしれねえ」

ダニエルの言う通り、近くには普段から剣を持つことがあまりない男や、まだ若い少年たちがたくさん倒れていた。しかし、村の外で倒れていたおかげか魔物に襲われなかったようで、意識はないが誰も怪我をしていない。

ルースたちは彼らをひとまず魔物に見つからないように隠し、一時的に身の安全を確保すると、再び馬に乗り村の奥へ急ぐ。

「なんであいつら、村の外に？　魔物が入ってきたのはほぼ反対側だぞ」

「もしかしたら、誰かが逃がしたのかもしれない」

「……ああ、そういうことか」

ダニエルが少し気まずそうに納得する。祠に知らせに来たという大義名分はあるが、『先に逃げた』という認識も持っているらしく、罪悪感を覚えているようだ。

「ダニエル、このまま中へ！」

「おう！」

破壊されていた村の外側の柵を越え、馬上のまま中に入る。村の中は、そこかしこで煙が上がり、物が壊れて荒れていたが、火は消えているようで、全焼(ぜんしょう)している家は見えなかった。

馬の速度を少し落としながら、倒れている住人がいないか辺りを見ながら走っていると、ダニエルが声を上げる。

「ルース、あそこ！」

「村長！」

少し離れた高台の家の前で、一つ目の大型魔物と対峙(たいじ)する村長がいた。しかし、村長は肩から血を流し、地面に座りこんでいる。あのままでは魔物にやられてしまう。

「くそ、上かよ、間に合うか！」

「ダニエル、このまままっすぐ走ってくれ！　弓を使う！」

ルースは矢に力を込めると、ダニエルの背に膝を置き、バランスを取りながら弓を引いた。

（っ……う……）

戦闘態勢に入った途端、いままでにない力が体中から溢れて、すでに放つ準備をしている弓に流れていく。構えていた矢が光り出し、そこに力が集まっていくのが目にも見える。

普段と違う魔力の流れに驚いたが、魔物が村長に腕を振り下ろそうとする姿を見て、ルースは一気に放った。

「はぁあ！」

すさまじい力を得た矢は、光を放ちながら風を切る速さでまっすぐ魔物の腕に到達した。

矢が当たった瞬間、バンッと破裂する音が鳴り——魔物の上半身が一瞬にして吹き飛んだ。

絶命した魔物はそのまま崩れ落ちる。

「お、お前、ルース!?　え、ええ!?　な、なんだよ、あの威力！」

「……すごい」

ダニエルは他の意味でも驚いているようだが、ルースも驚きを隠せなかった。

動物なら頭を破壊することができても、魔物はせいぜい一部を吹き飛ばすくらいだ。あんなふうに当たった場所以外までも吹き飛ばすことなんてできない。

ジオからもらった力は、かなりルースの能力を底上げしているらしい。

(そういえば、いま、一瞬……腕輪も光ったような……)

ルースはアレクから預かっている銀の腕輪を見た。だが、錯覚だったらしく、腕輪はいつも通り銀色と青い宝石の輝きを放っているだけだった。

(アレク……お前の帰ってくる場所は、この村はオレが守るからな……!)

ルースは銀の腕輪に誓いを立てる。

馬で丘の上まで駆け上がると、ダニエルと共に茫然(ぼうぜん)としている村長の側へ寄った。

「村長、無事か!」

「村長、大丈夫ですか!?」

「……ダニエルに、ルースか、なんとかな」

村長は肩を怪我しているものの重症ではないらしく、口調はハッキリとしていた。

ルースたちが近くに来たことで安心したのか深くため息をつくと、血と埃(ほこり)で汚れていたメガネを拭った。

「お前たち、祠はどうした？」

「祠は無事です。オレたちは村に力を貸しに」

「祠にいる村人をほったらかしてきたのか!?」

「村長、落ち着けよ。あっちは魔物にも気付かれていないから無事だ。それにジオっていう、すげえ魔術使う爺さんがいる。あの爺さん、俺たちに強化術なんてものをかけられるほどの魔力の持ち主だ。祠内で起きた騒ぎも鎮めちまったし……あの爺さんがいれば向こうはひとまず安心だ」

「ジオ……あの泊まりに来た爺さんか」

村長はジオの名前を聞いて、なぜだか納得したようだった。そういえば、この時期はいつもピリピリしていて、宿屋に関係のない住人が泊まっていると文句を言ってくる村長だが、今回はジオを追い出せとブラウ家に言ってくることはなかった。もしかしたら村長の家に一泊した際に何かあったのかもしれないなとルースは思った。

「村長、それよりバルはどこへ？」

「ロッサが、お前の親父が中心になって、村の反対側にある川辺へ連れていってくれた。私たちは入ってきた他の魔物を片づけていたんだが……っ」

「村長っ」

立ち上がろうとした村長は再び座りこんでしまう。疲労がピークに達しているようだ。

村長は決して弱いわけではないのだろう。バルの『魔物の咆哮』を聞いているのに失神していない時点で、村の外で倒れていた住人よりずっと胆力がある。普段はただの小さいおじさんといった雰囲気なのに、それなりの実力者なのかもしれない。

「ダニエル、ルース。悪いが、バルを相手している村人たちの元へ様子を見に行ってくれないか。すでに奇襲部隊に伝令は送ったが、彼らが戻ってくるまでまだ時間がかかる。ロッサと共に行ったメンバーを考えると……彼らで倒しきれるとは思えない」

「追い払うのは無理なのかよ？」

「目が赤く光っていた。あれはもう暴走状態だ。腹を一杯にするまで、止まらないだろう」

目が赤く光った魔物は、箍(たが)が外(はず)れた状態にある。わずかな思考すらなくなり、強さも桁違いだ。普段ならば追い払うことも可能なバルだが、目が赤く光っているのなら確実に倒さない限り、村は最悪の事態を迎えるだろう。

「……オレ、父さんたちの応援に行きます！」

「る、ルース!?」

「ダニエル、村長を頼んだ。悪いけど馬を貸してくれ」

「え、ちょ！」

戸惑うダニエルを置いて、馬に飛び乗ると手綱を握った。駆けだそうとすると、大声を上げたダニエルが制止するように前に出てきた。

「まてまてまて、お前話を聞いたのかよ！　暴走状態のバルだぞ！　近づくのだってあぶねえんだぞ、応援って何考えてんだよ！」

「でも行かなきゃ、父さんたちが危ない。それにこのままにしておいたら、村はどちらにしろ終わりだ！」

「だけど、バルだぞ！　俺たちなんて近づいたら喰われて終わりだぞ！」

「それでもだ！」

ルースも自分で無謀(むぼう)なことだとはわかっている。暴走状態のバルを前にして、自分が役に立つとは思えない。

「オレはこの村を守りたいんだ！　壊されていくのを黙って見ていられるか！」

いつか勇者の旅を終えたアレクが帰ってくる村を、ルースは守りたかった。疲れて帰ってきたアレクに『お帰り』と何もなかったかのように言ってやりたい。そのためには、暴走状態のバルであろうと、立ち向かっていくしかない。

「つ……、ああああ、畜生！　どけルース、前を空けろ！」

大声を上げたダニエルは、馬に飛び乗ってくる。手綱を握ったダニエルの顔色は真っ青だったが、もう怯んではいなかった。

「お前の馬術なんてたかが知れてる。それに手綱握っているときに襲われたらおしまいだ、俺が連れていく！　村長、悪いけど後は自力でなんとかしてくれ！」

「これくらい大丈夫だ。それよりも二人とも、命が危なければ必ず逃げるんだ」

「当たり前だ！」

「村長、ダニエル……ありがとう。行こう」

「ああ、もうどうにでもなれ！」

馬が駆けだし、村長の見送る姿が遠くなっていく。

「……女神アリストテレシアよ。……あなたの予言の勇者は、本当に神が遣わした者なのか……？」

そんな村長の言葉は、二人には聞こえなかった。

村長の言っていた川辺へ向かっていくと、破壊された建物や木々がだんだんと増えてきた。

しばらくすると、一階建ての建物より大きなバルの頭が見えてくる。

「あそこだ！」

少し開けた場所で、ロッサをはじめとした数名がバル相手に戦っていた。ロッサがバルの意識を己に向けている間に、他の男たちが攻撃を加えている。

しかし、超硬化能力を持っている上に暴走状態に陥っているバルには、術も武器による攻撃もあまり効いていないようだった。

村の皆が肩で息をしている状態なのに、バルには致命傷を負った様子はない。状況はあまり良くなさそうだった。少し離れたところでは、神父様が倒れた男たちに治癒術をかけている。

ルースたちが急いで彼らの元へ向かっていると、バルが顔の半分を占める大きな口を開いた。

「まずい、あいつまた魔物の咆哮をやる気だぞ！」

ロッサたちから攻撃されてもほぼダメージはないが、さすがにバルもうっとうしくなったのだろう、彼らを蹴散らすつもりらしい。

疲労困憊状態のロッサたちが『魔物の咆哮』を聞いてしまったら、下手すればその場で倒れてしまう。

（父さん！）

馬上で弓を構えると、再び矢に光が収束していく。金属を叩くような高い音が辺りに響いた。

バル相手に、生半可な術ではダメージを与えられない。ルースは先ほどよりも強く矢に術をかけて弓を引く。音が大きくなり、力の影響を受けた右手が燃えるように熱くなる。ルースの意思に応えるように、銀の腕輪が手首で踊り狂った。

大きく開いたバルの口が咆哮を放とうとわずかに動く――。

「ルース！」

「――はぁあああ、あ、あ、ぁ！」

手を放した瞬間、爆発音を立てて、矢が弓から放たれる。

その衝撃を受けたルースは後方へ吹っ飛ばされ、馬から落ちた。ダニエルも余波を受けてバランスを崩し、馬もろともその場へ転げる。

「ウウウォォォオオオオ！」

「……っ、やった！」

転げたルースが起き上がると、口を開けていたバルは肩の一部に穴を開け、血を流していた。

ルースの攻撃は魔物の咆哮の発動を止めたらしく、今はただの叫び声をあげているだけだ。

反動のせいで狙いは逸れたが、バルの腕に大きなダメージを与えることには成功したらしい。

(このままいけば、倒せるかも……！　っあ)

対等に戦えることに軽い興奮を覚えたが、ルースが手に持っていた弓は真っ二つに折れてしまっていた。鉄へ変えていた矢は衝撃に耐えたようだが、弓のほうが力に耐えられなかったらしい。周りに他の弓が落ちていないか探したが、ルースが持っていた弓よりいいものは見つからない。

(仕方ない……！)

ルースは持っていた弓を投げ捨て落ちていた弓を取ると、少し冷静になったバルに矢を打ちまくる。格段にパワーを落とす必要はあったが、それでも十分に牽制となるはずだ。

矢を放ちながらバルに近づくと、ルースに気付いたロッサの顔が青く染まった。

「ルース、お前何しに来た!?」

「父さんたちの援護だ！」

「馬鹿言うな、さっさと逃げろ！　こいつは暴走状態──っがぁあ！」

「父さん！」

背後からのバルの薙ぎ払いを受けたロッサの身体は、近くの建物の壁に打ちつけられた。強靭な肉体を持ち、村で一番身体の大きい父親が、まるで子どもの遊び道具のように投げられて、ルースの背に冷たい汗が流れた。

バルに大事なもの全てを破壊されるかもしれない──そんな恐怖が全身をとりまいた。

「ロッサ！　無事ですか!?」

「……ぶ、無事だ……っ」

だが神父様の声へ反応したロッサを見て、硬直していた手足が熱を取り戻した。

ロッサが立ち上がるところを狙われないように、ルースは再び矢を放ち、バルの動きを邪魔する。

「この野郎、こっち向け！」

ロッサと共に戦っていた村人もバルに攻撃を仕掛ける。剣に炎を纏わせ斬りつけるが、バルの薄皮を裂いただけだった。もう一人が今度は大きな雷撃を放つが、受けたバルは動揺すら見せない。

誰もが致命的なダメージを負わせられる攻撃手段を持ってはいなかった。

「オオオ！」

『うぁああ！』

怒り狂う声をあげたバルが、攻撃を仕掛けた二人に近寄り、尻尾と腕で弾き飛ばす。ロッサより遠くに飛ばされた二人は、地面に落ちて立ち上がってこなかった。

（あ……ああ……）

「ウウウー！」

バルが雄叫びを上げる。そのままロッサが倒れているところへ進むと、怪我をしてない手でロッサを掴んだ。小さな人形で遊ぶようにロッサを持ちあげると、バルは顔の半分を占める大きな口を開けた。

（やめろ……）

ルースは矢が尽きるまで撃ったが、バルの動きは止まらない。

「ウウウウウ……」

「俺を、最初に喰うってか、やるならやれ、腹の中で暴れてやる！」

（いやだ、そんなのいやだ……！）

恐怖を欠片も見せないロッサがルースに父親の顔をして微笑み、小さな声で『逃げろ』と呟いたのがわかった。

（い、いやだぁああああ！）

その瞬間、ルースの頭の中で何かがブチっとキレた。

「うぁあああああ！」

「る、ルース、やめろ！」

ルースは腰からナイフを抜くと、ありったけの魔術を宿して両手で摑む。一気にバルへ走り寄り、その開いた腹へ突き刺した。

「ウウウウウウ！」

術をかけた大振りのナイフは深々と腹に食い込む。血が噴き出し、バルが痛みの声を上げた。

（このまま斬り上げれば致命傷になるはずだ！）

ルースは、続いて肩へ魔力を集中させる。バルの腹を突き刺したナイフと同様に肩へ光が収束し、猛烈な力がルースへ宿ったのがわかった。

——しかし、それでもナイフは刺さったままで微動だにしなかった。斬り上げることも、引き抜くこともできず、動けなくなる。これでは前回と全く同じだ。

（つ！　くそっ！　オレじゃやっぱり、力が足らないのか……！）

どんなに強化をしてもらっても、ルースのような一般人ではバルの相手にはならない。超硬化能力持ちで、なお且つ暴走状態のバルを、ナイフ一本で倒そうなど無謀なのかもしれない。

「ルース、逃げろ！」

「ルース！」

ロッサやダニエルや神父様の声が聞こえる。バルが尻尾をルースに向けようとしているのがわかった。だがルースはどうしても逃げたくなかった。

このままでは何もかもを失ってしまう。

(アレク、オレは失いたくない！　失いたくないよ――アレク！)

ルースが来るだろう衝撃に奥歯を噛みしめたその瞬間――アレクから預かっている銀の腕輪が金色に変化し、高い音を発する。

――まるで、アレクが声に応えてくれたような腕輪の輝きに、ルースはとっさにナイフを握りしめて声を上げた。

「――アレクっ、オレに、力を！」

アレクの名前を呼んだ途端、体中を金色の光りが包む。

先ほどまで腹に刺さったままビクともしなかったナイフが、まるで布を裂くように滑らかにバルの身を斬り裂いた――。

「ォオオオオ！」

突然腹を裂かれたバルが、血をまき散らしながら叫び声を上げる。ナイフを抜き取り、バルから離れたルースは一瞬だけ状況が摑めず放心するが、すぐに次の行動へ移った。

「うぉおおおお！」

斬り上げたナイフを返し、今度は横へ向かってバルの腹を裂く。ルースの持つナイフは、軽い動きでバルの腹を開いていく。バルから大量の血が噴き出て、内臓が飛び出してきた。それに驚くこともなく、すかさず次の一撃を加える。

「ヴォオオオー！」

切り刻まれていく己に動揺したバルが、ロッサを持ったままの手を向けようとしたが、ルースはその腕を肩から斬りおとす。両腕の機能を失ったバルの身体を駆けあがり、赤く染まった三つの目の前に立った。

「死ねぇえええ！」

ナイフを三つ目の中心へ向かって振り下ろす。頭蓋骨（ずがいこつ）が割れ、柔（やわ）らかな脳がルースのナイフで肉片をまき散らしながら弾け飛んだ。

「ヴォ……オオ！」

頭を真っ二つにされたバルは、身体を震わせ暴れた。それもしばらく経つと止まった。静かになったバルは、乗っていたルースもろともその場へ崩れ落ちる。

「はぁ、はぁ、はぁ……おわ、った……の、か……」

バルから降りたルースは、警戒するようにしばらくナイフを向けていたが、身体を包んでいた金色の光が消えていくと同時に、一気に身体が重くなり、そのまま仰向けに倒れた。

(腕が……)

肩から先がなくなってしまったように動かない。

『る、ルース!』

名前を呼ばれた気がするが、意識が朦朧として誰に呼ばれたのかわからない。目の前に見えた顔でダニエルだとわかったが、返事ができないほど酷く身体が痛かった。

『お前、こんなっ、こんな! 腕が……っ!』

ぼんやりとした意識の向こうで、ダニエルが顔を真っ青にして動揺している。やはり腕に何かあったのだろう。

『神父様、神父様! 早くルースを!』

『こ、これは……』

駆け寄ってきた神父様が、口元に手を当てる。その悲愴な表情を見るに、あまり良くない状況なのだなと他人事のように思った。

『神父様、頼む……頼むよ!』

『ダニエル、そしてルース、すみません、これほどだと、私の力では……』

『そ、そんなことを言うなよ! 神父様! 頼むよ!』

『どうしたんだ、ルース!? ルース!』

ボロボロのロッサが駆け寄ってくる。いつもルースには優しい表情しかしないロッサの熊顔が『俺の可愛(かわい)いルース』と言って、そのまま泣き崩れてしまった。そんな父親を慰(なぐさ)めたくても、身体が全く動かない。

（ああ、もしかしてあの光の反動で、結構ヤバい状況なのかな……）

バルを軽く斬り裂くほどに恐ろしい金色の力。それは一般人のルースの身体が耐え切れるものではなく、代償(だいしょう)として無残な状態になっているのかもしれない。ルースの脳に、魔術の強さに耐え切れず砕(くだ)けた弓本体が浮かんだ。きっとあれと同じだ。

ルースが他人事のように自分の状況を悟ったときだった。

『デカイ身体で、メソメソ泣くな。うっとうしいわい。ほら退(の)くんじゃ』

三人の後ろから声が聞こえたと思うと、誰かがルースに歩み寄ってきた。その人物はルースのすぐ側に座ると、真っ白い眉毛を揺らした。

『ああ、これは酷いのう……まったく。あやつも、己の力なんぞ一般人に与えたら、身体のほうがもたんのが理解できんのかのう……』

ブツブツと呟(つぶや)いた人物――ジオはルースへ手をかざすと、何かを唱え始める。途端に重かった身体全体が、わずかに楽になり、呼吸がしやすくなった。

『よく頑張った、ルースよ。じゃが、ちとやりすぎじゃ。ワシがいなければ大変なことになっていたぞ』

「たい、へ……な、こと……？」

ルースがようやく動くようになった口で質問すると、ジオは小さくため息をついた。

『……まあ、弟子のしでかしたことじゃからな。お前さんにこれ以上言うのはやめよう』

「ジオ、さん……」

『なんじゃ？』

「みんな、は、ぶじ……？」

ルースが一番気になっていたことを質問すると、ジオは声を上げて笑った。

『無事じゃ無事じゃ。死人はいないようだし、ワシが全部無事にしておく。じゃから、お前さんは少し休め』

「や、すむ……？」

『目を閉じてゆっくり休息を取るんじゃ。目が覚めたときは、全部元通りじゃ。いつも通り、宿屋の息子をすればいい』

「そっか……」

全部元通りと言われて安心したルースは、急速に込み上げる眠気に身をゆだねた。

「目が覚めて、アレクも……いたらいいな……」

そんな呟きを聞いたジオが、少し困ったように眉毛を揺らしていたのを、意識が途切れる間際に見た気がした。

【6】騎士団長様はお友だち

午後の日差しが降り注ぐベッドの上で、横になっていたルースは深くため息をついた。

「なんだ、アレクはとっくに王都を発っていたのか」

溜めていた手紙を最後まで読みきったルースは、丁寧にそれを封筒にしまう。

アレクの手紙によると、王都を発ったのは剣豪大会直後らしい。その後は最初の目的の村に行って勇者活動を終え、すぐに次の村に向かってそこでも問題を解決し、またすぐに少し大きな街へ向かったらしい。ハイスピードで旅を進めているようだ。

最後に書いてあった大きな街の名前を、宿屋にあった地図で見ると、かなり村から離れていることがわかった。いつの間にか、アレクはかなり遠くへ行ってしまっていた。

「だけど、この〝オレも喜ぶこと〟ってなんだ……？」

最後の手紙の終わりには、ある村で高名な人物の噂を聞いたらしく、アレクは女神の言葉を無視してそこへ先に向かうと書いてあった。

アレク曰く『日々の悩みを解決できるもの』らしく、同時に『ルースも喜ぶに違いない』ことらしい。詳しくはわからないが、手紙を書いていたとき急いでいたのか、その後は〆の挨拶で終わっていた。

「まあ、考えてもわからないし……ふぁ……にしても暇だな。まだ家から出たら駄目かな～」

ルースは窓の外で村の復興作業に勤しむ人々を見て肩を落とした。

バルと戦い、ルースが意識を失った直後、マクシムたち騎士団一行が戻ってきた。おかげですぐに村の中にいた残りの魔物を全て倒すことができたらしく、あれ以上の被害は出なかったようだ。

村の安全が確認できた後に、祠に隠れていた村人たちや、村の外に倒れていた人たちを呼びもどし、全員が互いの無事を喜び合ったという。

ジオはルースとの約束を守って怪我人を端から診てくれたようだ。おかげで、あれだけの大きな騒ぎになったのに、死人も重傷者も出さずに終わりを迎えることができたらしい。

その魔物狩りから一週間。まだ残ってくれている騎士団メンバーの力もあって、村の復興作業もほぼ終わりがみえていた。

(まあ、全部聞いた話なんだけどね)

ルースが起きたとき、すでに村は復興作業を始めていた。魔物狩りから三日経っていたのだ。

ジオ曰く、体力を限界まで使い切ってしまった反動で長く眠っていたということだ。

涙ながらに飛びついてくるセリーヌやロッサを見たときは、本当に悪いことをしたと思った。

その後、やけに心配性になったセリーヌにしばらく外出禁止を言い渡され、ルースは宿の手伝いもできず三日間母屋と自室のある離れで食っちゃ寝を繰り返していた。

「このままじゃ身体がなまっちゃうよ……今日こそは母さんを説得しないとな」

ルースが療養している最中、マクシムやジオ、それにバードや、あのダニエルまでもが見舞いに来てくれたらしいのだが、全部セリーヌが面会を断ってしまったらしい。ただ、それぞれが持ってきてくれた見舞いの品はルースの手にちゃんと渡っているので、外に出られるようになったら礼を言って回らなければいけないだろう。

(特にダニエルとはちゃんと話しておきたいな……)

ダニエルは魔物狩りの際、本来ならあんな危険を犯す必要はなかった。それなのに文句を言いつつも、ずっとルースについてきてくれた。そのことが心強かったのは確かだ。

今までは〝子どもっぽい奴〟としか思っていなかったが、今回の件で認識が大きく変わった。ひねくれ者かもしれないが、いざとなるととても頼もしく面倒見のいい青年だと知った。

(もしかしたら、友だちになれるかもな……)

ルースは大きく伸びをすると立ち上がり、アレクの手紙をチェストにしまった。セリーヌが母屋に戻っているか見に行こうと考えていると、部屋のドアがノックされた。

「ジオさんもう帰るらしいわ。ルースに挨拶したいって」

「いいの?」

「もちろんいいわよ。英雄様が会いたいって言うのだから」

セリーヌの笑顔付きの承諾がもらえたルースは、急いで宿屋のほうへ行く。ロビーのソファーでは、目元が隠れるほどの眉を揺らす老人が座っていた。

「ジオさん!」

「おお、ルース、ひさしぶりじゃのう」

ジオは病み上がりのルースを気遣ったのか、ソファーの隣を叩くと座るように促す。

「身体はどうじゃ？　もう悪いところはないか？」

「ジオさんに治してもらったおかげで、後遺症もなくどこも痛くありません。本当にありがとうございました」

「いいんじゃよう、ワシも宿でたくさん世話になったからのう」

「……ところで、本当に帰ってしまうのですか？」

ルースが少しだけ寂しげに質問すると、ジオはきゅっと眉毛を下げた。

「悪いんじゃが、ワシはもう引退した身でな。あまり俗世に関わるべきではないと思っている」

「村の皆は歓迎していると思いますが」

「どんなにおだてられても、この土地にはおられん。それにそもそも本当の〝バルを倒した英雄〟はお前さんじゃろ？　ワシはあくまでお前さんの立場を思って、その称号を受け取ったにすぎん。いわば身代わりじゃ」

村に侵入したバルを倒した者――それは旅の魔術師ジオである。村にはそう伝わっている。

ルースがバルを倒したという真実を知っている者は、父ロッサにダニエルと神父様にジオだけだ。彼らはルースのやったことを周囲に話さなかった。なぜならルースがバルを倒すために使った力はルース自身のものではないと、ジオに教えられたからだ。その力を使えばルースが死にかける、というのをその目で直接見たことも理由だろう。

今回のことをありのまま村に報告してしまうと、ルースは強大な力を持っていたにも拘らず隠していたと責められる。それだけではなく、今後何かが起きた際に、その力を使うことを強要されるに違いない——彼らはそう考えた。

ルースがまた死にかけるほどボロボロになってしまうことを危惧した四人は、とっさにバルを倒したのは旅の魔術師ジオである、ということにしてくれたらしい。

他にも不思議なことがあった。ルースの活躍を目の前で見たはずの村長までもが、詳しく話さなかったという。タヌキ、もとい村長は本当に何を考えているのかわからない。

祠にいた人々も、ジオからルースが活躍できると聞いてはいたが、戦った姿を直接見ていない。実際に何をやったのかも知らない。

おかげでルースは四人の思惑通り英雄として扱われることなく、〝今回の騒動でダニエルと共に魔物駆除を手伝い、バル相手に大怪我を負った青年〟としてのみ伝わっているようだ。

（オレとしては助かったよな。本当に……）

ルースとしても自分の力ではないもので村に英雄扱いされるのは困る。代わりに村の英雄扱いされたジオは、この一週間かなり面倒くさいことになっていたようだし、そういった意味でもその役目を担ってくれた彼には頭が上がらない。

「でも、村の皆の命を助けてくれたのはジオさんに変わりありませんよ、そういう意味では正しく『英雄』だと」

「英雄なんぞどうでもいいのじゃ。そんな称号は、隠居生活には役立たん。……そんなことより、ルース、親父さんから聞いておるか？　腕輪のこと」

「あ、はい。封印をしてくれたんですよね？」ルースは腕輪のことも気になっていたので素直に話題を切り替えた。

話をはぐらかされたような気がしたが、ルースは腕輪のことも気になっていたので素直に話

ジオが調べたところによると、アレクから預かっているこの銀の腕輪は、使用者が身の危険を感じるとアレクの能力を一部使うことができる、というとんでもない品物らしい。つまり、あのバルを倒した金色の光は、アレクの力だったようだ。

（本当に、信じられない物を作るよな、アレクは……）

けれど、アレクの力は勇者の力。一般人が自由に使うには強すぎて、下手に使うとルースのように身体が耐えきれず死にかけてしまう。

そこでジオは腕輪へ封印をかけて、力が発動できないようにしてくれたという。

ロッサから自分の身に起きた様子を聞かされたルースとしては、二度と使いたくないと思ったので、ジオの配慮に感謝した。腕が肩からもげるとか嫌に決まっている。

「本当に重ね重ね、ありがとうございます……」

「……ま、それくらいはのう。よっと、ではそろそろ帰ろうかのう」

ジオはそういうと杖をついて立ち上がり、宿屋のドアへ向かっていった。

ルースはずっと気になっていたことを聞こうと声を上げた。

「ジオさん、息子さんのお墓参りには行ったんですか？」

「……」

立ち止まったジオは『帰りがてら行くんじゃよ』と冷静に返してきた。やはりこれくらいでは動揺を与えるのは難しいらしい。仕方ないので、さらに気になっていたことを質問する。

「それならいいのですが。けれどジオさん、貴方(あなた)の言う『弟子』っていうのは、アレクなんですよね？　そして理由があって、アレクの故郷であるこのハシ村に来た。違いますか？」

「……さあのう？　ワシは墓参りのつもりじゃがのう」

ジオの声音は、いつもと同じでとぼけたものだ。けれどアレクが弟子であることを否定しなかった。

(やっぱり)

最初こそジオの弟子の話を他人事だと聞いていたが、ルースが大怪我を負った際に口にした言葉や、腕輪について伝え聞いた話から察するに、ジオは絶対にアレクを知っている。つまり弟子とは〝宿屋に来たことのある見知らぬ旅人〟ではなく、〝アレク〟のことなのだろう。

(そうなると、ジオさんがただの魔術師だとは思えない……)

アレクの師匠と名乗っていること、光の砂、強化術、神父様すら諦(あきら)めたルースへの治癒術(ちゆじゅつ)。きっと祠の中で騒ぎになったときも、皆の恐慌状態を解除して落ち着かせたのはジオの高度な術に違いない。それほどの魔力を持つジオが、ただの魔術師だとはとても思えなかった。

だからこそ疑問だった。

(ジオさんは、なんでこの村の危機を救ったんだ？)

ルースはジオの正体を暴いてどうにかしたいわけではない。ただ、なぜそれほどの人がこの村に来たのか疑問だったのだ。そして弟子の故郷とはいえ、どうして村のために、ルースのために、いろいろしてくれたのかが知りたかった。

ただの善行——なんて考えられるほど、ルースもお花畑の考えは持っていない。

「村に来た理由を、教えてもらえませんか？」

「……最初に言った通り、ワシがこの村に来たのは、息子の墓参りじゃ」

再び尋ねてみても、ジオからの返事に変わりはなかった。その声が何を思って発せられているかルースには判断ができない。

（無理か……）

前世の記憶があるぶん他人よりも敏いなどと驕っていたが、本当に長生きしている人間の裏が読めるほどルースは年齢を重ねられてはいないようだ。

「そうですか。わかりました」

結局何もジオのことがわからなかったと思い残念に感じていると、本人は何を考えているかわからない顔をして振り返った。

「……のう、ルース。お前さんは何を望む？」

「え？」

「村で勇者の帰りを待つお前さんは、未来に何を望む？」

ジオの言っている意味はよくわからなかった。けれど少し考えてから答えをだす。

「えと、アレク……が帰ってこられるように、村の平和を」

一瞬『アレクの顔が見たいな』と思ったが、彼が頑張っていることは手紙で十分にわかっていた。だから、そんなわがままは言うべきではないとっさに思った。

ルースのその言葉をどう受け止めたのかわからないが、ジオは柔らかく眉毛を動かした。

「そうか……それじゃあの、ルース」

ドアを開けてジオが出ていく。

静かに閉まるドアを見て『もう会えないのかな』と残念に思っていると、ジオが座っていたソファーに、宿屋のものではない本が置いてあるのに気付いた。

「忘れ物……！　ジオさ……え？」

ルースは急いでドアを開けて外を見渡したが、出ていったばかりのジオの姿はどこにもなかった。近くで作業していた村人に尋ねてみたが、彼の姿を見た者はいないという。

(ジオさんって、本当に何者だったんだ？)

結局ルースはその本を持って宿屋に戻るしかなかった。


その日の夜。明日王都へ戻る騎士団とのお別れのパーティーを開いた。すでに村長宅で昼間から盛大な宴がひらかれていたようだが、お世話になった宿屋でも飲みたいという騎士団メンバーの願いをかなえたものだ。

騎士団メンバーと共に食卓についたブラウ家は、彼らが村長宅から〝もらってきた〟という高い酒瓶をあけて共に食事を楽しんだ。ルースも両親の前ではお酒こそ飲めないが、彼らの話す騎士団内での出来事は面白くて、まるで酔っているかのように笑いまくった。

（は～楽しかったな）

酔い潰れたロッサと介抱するセリーヌの代わりに片付けを終わらせたルースは、母屋のリビングにいる二人に声をかけて、自身の部屋がある離れへ向かう。

廊下の突き当たりにあるルースの部屋の前で、頭を抱えて立っている人物に気付いた。

「マクシムさん、どうしたんですか？　頭が痛いんですか？」

「る、ルース殿！」

マクシムはルースの登場に驚いたようで、大げさに飛び上がる。だが意を決したように頭を振るとジッとルースを見つめてきた。

「少しお話ししたいことがあるのですが……お時間良いでしょうか？」

「話ですか？」

話をするならリビングのほうがいいかと思ったが、両親がいちゃついているところでは話しにくいだろう。ルースは自分の部屋にマクシムを招き入れる。

緊張した様子のマクシムに首を傾げつつも、部屋に唯一ある椅子をベッドのほうへ向けてから座るように勧めると、自分はベッドに座った。

しかしマクシムは椅子には座らず、なぜかルースの前の床に正座した。そして――。

「申し訳ない！」

「え？」

突然頭を下げ謝罪をするマクシムに驚いて、ルースが立ち上がろうとすると、それよりも早く言葉が続いた。

「あなたのために頑張ると言いながら、今回の失態！　このマクシム・カラファーティ、己が情けなくて、申し訳なくて仕方ありません！」

ゴンと床に頭を打ち付けて「申し訳ない」と再び謝罪をするマクシムに、ルースは彼が酔っていることを悟った。そういえば、かなりハイペースで飲み続けていた気がする。顔に出ていないので大丈夫だと思っていたが、どうやらかなり回っているらしい。

ルースはマクシムの横に座って、ひとまず落ち着かせようと声をかける。

「い、いや失態って、マクシムさんたちはちゃんと奇襲部隊の役目を果たしてくれたじゃないですか。村に残っていた魔物も倒してくれましたし。復興の手伝いも……」

「ですが、我々が勝利を喜んでいる間に、村がバルに襲われ、ルース殿も重傷を負い……お、俺は何をやっていたのか！」

「知らなかったんですから仕方ないですよ」

「我々がすぐさま戻っていれば、少なくともルース殿が重傷を負うことはなかったはずだ……」

「いや、それは難しいですよ……」

なんだか自分を責め続けてしまっているマクシムに、ルースはため息をつく。

真面目な性格が災いして、マクシムは今回の騒動に責任を感じているようだ。昼間はそんな様子には見えなかったが、お酒を飲みすぎたせいで、抱(かか)えていたものが爆発したのだろう。

だが今回のことは予想外の事態で、騎士団のせいではないのは明らかだ。むしろ責任が誰にあるかと言えば、ルースのほうにあるかもしれない。

なぜなら村を襲ったあのバルは、マクシムと出会った際にいた個体だったようで、死骸(しがい)からルースの鋳鉄製(ちゅうてつせい)のナイフが出てきたらしい。つまり、あの場でトドメを刺すことができていれば、今回のような事態には陥らなかったのだ。

(まあ、そんなこと言っても始まらないし)

責任逃れをするわけではないが、誰が悪いと言いだしたらキリがない。どこまで遡(さかのぼ)ればいいのかわからない。今回のことに関して、他人を責める気がないのはもちろんだが、ルースは己も責める気はない。不幸な偶然が重なっただけだと思うことにしている。じゃないと腕までもげて倒したのに、モヤモヤとしてしまうからだ。

「マクシムさん、顔を上げてください。それ以上やるなら、オレは怒りますよ?」

「……ルース殿」

情けない表情のまま顔を上げるマクシムに、安心させるようにルースはニコリと笑った。

「マクシムさんたちに、オレはとても感謝しています。そもそも今回の魔物狩り、マクシムさんたちがいなければ、それこそ村は大変なことになっていたと思います。みなさんがいてくれたおかげでこの程度ですんだんです」

「ですが……」

「オレは今無事に身体を動かせますし、後遺症もありません。村も今まで通りです。それで十分だとオレは思います」

「ルース殿……」

「あなたのおかげで村はまた普通に生活できます。来てくれたことをとても感謝しています。ありがとうございます、マクシムさん」

ルースがお礼を言うと、マクシムはようやく顔色を元に戻す。だが、しばらくすると頰が上気するように染まり、隣に座るルースへ身体ごと向いた。

「ルース殿、やはりあなたは女神だ」

「え？　また……何言ってるのですか、マクシムさん。オレは女性ではないですよ？」

まだ酔っているなと思いつつ苦笑いを浮かべると、マクシムは床についていたルースの手のひらを掴んだ。自分よりずっと大きい手に握られ、ルースはなんだか変な気分になる。

気が付けばマクシムの目がなぜかキラキラと輝き、普段から取り巻いている色気が広がっていた。

「……ま、マクシムさん？」

「違います。女神ゼノビアの話ではないんです……あなたが女神……いえ、あなたが私にとって唯一の存在なのです。性別などは関係なく」

「え？」

「ルース殿」

マクシムがルースの手を引っ張り、距離を詰めてくる。

驚いたルースが距離を空けようとするが、マクシムはそれを許さないというように思いっきり手を引っ張ってきた。間近に迫った男前に、ルースは硬直しながらもパニックになった。

何が起きているのか全くわからない。

「こんなことを言ったら戸惑うかもしれませんが、ですが俺はあなたを――」

マクシムが真剣な顔で何かを言いかけた途端――バタン！　と、ものすごい音が鳴った。

『え？』

重い物が天から落ちてきたような鈍い音に驚いて、音が出たほう――マクシムの後ろを二人で見やると、そこには〝人〟がうつ伏せに倒れていた。

（え、これって……）

倒れている人物は金髪で、なお且つ首には覚えのあるみすぼらしいお守りが覗いて――。

「――っ、アレク!?」

ルースは会いたいと思っていた親友の姿に、驚きの声を上げた。だが、声をかけても動かない様子にブワリと鳥肌が立つ。

「マクシムさん、ちょっと、手を放してもらっていいですか!?」

「え、ああ」

マクシムに手を放してもらい、急いで立ち上がると倒れているアレクの元へ駆けよった。

漂う雰囲気や息遣い、身体の動きから確信を得る。

（アレクだ。本物のアレクだ！）

衣服が上等なものに変わっていたのでわかりにくかったが、姿を見る限りアレク本人であることに間違いはない。『どうやって』や『どうして』という疑問もあるが、それよりも苦しそうな様子が気になった。

額に張りついていた金髪を寄せると、見慣れた親友の顔が覗く。その顔が青くなっているのに気付いて、ルースはスッと背筋が冷えるのを感じた。

「どうしたんだよ、アレク!?　真っ青じゃないか」

アレクの身体を仰向けにすると、身を屈めて上半身を浮かせる。膝にアレクの上半身を乗せて何度か揺すると、綺麗な緑色の瞳がうっすらと覗いた。

「ルース……？」

「そうだよ、オレだよ、アレク。しっかりしろって」

青ざめた顔で少しぼんやりした様子のアレクに、ルースは内面の動揺を抑えきれないまま頬を軽く叩く。アレクはとても嬉しそうに表情をゆるめて、ルースの手を掴んできた。

「ああ、まじかよ……！　あのジジイ、さすが本物だ……！」

「じ、ジジイ？」

「ルースっ、ルース！　よかった、会えたっ」

「え、ちょ、あ、アレク？」

顔は青ざめたままなのに興奮した様子のアレクは、上半身をわずかに起こした体勢のままルースの身体を抱き寄せる。

ルースは膝にアレクを乗せたまま抱きつかれることになり、ちょっと体勢的に苦しくなったが、嬉しそうな声を聞いてしまうと放せとは言えなかった。そのままアレクが辛くないようにルースも相手の身体を抱きしめた。

「アレク、顔色が悪いけど、何があったんだ？」

「ああ、これくらいは、平気だ。それより、お前のほうが……」

「オレ？　オレのことなんてどうでもいいんだよ。それより、さっきから息も荒いし、体温も低いし、大丈夫じゃないだろ？」

「大丈夫。それより、お前が……大怪我を負ったって、ジジイから聞いて、いてもたってもいられなくて……無事、なんだな」

「オレなんていいから……馬鹿、自分を心配しろよ、アレク」

ゼイゼイと言いながらルースの身の無事を確認するアレクに、キュっと胸が痛くなった。

どうやらアレクはジジイ——想像するにジオから、ルースが怪我を負ったことを聞いたらしく、自分よりもルースのことばかり気にしている。それがなんだか歯がゆい。

（アレクだって万能じゃないんだからな……）

ルースよりも体力も魔力もずっと上だとわかっている。けれど、アレクだって人間だ。限界はあるし、疲れだって感じるはず。そんな青い顔で大丈夫だなんて言われても、心配なだけだ。

「アレク……」

ルースが情けない声でアレクを呼ぶ。それに気付いたアレクが胸元から顔を上げた。

「なに、泣きそうな顔をしてるんだよ、ルース」

アレクの手のひらがルースの頰を撫でる。その感触に苦しいほどの感情が込み上げてくる。

これがなんなのかはわからないが、嫌ではなかった。

アレクが身を起こし背に腕を伸ばして、慰めるように額をすりつけてきたので、ルースも同じようにすりつける。

「お前が、無事でよかった」

「それはオレの台詞だよ……」

アレクが無事だと信じていられるように、不安を口にしたことはなかったが、アレクが勇者の旅に出て心配しない日は一日たりとてなかった。下手に前世の記憶なんてものを持っているから、その旅がどれだけ危険で困難であるか、ルースは知っているからだ。

アレクはゲームオーバーになったら生き返るようなゲームの主人公ではない。死んでしまったら、二度と会うことができないのだ。それが恐かった。

(顔が見れてよかった)

ルースがアレクの頭を抱えるように抱きしめると、ゴトンと、鈍い音が背後から響いてきた。

その音に驚いて背後を振り向くと——。

(あ、そうだ。マクシムさんがいたんだった……)

アレクの登場と、その顔色の悪さですっかり忘れてしまっていたが、先ほどまでルースはマクシムと話していたのだ。

そのマクシムだが、身体はルースたちのほうへ向けているものの、なぜか肩を落とし、顔を伏せているので、どんな表情をしているかわからなかった。その手からは、以前ルースに渡そうとしていた、あのデザインが華美なナイフも落ちていた。

(何かに使うつもりだったのかな?)

ルースがそんなふうに考えていると、抱きついていたアレクの腕の力が急に強くなる。

「っ……アレク?」

「……あんた、王都の騎士団長、マクシム・カラファーティだよな……」

先ほどまでゼイゼイと苦しそうにしていたアレクの声が突然変わった。

呼吸が落ち着き、地面を這うように低くなった声は、凍えるように冷たい。実際周囲が途端に寒くなっているような気がする。まるでアレクの感情に、空気が反応しているみたいだ。

マクシムもその寒気を感じたようで、伏せていた顔を上げた。その顔色はアレクと同じように青い。まるで首元に刃物を押し当てられているかのように緊張していた。

「……いかにも、以前お会いしたマクシム・カラファーティだ、がっ」

「なんで……いるんだ」

「なんで……?」

「なんで、部屋にいるんだ……」

ルースの身を抱きしめる力がより強くなる。アレクの顔がルースの向いているほうとは逆の肩に乗り、よりいっそう二人の身がくっつく。だがそれに照れている場合ではない。

「こんな時間に、なんでルースの部屋にいるんだ……しかも、二人っきりで……っ……——てめえ、ルースに何する気だった!?」

唸るように声を荒げたアレクから、ブワリと息苦しいほどの何かが広がる。

それはバルと対立していたときに向けられたプレッシャーと似ていた。ルースは直接それを当てられているわけではないが、同じ空間にいるだけで寒気が込み上げてくる。

「つ……ア、レク殿……わたし、は……っ、ルース殿、と……」

「ルースと、なんだって？」

マクシムが苦しそうに顔を歪めながらアレクに話しかける。しかしマクシムが言葉を発するほど息苦しさは増した。

マクシムも同じようで、苦しげに呻く。むしろルースよりキツそうだ。

(なんか、やばい)

状況からして、アレクがマクシムに対して怒りを向けているのはルースにもわかった。それが理由で、マクシムは苦しんでいる。もしかしたら特殊な術でも使っているのかもしれない。

アレクの怒りの理由はどうであれ、このままではいけない。

「アレクっ、馬鹿やめろ。何を怒っているんだ、落ち着け」

「……なんでだよ」

「なんでって、マクシムさんは村の一大事に駆けつけてくれた人だぞ」

本来は王都にいるのが正しい人なのに、わざわざアレクとの約束を守って、こんな辺境の村まで来てくれた人なのだ。感謝するならまだしも、怒りを向けるなんて間違っている。

「けど、こいつは……ルースの部屋にっ」

「なんでそこで怒るんだよ。それこそどうでもいいだろ」

「よくない。こいつは……っ」

「う……っ……ぁ……」

アレクのルースを抱きしめる力が再び強くなる。同時にマクシムが息苦しそうな声を上げる。まるで見えない手に絞めあげられているような声は、どう考えても尋常ではない。

「このっ、いい加減に、しろっ！」

本格的に危険を感じたルースは、頭を振りかぶる。マクシムを意識していたせいで無防備だったアレクは、ルースの攻撃を避けられなかった。

「——いっ」

ルースの頭突きにより鈍い音が鳴り響く。アレクはようやくマクシムから意識を逸らした。その緑の瞳が、まっすぐにルースを睨(にら)みつけてくる。でもそんな目は恐くない。

「何すんだよ、ルース！」

「『何すんだよ』じゃない。お前こそ村の恩人に何しているんだ！　だいたいお前が来てほしいって言ったんだろ。いろいろ助けてもらったのに、そういうのは許さないからな。あまりマクシムさんに失礼なことをすると、出禁にするぞ！」

「出禁？」

「二度とオレの部屋に入れない」

ルースがそう言うとアレクの瞳が揺らいだ。急に膨らんでいた冷たい気配が萎む。

背後のマクシムからも、正常な呼吸が聞こえてきて、苦しくなくなったことが伝わってきた。

代わりにアレクが悲痛な顔をしているのに気付いた。

「……俺が、必死に、旅に出てるのに……お前は、なんで、こいつと深い、仲に、なって……」

いつも凛々しいアレクの眉がハの字になり、情けない顔に変化する。口をムッとさせて不機嫌そうなくせに、目元だけは少し潤ませている姿は、拗ねているとしか思えなかった。怒っていた姿とは対照的すぎて、なんだかこちらが悪いことをしている気分になる。

（ん？『深い仲』って、まさかアレクは、オレに自分以外の〝親友〟ができると思って不安になっていたのか？）

ルースとマクシムが深い仲になる――つまりアレクは、マクシムとルースが〝親友〟のように仲良くなってしまうと思ったのだろうか。

自分は旅に出て大変な目に遭っているのに、のんびりと村での生活を楽しんでいるルースに親友ができそうで苛立ちや嫉妬を覚えた。だからマクシムにちょっかいを出した。

（なんだ、そういうことか）

そう考えるのがルースにとっては、とても自然な気がした。

アレクはきっと長い間不動であった親友の座を奪われてしまうことを危惧したに違いない。

村から帰ってきたときの居場所を、マクシムに奪われると思ったのだろう。

（……昔っからアレクはそういうところあるしな）

アレクは村にいるときから、ルースが他の人間と話していると、無理やり間に入ってくることがあった。家族以外に何か用事を頼まれたときも、自分の到着を待たないで始めてしまうと拗ねてしまうことがある。宿に来た冒険者に山の案内を頼まれたりしても、絶対についてくるし、自分が行けないときは妨害してくる始末だ。

ともかくアレクは昔から、ルースが家族以外の他人と仲良くするのを嫌がった。

（……まあ、これはオレのせいもあるよな）

このアレクの行動は、幼い頃寂(さび)しがり屋の彼をかまい倒したことと、その後に前世を思い出して一時期ルースが不安定になっていたことが原因だと思われる。

側にいると安心するという気持ち、側にいてやらないと不安という気持ち、両方の理由からルースが一番近くにいないと駄目なのだろう。

（そんでもって、オレがそれを許すのがいけないのだと思うんだけど……）

マクシムに対しては、勘違いや筋違いもいいところだし、そもそもやりすぎだとは思う。

だが、それが拗ねたゆえの嫉妬だと思うと、マクシムには悪いがアレクが少し可愛(かわい)く思えてしまうのが一番厄介だ。

ルースは込み上げる愛(いとお)しさをこらえきれず、微笑(ほほえ)みながらアレクを見つめた。

「マクシムさんと深い仲？　何を言っているんだよ。この人は王都の騎士団長様だよ、深い仲になれるわけないだろ。友人というのも違うし……そうだな、よくて憧れの知り合いかな」

「ぐはっ」

「……そうか、〝知り合い〟か」

「うん、友だちになれたらいいなとは思うけどね」

「へえ……友だち未満か」

「残念だけどね」

「かはっ」

なぜかルースの言葉に、後ろにいたマクシムが少しだけ苦しげな声を上げたような気がしたが、アレクの表情が突然輝きだしたので今は振り向かないことにした。ともかくこの場を落ち着かせるために必要なのは、アレクを宥めることだからだ。

ルースは少し硬めの金髪をゆるく撫でた。アレクが気持ちよさそうに目を細める。

「アレク、心配しなくても大丈夫だ。オレにアレク以上の親友はできないから」

「!?」

ルースはアレクを安心させようと、思いを言葉で告げることにした。こういうことを有耶無耶にすると、誤解が生まれ、今回のようにするべき必要のない嫉妬に繋がったりする。言葉にするのはとても大切なことだと、前世でしっかり学んでいるから恥ずかしくない。

「……し、ん……ゆう……」

「そうだよ。アレクが一番の友だちなのは変わらないから、心配するな」

「…………とも、だち…………っ、やっぱり」

「ああ、アレクは一番の友だち、親友、幼馴染だ」

ルースは言葉を選びつつ、自分の中での一番の存在だとアレクに告げる。

――けれど、とても喜んでくれると思っていたアレクは、表情を固まらせ、口元を引きつらせていた。遠くを見つつも目が死んでいる。

（あれ、また正直に言いすぎて、引かれたかな？）

ルースは前世があるぶん、クサイことを言う際の恥じらいがなくなっている自覚はある。だが、アレクは青年とはいえまだ若い。子どもっぽい照れが存在していることも重々に理解していたはずなのに、またそんな彼を引かせるようなことを言ってしまったらしい。たまにやってしまうのだが、どうにもその辺の匙加減が難しい。

「ぶはははははっ」

「っ、何がおかしい！」

ルースが悩んでいると、ずっと黙っていたマクシムが突然笑い始めた。それに対してアレクが嚙みつく。

笑い続けるマクシムを振り向くと、ちょうど立ち上がったところだった。その表情は笑ってはいたが少し複雑そうだった。

「我々はどちらもルース殿に敵わないようですね」

「っ、一緒にするな！　あんたは、〝知り合い〟だろう」

「十年以上も〝親友〟の方には敵いません」

「……だまれっ」

会話をする二人の雰囲気は先ほどまでの息苦しいものではなく、共闘した仲間のようにゆるかった。いつの間に意識が変わったのか、さっぱりルースにはわからない。そして、少しうらやましい。

マクシムは大きくため息をつくと、転がっていたナイフを懐にしまい、今度は小さな小瓶を取り出した。アレクに掴まれたまま身動きが取れないルースの元へ近づき、その小瓶を向ける。

「アレク殿の顔色が悪いのは、魔力を使いきってしまったがゆえに起きる、魔力欠乏のせいでしょう、この薬を飲ませてあげてください」

「いいのですか？」

「そんなの、いらない」

「私はルース殿にお渡しします。使うかどうかはお二人で話し合ってください」

マクシムはそのままルースたちの元を離れてドアへ向かう。一度振り返ると、アレクを見てから頭を下げた。

「君が世界を救う旅をしているこのタイミングで、動いた私にも非があることは認めます。少々卑怯でした。なので、先ほどの痛みは天罰と思い、今回は大人しく引き下がります」

「今回は……？」

「今後はわかっていただいたと思うので、引き下がりません」

「てめえ……」

「では、ルース殿おやすみなさい」

「あ、はい。おやすみなさい」

マクシムは爽やかで大人の余裕が漂う笑顔を浮かべると、あっさりと部屋を出ていった。

（オレに話があったんじゃなかったのかな？）

あまり話らしい話をした記憶はない。そのことが気にはなったが、アレクに摑まれたこの体勢で追いかけるわけにもいかず、手を振って見送ることしかできなかった。明日、時間があれば改めて聞いてもいいだろう。

「くそっ、あいつを送るんじゃなかった……堅物のくせに、対象は女だけじゃねえのかよ」

「なにブツブツと言ってるんだよ。……ともかく床じゃ冷えるから。アレク立てるか？」

「ああ……」

アレクに肩を貸してルースは自分のベッドへ運び、共に座ると様子を窺うため顔を覗いた。

最初よりも多少マシになったが、顔色の悪さは変わらない。あまり体調はよくなさそうだ。

「アレク、マクシムさんからもらったこれを」

「アレク……」

「いらない」

「……」

ルースがわがままな子どもを諫めるように見つめていると、アレクは唇を尖らせたまま大人しく小瓶を受け取った。不満げな顔をしつつもそれを呷る。

アレクが飲みほした途端、爽やかな音が辺りに響き、一気に顔色がよくなった。頬に赤みがさして、アレクのいつもの顔色に戻ったことにルースは安心する。

「…………っ……あの野郎、こんな高い魔力回復薬をあっさり渡しやがって……金持ちめ」

小瓶のおかげで体調がよくなったのに、不満そうにブツブツ言っているアレクを宥め、お礼を伝えるように言い聞かせる。

「わかってるよ。今度言っておく」

渋々とだが頷いたのを見て褒めるように頭を撫でていると、少しご機嫌になった様子のアレクがすり寄ってきた。相変わらずの態度に苦笑いしていると、その視線がルースの腕に行き、表情がだんだんと神妙なものへと変わっていった。

「ルース……」

「うん？」

アレクが頭を撫でていたルースの手首を取り、肩から腕を確認するように触ってくる。

「わ、ちょ、くすぐったい」

そんなルースの抵抗を無視して、一通り触れると、アレクはようやく手を放してくれた。

「よかった……なんともねえんだな……」

「どうしたんだよ？」

今さっきまでいつもの様子に戻っていたアレクが、再び落ち込んでいるのがわかった。むしろもっと暗いようにすら見える。

「……俺が渡した腕輪のせいで、お前が酷い怪我をしたって聞いた。……悪かった、そんなことになるなんて知らなかったんだ……せっかくつけてくれていたのに……」

「アレク……」

「本当にごめん……ごめん、ルース……本当に……」

アレクが頭を下げながら、そうやって何度も謝罪を口にする。想像通りルースの腕が大変なことになった細かい事情はジオから聞いて知っているようだ。ルースの怪我がよほどショックだったのだろう。その様子は見ているだけで胸が痛くなるほどだった。

(まあ、腕輪の件はアレクだって良かれと思ってやったんだろうし)

腕輪が原因だと知っている以上、本人が落ち込むのはわかる。だが、ルースに怒る気なんて全くないし、むしろあまり気にしないでほしいと思う。

「アレク。オレはむしろアレクのおかげで自分が助かったと思っているよ。あの力がなかったら、オレどころか、村がどうなっていたかわからないし」

「でも、お前の腕が……」

「今はもう治っているんだから言うなって」

「けど……」

「身体は無事、後遺症もない、村も助かった。それはアレクがオレに力を分けてくれたおかげだ。感謝はしても、アレクにそんな顔してほしいなんて思ってないよ。むしろアレクに力を借りたとはいえ、オレがバル相手にナイフで勝ったんだから、喜んでいるんだ。だから気にするなよ」

「ルース……」

ルースが明るい顔をして胸を張れば、アレクは泣きそうな顔をしつつも、バルを倒した功績を褒める――のではなくなぜか抱きついてきた。そのままルースの腰を掴むと自分のほうに寄せ、首元に顔を埋めてくる。

「お前が、無事でよかった。本当に良かった……」

心底安心したようにアレクは呟く。そんな彼に苦笑いしつつ、ルースもアレクの膝に乗り上げた腰をその場に落とし、なんとなく頭ごと抱きしめた。

（ああ……オレ、本当に無事だったんだな）

あれから一週間近く経ったのに、実はずっと夢の中にいたような感覚だった。あのときの命のやりとりが、ルースから現実感を失わせていた。

けれど、アレクを前にしてその事実を口にしたことで、バルに勝ち生き残ったのだとようやく実感として受け止められた気がした。アレクの心音が身体を通して伝わり、自分の心音と重なると、生きていると感じることができる。言葉にはしにくいけれどそんな感じだった。

そうやってしばらく黙って抱き合った。

男二人で夜中に何やっているんだと自分でも思ったが、離れがたくてアレクの髪を手で遊ばせる。ちょっと硬めの金髪はルースの好きな匂いがして、高揚感を与えてくれた。

ルースがもう少しこのいい匂いを嗅ごうと思い、鼻を頭に押し付けると、アレクが小さく揺れて身じろぎした。

「…………ルース」

「ん？」

「その……この間は……悪かった」

「この間？」

「その、旅に出る前、お前にしたこと……」

「あ…………ああ、あ……あああれな」

アレクの言う〝この間〟を思い出して、ルースは急に顔が赤くなる気がした。

正直、今アレクに言われるまで完全に忘れていた。そもそも覚えていたら、こんな体勢で落ち着いたりできないだろう。

（というか、考えないようにしていたし……）

ルースにとってあのことは『アレクが脱童貞（だつどうてい）したかった』ということで、深く考えることをやめていた。その後、『本当にそうなのか？』というとんでもない疑問が少しもなかったと言うと嘘（うそ）になってしまうが、余計な考えは全て頭から切り離していた。でないと落ち着いて生活できない。

「き、気にするなよ。あのときお前ちょっと混乱していたし、そもそも若いから仕方ない。オレは忘れておくから、お前も忘れろよ」

お互い事故に遭ったと思って忘れるべきだとルースは告げた。気にしすぎてアレクと気まずい関係になるのが嫌だったからだ。

しかしそう言った途端、再びアレクの腕の力が強くなった。

「……忘れる？　全部か？」

「え……う、うん」

「…………へえ、そうか」

アレクの声質が少し変わった。先ほどまでの申し訳なさそうな雰囲気が消え、どこか皮肉げに笑い声をあげる。

「ルースは何をされても忘れてくれるんだな」

ルースの首元から顔をあげたアレクがニッコリと笑う。けれどその表情は心から笑っているようには見えなかった。ルースは自分の背中に嫌な汗が流れていくのを感じた。

「……お前、何か怒ってないか？」

「べつに、怒ってなんてない。うん、怒ってなんてないさ。ルースだもんな。十年以上も〝ごう〟だもんな、あの程度のことでわかるわけないよな。想像の範囲内だ。……だけどすげえ腹立つ！」

「アレク？」

「焦(あせ)りもあったな、俺の考えが足らなかったんだ。……ああ、ふっきれた。やり方を変えよう」

「え、ちょ」

どこか晴れやかな笑顔を浮かべたアレクは——突然ルースの尻を掴んできた。そのまま割れ目をなぞるように指を動かされて、ルースはとっさに立ち上がろうとしたが、腰を掴んだ手に阻まれる。

「ちょ、あ、アレク？　どこをっ」

「ルース、頼みがあるんだ」

「え、頼み？」

「ああ、ルースじゃなきゃ頼めないことなんだ」

『ルースでなければ頼めない』と言われて、アレクの手の動きに戸惑っていたルースの意識は話へ向く。アレクに頼みごとをされるのは嬉しいからだ。

だから尻を掴むアレクの手から逃げようとしつつも『どんなことだ？』と続きを促した。

「溜まっているんだよ」

「……は？」

「だから、旅続きで溜まっているんだ。手伝ってくれ」

「えっ、っぅ」

掴まれていた尻ごと身体を引き寄せられたルースは、内股の部分に熱を押しつけられ、アレクが何を言っているのかようやくわかった。ルースも同じ身体の構造をしているので、同じ部分で熱を持つ理由なんてすぐに思い当たる。

（……っ、アレクの、勃ってる！）

戸惑いと同時にブワワと熱が込み上げてきて、自分でも耳まで赤くなったのを感じた。反射的にアレクを遠ざけようと肩を押すが、もちろんその程度の腕力では離れない。

「たま、溜まっているって、ばっ、……な、なんでオレ!?」

「ルースは忘れてくれるんだろ」

「そ、それはっ、ぜん、かいのことで、んっ……ゆらす、なぁ」

熱を押し当てられたまま腰を揺らされて、ルースのほうも伝染するように身体が熱くなる。

「……じゃあルースは、俺に旅の間ずっと我慢しておけって？」

「そう、じゃ、あ、っ、なくて」

「それともなんだ、後腐れない女を見つけてやれって？」

「そ、そんなことは言ってないだろ！」

アレクが眉を寄せて悲しそうな顔をしたので、反射的に否定した。するとアレクの表情が一瞬にして変わり、輝きに満ちた。まるでルースの否定が嬉しかったように見える。

だが、調子に乗ったアレクが自分のモノを擦るようにルースに当ててきたせいで、その表情の変化の理由を考えることができなくなってしまう。

「じゃあ、いいよな。ルースが手伝ってくれても。な？」

「まっ、んぁ、あっ」

弾んだ声を出したアレクが、ニアミスを繰り返していたそこをぐっと押しつけてくる。自分のモノではない男の性器を押し当てられて、本来なら嫌悪感でいっぱいのはずなのに、それはなかった。それより戸惑いと恥ずかしさが勝っている。腕だけはかろうじてアレクから離れようと動いているが、下半身は動きが鈍い。抵抗が薄れてきていた。

（やばいっ……）

ルースは前世合わせて五十年も童貞を貫いたので、セックスに関しては超ド級の初心者だ。しかもこの今世の身体は快感に弱く、自慰も実は苦手だ。一ヵ月に一回ほど右手で無心に扱けばいいほどで、照れくさくて女性の裸すら想像できないという拗らせっぷりである。

（この前は、何が起きているかわからないで終わったからまだいいけど……）

前回全てが終わった後、平気でいられたのも、自分の身に起きたことがあまりにも激しすぎて、ほとんど記憶が飛んでいたおかげだった。アレクにされたこと全てが初めてで、ルースには刺激が強すぎた。途中から身体の反応を追いかけるのにいっぱいになって、己が何をしたのか、何を話したのか、まともに覚えていない。

（なのに、こんなの、まずいっ）

アレクの手の動きに、もう自身が反応を始めているのはわかった。抵抗しようとする理性が薄れて、身体が勝手に快感を追いかけ始めてしまう。

「んぁ……あ、ア、レクっ」

「……っ、そんな声で呼ぶな」

尻を摑んでいたアレクの手がルースのベルトに掛かり、逆の手が上着の前を開け始める。開いた胸元にアレクが顔を寄せ、肌に口づけをしてきた。鎖骨から首元を吸われて、ゾクゾクとした快感が込み上げ変な声が漏れる。アレクの肩を掴んでいた手が、次第に縋りつくようになってしまう。

「……ルース」

「んぁっ」

まだ直接触れられてもいないのに、低く掠れた声で呼ばれて、いよいよ己が勃ち上がってしまったのがわかった。服越しにグリグリとアレクのそこを押しつけられると、二人の腹の間でモノが擦れてたまらなくなり、腰が勝手に揺れ始める。

（やば、い、アレクのが当たって………気持ち良いっ）

右手くらいしか知らない身体には、布越しのもどかしさがちょうどいいらしい。先走りが零れ出しているのか、布が湿ってきたのを感じる。滑った音が二人の間で響き始めた。

やがてその快感にも慣れてきた身体が、さらなる快楽を渇望し始める。

ルースの身体は、もっと快感を得ようと、積極的に腰を動かし、そこを自ら押し当て始める。アレクの膝から降りてベッドに尻をつけると、ちょうどよく当たる高さになった。

「……っ、ルース、触るぞ？」

「っ」

上着のボタンを全て開けたアレクの手が、ルースのズボンと共に下着を少し下ろしてモノに直接触れてくる。指先で先走りを亀頭に押しつけられ、竿を扱かれると声を抑えられなくなる。

「ふぁ、あ、ア」

アレクの指先はルースの良いところを知っていて、時間をかけずにグズグズにしていく。前回はじっくり快感を得ている暇がなかったので、他人の手がここまで気持ち良いなんて頭で理解していなかった。

強い快感に思考が焼き切れていき、『親友とこんなことをしてはいけない』とか『同性となんておかしい』とかそんな考えがどうでもよくなってくる。

「……気持ち、良いか？　ルース？」

アレクに問いかけられて素直に頷き目を開けると、普段は落ち着いた緑の瞳が、炎を灯したように強く煌めいていた。その瞳を見ると深いところに火がともり、肌を熱が駆けていく。

見なれたアレクの顔が見慣れない色気を纏っている。それが妙に胸をざわめかせる。今まで以上に魅力的に見えて、胸がドキドキと変な音を立て始める。同時に、この顔をもっと変化させたい。余裕をなくさせたいという欲求が生まれた。

（……アレクは？）

アレクのモノに視線を向けると、そこはまだズボンに包まれたままだった。それなのにしっかりと膨らんでおり、ルースよりも強い主張をしている。あれではきついだろうとわかる。

（お、オレも……する）

抵抗も感じず、アレクのベルトに自然と手を伸ばした。ルースが覚束ない手でそこを外し始めると、一度アレクは動きを止めたが、嬉しそうに笑ったのが見えた。そして手助けするように自ら動いてくれる。

アレクは自らベルトを緩め上着とシャツを脱ぎ捨てる。身体のラインがよく見えた。

（……良い、身体しているよな）

綺麗に筋肉がついたアレクの身体を見て、自然と喉が鳴ってしまう。

宿屋の風呂場で、もっとムキムキの達磨のような筋肉も、戦い続けた戦士の傷だらけになった身体も見たことがあるけれど、アレクを見たときのように興奮を覚えたことはなかった。

「ルース、触って、くれるか？」

「あ……うん」

宝石のように輝く緑の瞳に正面から強請られて、素直にルースはそこに手を伸ばす。

下着をずらすと、明らかにルースより質量の大きいアレクのモノが飛び出してきて少し驚いた。だが、少し触れただけでビクビクと反応してくれたので、そっと亀頭の部分を擦る。

「っ……んっ……」

アレクが耳元でたまらないような吐息を漏らす。それだけでルースのほうもゾワゾワして、先走りが零れそうになる。

もっとその声を聞きたくて今度は両手で掴んだ。自分でやるときより丁寧に扱くと、アレクからも先走りが零れてきた。ねばつく液体を竿に塗り込むように擦ると、アレクが低く唸り、ルースのモノに再び手を伸ばしてきた。そのままルースの手ごと自分のも全て掴んで二つを同時に擦り始める。

「んぁ、あっ、いっい、それ……」

「……ルース、もっ、持て」

指示されるままにルースは自分とアレクのモノを一緒に掴み上下に動かす。アレクはルースの腰を掴んできて身体を揺すり始めた。

手の動きに加えて、熱いそれが擦れるのは気持ち良すぎて、熱で溶けてしまいそうだった。

二つ分の滑りで、グチュグチュと音を立てるそこを、ルースは夢中で扱き続ける。

「ルース、下を脱がすぞ」

アレクがルースのズボンを下着ごと取る。開いた上着とシャツだけという情けない恰好になってしまったが、それよりもより肌の密着度が増したおかげで全身が昂(たか)ぶっていく。

「ルースっ、ルースっ」

「んぁあ、あ、アレ、クっ……」

腰を掴み揺らしていたアレクの手が、だんだんとルースを押し倒すように力をかけ始め、気が付けば背中をベッドにつけていた。

そのままアレクはルースの脚(あし)を限界まで横に広げ、覆(おお)いかぶさり腰を動かし始める。

ルースが二つを擦るよりも激しく動かすものだから、完全にアレクの動きに翻弄されて、手は掴んだままで止まっていた。これではまるで犯(おか)されているみたいだ。

「アレ、クっ、……もっむりっ、イクっ」

「お、れもだっ……んんっ……！」

「ひっ、あああ！」

アレクの指が二人分の亀頭を擦りあげる。敏感な部分を煽るように触れられて、一気に快感が駆け抜けた。目の前が白くなる。

「ぁあ、あっ――……っ」

「くっ」

星が弾けたと思った。同時に、腹や胸に熱い飛沫がかけられる。浴びせられた白い液体の熱さに茫然となっていると、上にいたアレクが圧し掛かってきた。

「はっ、はっ、はっ……ルースっ、ん」

「んっんん」

そのままアレクに口を塞がれる。

呼吸を整えている最中なので少しだけ苦しくて、押し返そうとした。すると悲しそうな瞳とぶつかってしまう。すぐに手の力を弱めた。この目はだめだ。

そのまま口の中を蹂躙されていると、射精後の達成感と共に充実感が込み上げてきた。

（あ……）

身体だけが熱を孕んでいたときと違い、幸福で満たされたように込み上げる気持ちは、とても温かくいいものだった。

そのせいで、親友とキスをしているというおかしな状況なのに、ルースは自分からアレクの首に手を回して求めてしまう。

（気持ち良い……なんか、幸せ……）

頭の中に湯気が充満しているような状態で、目の前のこと以外考えられなかった。もう少しこのままの気分でいたかった。

ルースが目を閉じて、まったりと射精後の余韻に浸っていると——足の付け根に当たっていたアレクのモノが再び熱を持ち始めたのに気付いた。

「ん……！」

驚いて目を開けると、汗を滴らせた色気全開のアレクが、唇を離してニッコリと微笑んだ。

「悪い、ルース。もう一回頼む」

「つええ!?」

「さっきと同じで痛いことはしないから、気持ち良くしてやるから、な？」

「ちょ、ちょっと、ま、待って、せめて時間をおいて」

「無理」

「むりってっ、あっ、ひぁ！」

射精後で敏感になっているそこをゆるく扱かれ身体が跳ねる。

若いので身体的には大丈夫そうだが、余韻に浸りたい心情としては性急すぎて、アレクを押し返そうと必死に抵抗する。だが再びギラギラと瞳を輝かせたアレクは止まってはくれない。

「だいたい、ルース、お前もいけないんだからな。普段は無知全開のくせに……」

「無知!?　失礼な、オレだって人並みにっ」

「嘘つけ。お前が人並みなら、俺は苦労してない」

「なんで、アレクが苦労っ……んあ、まっまって……っはぁ、あ、アレクっ」

「…………ほら、エロすぎるんだよ」

アレクがブツブツと文句を言いながら、シャツの隙間に手を入れて、存在の意味すらわからない胸の先端を摘んできた。最初は痛みを感じたそこが、弄られていくうちに鈍い疼きを生んでくる。

(あ、なんか、やばい)

新たなる扉を開きそうで恐くなり、必死にアレクの手を離そうとした。

「まってっ、……そこ、んんっ、やだっ」

「痛くないだろ、な?」

「そういう、問題じゃ、んぁ、あ!」

直接モノを触れられるのとは違う、痺れるような疼きに再び溺れてしまいそうになった瞬間だった。

「——この、盛りのついた動物がぁあああ!」

雷が落ちるような声と共に、スコーン——と綺麗な音が響いたとたん、アレクの頭がルースの胸へ落ちてきた。動いていた手が止まり、身体ごとルースに圧し掛かると、いっさい動かなくなる。

アレクの手の力がなくなり、ルースは広がっていた脚をなんとか元に戻した。

ルースが顔をあげると、ベッドの向こう側に、見たことのある人物が立っていた。

「じ……ジオさん？」

そこにいたのは、昼間に村を発って姿を消した白髪の老人ジオだった。ジオはアレクを見つめると、両手で杖を握りしめ震えている。きっと眉毛の下に隠れた目で睨んでいるのだろう。

「全く！　ちょいと甘い顔をして術を教えてやれば、ワシの魔力石を使って、よりによって盛りに行きおって……！　お前さんは動物か!?　いや動物でももう少し配慮するわい！」

「え……あの、ジオさん」

「ルース、すまなかったのう。馬鹿弟子を野放しにしてしまって、まさか習いたての転送術を使ってこんなことをするとは思わないでのう」

ジオはまるで自分のことのようにルースに頭を下げる。

だがルースはそれよりもさらりと出た単語が気になった。

「それよりジオさん、『転送術』ってなんですか？」

「…………まさかアレクから何も聞いてないのか？」

「はあ……」

ルースが混乱のままに返事をすると、ジオは眉毛を震わせたあと『この馬鹿弟子』と言ってもう一度アレクを小突いた。

「お前さんもなんとなく気付いているとは思うが、ワシはちょっと人間の術師とは違ってのう……まあ変わった術をいくつか知っておるんじゃが、その中に人を特定の場所へ移動させることのできる『転送術』というのがあるんじゃよ」

「転送術……」

『転送術』というのはルースが考えているように、人間をワープさせるようなものらしい。

ゲームではよくある移動が楽になるお手軽な術が、まさか本当にこの世界にもあるとは思わなかった。

ジオ曰く、アレクがいきなりルースの部屋に現れたのも、転送術によるものだという。

確かにアレクの最後の手紙が送られた場所を考えると、そういう術でも使わないとここにいる説明はできなそうだ。アレクが現れた後のドタバタで、肝心なことが頭から抜けていた。

「やはりジオさんが言う〝弟子〟はアレクだったんですね」

「……弟子を取る気は全くなかったのじゃがのう」

ジオはようやくルースの言葉を認めた。ほぼ確信していたが、やはり返事をもらえると落ち着く。

「ええと……では、どういった経緯でアレクは弟子に？」

「それがのう……」

ジオの術はある層にはとても有名らしいが、自身が表に出ないこともあり単なる伝説もしくは誇張された噂として広がっていて、本気にするような人間は滅多にいないらしい。

「じゃが、ある日噂を聞いたコヤツが、どこからともなく突然結界をぶった切って、ワシの領域に入ってきおってのう」

「アレク……」

「しかも『転送術を教えてくれるまで出ていかない』と勝手に居座り始めてのう」

「……」

「何度か追い出したのじゃが、すぐに居場所を見つけられてのう……最後にはこっちが根負けじゃ」

「…………なんか、申し訳ございません」

深くため息をつくジオの様子から苦労がうかがえて、ルースは思わず頭を下げた。

一度決めたら貫こうとするアレクの頑固（がんこ）な性格は、ルースも知っているのでさぞかし大変だっただろう。

だが、いくら根負けしたからといっても、転送術などを簡単に教えるわけもいかない。アレクを弟子として修行をつけることを決めたジオは、その間にどの程度本気なのか見定めるため、アレクが行きたがっていた場所——ハシ村に様子をうかがいに来ていた、ということらしい。

「魔物狩りの件も、そのほかの事情もわかった。まあ術を教えてもいいかと思えたので、帰ってからさっそく教えてやったのじゃが……覚えた途端これじゃ」

アレクの魔力量では転送術を使うにはまだ足らないらしく、本来ならルースの元まで飛んでは来られないようなのだが、そこをジオが普段から溜めていた魔力石（魔力が溜められる石らしい）で補い、勝手に飛んできたようだ。

あまりにも暴走したアレクの行動にルースは気が遠くなる。

「あ、あのジオさん。アレクが勝手にあなたの石を使ってしまったことは本当に申し訳ございません。でも、アレクはただ本当に村に一度帰って来たかっただけで……」

「……わかっとるわい。お前さんに会いたかったんじゃろ？」

「っ……」

魔力欠乏を起こすほど真っ青になって突然現れたアレクを思い出してしまい、ルースに怒りは湧いてこなかった。やり方はまずかったが、それがルースに会いたいが故と言われてしまうと、アレクだけの責任だと思えない。ルースも会いたいと思い、会えて嬉しかったのだから。

「本当にすみません。オレも一緒に弁償しますから」

「ってえ……ルース。このジジイに謝る必要はない……」

ルースがもう一度頭を下げようとすると、先ほどまで上で失神していたアレクがムクリと起き上がり、背後のジオを睨みつけた。

「このジジイ、修行なんて言っているけどな、俺にやらせたのは魔法書庫の整理だ」

「それが修行じゃ」

「本を動かすだけでガンガン魔力吸われてぶっ倒れて、そのたびに見張りに強制的に起こされて、死ぬところだったんだぞ！」

「おかげで魔力総量はあがったじゃろう？」

「その分の魔力を溜めておけば、ジジイの魔力石なんて使わずに、ルースのところにだって来られたんだ！　だいたいあの魔力石もわざとらしく机の上に放置しやがって、最初から俺に盗ませる気だったんだろ！」

「そんなことは、ひとことも言っておらんのう」

「このジジイ……！」

盗み聞いて深刻な様子かと思ったが、考えていた以上にアレクとジオは仲が良いらしく、会話の雰囲気はずっと軽いものだった。

アレクの言葉遣いがくだけているせいもあって、口の悪い孫と祖父が喧嘩しているみたいだ。しかも祖父のほうは孫をからかっている節がある。アレクの言うことも、あながち間違いではなさそうだった。

「ふむ、それほど元気ならもう少し整理をやってもらおうかのう。デイル」

ジオが誰かの名前を呼ぶと、その背後がキラキラと光り、中から背の高い男が出てきた。その男はプラチナのような輝く白髪に、爬虫類を彷彿とさせる金の瞳をし、額から角が二本出ている。普通の人間ではないようだ。

男の登場にアレクが顔を顰め、ルースに手を伸ばそうとした瞬間、金色に光る透明な何かがアレクの身体を持ちあげた。その金色の何かは手のように動き、デイルという男の後ろから出ているようにみえた。

「くそっ、下ろせ！　この石頭、下ろせ！」

男は暴れるアレクを冷たく一瞥したあと、ちらっとルースを向いてから戸惑った顔をしてすぐさま視線を外し、ジオへ身体ごと向き直った。

「では長老、『荷物』は書庫に置いておきます」

「頼んだよう」

「おい、待て！　ルースに挨拶くらいさせろ！　ルース、ルース！　俺また会いに——」

アレクが言い終わらないうちに、光に包まれた二人の姿は突然消えた。

そのあっけない様子に、アレクとの別れを悲しいと思うよりも、転送というのは本当に可能なのだなと、ルースは変に感心してしまった。

「全く、本当にあの弟子は、普段はわりと冷静なのじゃが、お前さんのことになるとネジが外れがちじゃのう」

「は、はあ」

なんとも言えずルースは曖昧に微笑む。嬉しいような気恥ずかしいようなそんな感じだ。

「さてと、そういえばお前さん、ワシが置いていった本を拾ったかのう」

「あ！」

ジオがいたソファーに置いてあった本を思い出し立ち上がろうとしたが、顔を逸らしたジオに止められてしまった。

「アレはお前さんが持っといてくれ。外側が光ったら中を開けるとよい」

「は、はい？」

「あと、魔法石の話はアレクの言っていることが正解じゃ」

「え？」

「あれは元々あやつにやるつもりでワザと置いたんじゃ。お前さんが大怪我したと聞いた後にどんな行動をするかとこっそり見とったんじゃよ。ワシとしてはあそこで動かない弟子を取ったつもりはなかったので問題ない。じゃから弁償とかお前さんは気にしなさんな。それに書庫整理で十分元は取っておる」

ジオは眉を動かし楽しそうに笑い声をあげた。どうやらアレクがいたので怒ったふりをしたが、本当はジオが望んだとおりの結果だったらしい。ここに来たのも、元から迎えに来る予定だったという。だが『まさかこんなことをしているとは想像できんかったがのう……』と心底呆れたような声を出していた。

ため息をついたジオが軽く杖を振ると、周りに光が集まり始める。

「老婆心ながら、最後に一ついいかのう……」

「なんですか？」

「ルース、お前さんは男子とはいえ、もう少し恥じらいを持つといいんじゃないかのう。年寄りには刺激が強すぎるわい」

「え？」

「じゃあのう」

ジオはそう言うとルースの目の前から消えてしまった。

先ほどまで騒がしかった部屋の中が突然静かになり、少しさびしくなってしまう。

（アレク……）

ひさしぶりに会ったせいか高揚した気分がなかなか抜けなかった。姿を思い出すだけで、妙に心がざわついている。

アレクに腕輪のことを聞き忘れたが、おかげで他の人の元へ持っていかれることもなくて、少し嬉しい自分がいるのも知った。なんだか本当に変な感じだ。

「…………ん？」

ルースは手首に銀の腕輪があるのを確認しようとして――その先にある太腿（ふともも）が目に入った。太腿は剝（む）きだして、白い塊がところどころこびりついていた。

「――あ」

ルースはようやく自分の今の姿を思い出した。

ジオたちが現れる寸前まで、アレクと〝そういうこと〟をしていたせいで、ルースは何も下に穿（は）いていないうえ、上着は全開、シャツは胸の位置まで捲（めく）れ、しかも腹や脚にはアレクと自分の出した物がこびりついたままで――。

『――年寄りには刺激が強すぎるわい』

自分のとんでもない姿に、ブワワっと一気に熱が広がった。

「うわぁあああああー！」

ルースが夜中にも拘（かかわ）らず絶叫し、羞恥（しゅうち）からしばらく眠れなかったのは言うまでもない。

心の中でジオとデイルという男に、汚い物を見せて申し訳ないと謝りまくった。

空に昇り始めた陽を眩しく思いながら、ルースは宿屋の前に並ぶ一同に視線を向けた。

「それでは、お世話になりました。ありがとうございました」

「こちらこそ、ありがとうございました」

マクシムの号令で騎士団が綺麗に敬礼し、それに倣いロッサと共に三人で頭を下げる。

今日はいよいよ騎士団の一行が王都へ帰る日だ。彼らはこれから約四日間、馬を使って戻らなくてはいけない。その道も決して楽なものではないから、本当に来てくれたことはありがたかった。

朝早いということもあり、セリーヌが今日の昼と夜用の食事を副官に渡していると、正装を纏ったマクシムがルースの元へやってきた。

「おはようございます、ルース殿」

「おはようございます。マクシムさん。昨日はよく寝れましたか？」

「え……ああ、もちろんです！　こちらの宿での日々は快適でした」

「よかった」

なぜかちょっと複雑そうな顔をしたマクシムだが、顔色がいつも通りなので、体調が悪いわけではなさそうだ。ルースを見つめる目は、相変わらず爽やかでとても優しい。

「そういえばマクシムさん、昨日何か話があったのでは？」

「あ……」

「騎士団長、行けますか？」

ルースが質問すると、準備を終えたらしい副官が声をかけてきた。マクシムは『もう行く』と言いながら、ルースへ強い視線を向けてくる。

「ルース殿、手紙を書きます。なので、お返事をくださいますか？」

「本当ですか？　もちろんですよ、楽しみにしています」

「それから、仕事に余裕ができたら、休暇を取ってこちらに遊びに来ようと思います。そのときに狩りを教えてもらえますか？」

「はい！　ハシ村直伝のボローアの獲り方を伝授しますね！」

「それから……」

「それから？」

マクシムは少し言い淀んだ後、やがて決意を秘めた目でルースを見つめてきた。

「いずれでいいのですが、俺を〝知り合い〟以上にしてもらえませんか？」

『——そうだな、よくて憧れの知り合いかな』

昨日アレクとマクシムの三人で話した言葉がルースの頭によみがえる。

ルース的には王都の騎士団長を相手に、こんな辺境の村にある宿屋の息子が友人を名乗るなんておこがましいと思い、とっさに出た言葉だったのだが、もしかしたらマクシムはあの言葉に引っかかりを覚えていたのかもしれない。

ルースはマクシムに向かってニッコリと笑った。

「あの、もし嫌でなければ、オレと友だちになってください」

右手を出したルースの言葉に少しだけ苦笑いしたが、マクシムは強く頷くと手を握ってくれた。

「もちろんです。最初は友だちからお願いします」

「最初？」

「団長、もたもたしていると、五日後の会議に間に合わなくなりますよ！」

ルースが首を傾げると、すでに入口へ向かいだしていた騎士団メンバーの声が聞こえた。

「わかっている」

マクシムは小さくため息をつくと、自然な動きでルースの手を口元に持っていき、甲に軽く口づけてきた。

「ルース殿。またお会いできる日を楽しみにしています。それでは、失礼します」

そう言うとマクシムはマントを翻し、馬を引いて仲間たちの元へ駆けて行った。

六人はあっという間に見えなくなった。

残った宿屋の三人は、その後ろ姿をしばらく茫然として見送った。

「……ルース、お前、王都へ嫁に行く気か？」

「嫁入り支度なんて考えてなかったわ……あなた、お店の後継ぎどうします？」

先に復活した両親が、今後のことを考えて話し始めているのを聞いて、ようやく現実に戻ってきたルースは慌てて振り返る。

「——ちょ、ちょ！　父さんも母さんも、マクシムさん渾身の冗談を真に受けないでよ！」

マクシムは去り際にとんでもないことをしていくなと思いつつ、ちょっとドキッとした自分に驚いてしまう。

「さ、中に戻ろう。また新しいお客さんも来るだろうし。準備しなくちゃ、ほら早く！」

「ふふ、はいはい」

「…………嫁にはやらねえぞ？」

変な笑みを浮かべているセリーヌと、ムスッとしているロッサを押して宿屋に押し込む。

ルースはそのまま中には入らず、宿の裏手にまわった。一緒に中へ入るとまだ話が続きそうだと思ったからだ。先に水汲みをしてこよう。

「まったくもう……」

ルースはなにげなくマクシムの唇が触れた右手の甲に視線を送ろうとして――それより先に手を天に向けると、陽の光で輝く腕輪に自然と触れる。ジオに封印されて何も力は宿っていないはずなのに、不思議と心が高ぶる気がした。

アレクの置いて行った銀の腕輪が目に入った。

(アレク、次に会ったら、昨日のこととか、新しいナイフのこととか、ダニエルとか、バードとか……ともかく話したいことといっぱいあるんだからな。早く帰って来いよ！)

また突然帰ってくるかもしれないアレクを想像して、笑みを浮かべるルースだった。

【番外編】勇者の弱点はとんでもない

王都から乗合馬車で約十日ほど進んだところにある、港街ワーリアス。漁業が盛んな大都市だったが、このところ海に魔物が出没し、船が出せなくなっていた。そんなとき、女神から知らせを受けた俺たちが到着し、問題の魔物を退治したことで街に平和が戻った。

街中の人々に感謝された俺たちは、そのまま領主の豪華な歓迎を受けた。今はその街のお洒落な食堂にいる。海に面したテラス席で昼食を終え、今後について話していたところだ。

「アレク様、女神アリストテレシア様からの次のご神託はまだないのでしょうか？」

そう言って勇者アレクに柔らかな笑みを向けるのは、旅の仲間であるエリザ。白い肌に紫の瞳の整った顔立ち、腰まで届く青みがかった銀髪、すらりとした細身の身体――その姿はまさに女神のようで、近くを通りかかる人々が彼女を見てため息をつくほどだ。かくいう俺も彼女を先ほどから何度もチラ見している。しかし彼女の目は、一点しか見つめてはいない。

「そうだね。女神様からの連絡は僕のほうには今のところないよ」

「ではこの街で少しだけお買い物を楽しんでもよろしいでしょうか？」

「いいんじゃないかな」

「ありがとうございます。この街では真珠を加工した宝石が有名だと聞いていたもので……」

彼女はアレクに微笑みかけられると頬を赤く染めた。

二人の様子はまるで初々しいカップルのようで、通りかかる人々も微笑ましそうにしている。

しかし俺は内心ケッと思っていた。この二人、俺が同じテーブルについているのを忘れているんじゃないだろうか。隣にいるおばちゃんまでもが『なんでこの男がここにいるかわからない』って顔して見てきやがるから、俺の勘は間違っていないはずだ。

俺は目の前に置かれたコーヒーを飲みつつ、穏やかに微笑みあう二人にため息をつく。

そうやって内心悪態をつきつつも、表面上は穏やかに二人の様子を見守る兄貴分を演じるしかない。嫉妬丸出しで会話に割って入るなんていくらなんでも情けない。

「ガルシア様は、この後どうされますか？」

エリザが久しぶりに俺のほうを向いた。時間でいうと数十分ぶりだ、完全に忘れられていたのではないかと思っていたので、少し安心した。

俺――ガルシア・バリュスは元々王都の騎士団に所属していた騎士だ。平民出でありながら二十三歳で隊長格を任され、体格もよく赤い髪が特徴的なそこそこの男前、と知られており、騎士団の中でもそれなりに有名だった。

カリスマ的存在、マクシム・カラファーティ騎士団長にはとても敵わないが、将来は彼の親衛隊に入り、ゆくゆくは良き右腕になるだろうと言われていた。実際俺もそのつもりだった。

そのために腕を磨き、根回しも欠かさなかった。仲間内の評判も上々だった。

ところが、女神のお告げ事件から、俺のそんな将来設計はあっけなく崩壊した。俺は勇者様の護衛兼旅の案内役を務める騎士として選ばれてしまったのだ。腕を磨きまくり、根回しをして、見聞を広げていたのが仇になった。

俺は最初はなんとしてでもこの話を断るつもりだった。辺境の村出身で常識に疎い勇者様をサポートする役なんて御免だ。だいたい少年ならまだしも、二十歳の青年だという。ある程度年を食った男は、素直さがなくなると同時に変なプライドを持ち、そのうえ女を知っている。一番厄介だ。絶対に逃げてやると思っていた。

けれど、そんな俺に『いいえ』を言わせなかったのが、カラファーティ騎士団長だ。あのお方から直接『君ならアレク殿をお願いできる』なんて言われてしまった俺は、周囲の目もあり断ることができなかった。結局勇者様の旅のお供をすることになってしまったのだ。

「俺は特に用事がないから、街を適当に歩いてみようと思う。この街の装備も見てみたいしな」

「そういうのもいいですね」

俺の当たり障りのない返答に、エリザがにっこりと微笑みを浮かべる。

エリザベータ、通称エリザは、王都にある中央教会の神官だ。弱冠十八歳で多くの治癒術を習得しているため、勇者の旅の供に選ばれた。彼女は元々貴族の娘だったようだが、自分に治癒術の才能があると知ると、多くの人々を守りたいと自ら家を捨て、教会に入ったような変わり者だ。

彼女は王都では人気者で聖女とも謳われている。実際、市民も貴族も差別せず目の前の困った人々を救おうとする姿勢は正義感に溢れ、聖女という名にふさわしいと言えるだろう。俺も彼女との二人旅ならなんの不満も持たない。

しかし、見ての通りエリザはアレクが好きだ。俺たちが初めて中央教会に行ったときも、アレクを見て顔を真っ赤にしてたからな。たぶん一目惚れってやつなんだろう。

「アレク様はどうされますか？　よければ……わ、私と一緒にお買い物へ行きませんか？」

「……僕は」

問題はこいつだ。

「僕はやることがあるから、先に宿へ帰らせてもらうよ」

アレク・ガラ――女神に神命を下され、直接神託を受け世界を救う旅に出た勇者。辺境の村で育ちながらも、全属性の攻撃魔術が可能で、王都一と言われていたマクシム騎士団長と剣の腕前でも引けを取らない男。

金髪碧眼の整った顔立ちは老若男女を魅了し、他人に突然声をかけても好意的な返事をしてもらえるレベルだ。頭もよく、物腰は穏やか、言葉遣いは丁寧。確かに分け隔てなく人々に手を差し伸べる姿は、遠くからでもわかるオーラも相まって、まさに勇者の名にふさわしいように見える。

実際旅に出てわかったがこいつは無茶苦茶強い。むしろこんな化け物が、辺境の地で大人しく生活していたのが俺は不思議でたまらない。

だが、俺はこいつが苦手だ。何を考えているのかわからなくて不気味に思っている。

このやわらかい言葉遣いや笑顔も、うさんくさくて仕方ない。俺の騎士団で鍛えられた勘が、この男には裏の顔があると告げているのだ。

「お急ぎのご用事ですか？」

「お世話になった人たちに手紙を書いておかないといけないから。ごめん」

「……そう、ですか」

予想通りアレクは光の反射が目に痛い笑顔を浮かべつつ、しっかりとエリザの誘いを断った。エリザが見るからに萎れていく。

やっぱりな。

この男、こういう明らかに好意のあるエリザの誘いは絶対に断る。どんなにエリザがうまく誘っても、それを見事にかわして一人行動をとってしまう。俺はこれが天然ではなく、エリザの好意がわかっているからだと確信している。裏の顔説を捨てきれないのはそのためだ。普段のキラキラオーラを発したままの男なら、素直にエリザの誘いに乗っているはずだからだ。

「悪いけど、ガルシアさん。エリザについて行ってもらっていいかな。安全な街とはいえ女性一人だと危ないし」

「……べつにかまわないけど」

「え、アレク様、わたくし一人でも」

「ついでに二人で予備の薬を買っておいてほしいんだ。エリザのほうが目利きはいいし、それなりに嵩張るからガルシアさんが一緒にいたほうがいいだろ？　ついでに真珠も見てきたら？もし良いのがあったら今回の件でお礼のお金を多くもらったから買ってもいいと思うよ」

提案を断ろうとしたエリザに、アレクは畳み掛けるように頼みごとをする。目が痛くてたまらないほどの、キラキラの笑顔付きだ。こうなるとアレクが好きなエリザは嫌とは言えない。

「わかりました。お任せください、アレク様」

エリザは少し寂しそうな笑顔を浮かべながらも、差し出された財布を素直に受け取った。

この男、笑顔で意思を貫き通すのがうますぎるんだよな。住んでいた村でもこんなふうに、過ごしていたんじゃないかと思わざるを得ない。

「じゃあ気をつけて二人とも」

そう言ってあっさりアレクは宿屋のほうへ戻っていった。

俺たちはぎこちない笑みを浮かべながら人の多い商業区へ向かう。

「じゃ、最初は消耗品を揃えようか」

「はい、そうですね。ガルシア様よろしくお願いします！」

恋心を向けているアレクにあっさり断られたというのに、エリザは空気を悪くしないように俺に向かって笑顔を向ける。その姿は繊細な顔立ちもあってとても健気に見えた。

アレクもこんな美人な年下の女の子に好かれているのに、なぜ遠ざけるような真似をするのか理解できない。俺だったら勢い余って手をつないで街中を歩いているレベルだ。

エリザは健気な繊細美人で、優しく一途。空気が読めるし、我が強すぎず穏やかで周りを幸せにする不思議なオーラがある。こういう女の子はとても貴重だ。

なぜわかるかというと、俺が付き合ったことのある歴代の彼女たちは、美人だが適度に世間慣れしていて、気が強いタイプばかりだったからだ。王都を出る寸前まで付き合っていた彼女も、俺が『帰ってくるまで待っていてくれる?』と冗談で言ったら、『慰謝料(いしゃりょう)をよこせ』と言ってきた。もちろん払わずに逃げてきた。その時、旅の帰りを待っていてくれるような可愛い彼女はとても貴重なのだと悟ったのだ。

　エリザと買い物をして街を歩くのは楽しかった。あちこちを見て興味深そうな顔をするエリザに、純情な女の子って違うなと潤いを与えてもらった。俺にもこういう子が来ないかな。

「それでは、アレク様によろしくお願いいたします」

「ああ。明日迎えにくるよ」

　帰り際に寄った教会でエリザは数年ぶりに友人に会ったらしく、今日はそこへ泊まることにしたようだ。

　俺は当初の予定通りそのまま宿屋へ向かう。部屋に荷物を置いて、エリザの件を報告しようと隣にあるアレクの部屋をノックした。

「……んー?　あいついないのか?」

　何度もノックするが返事がない。手紙を書くと言っていたのに変だなと思いノブを握ると、扉があいた。どうやらカギを閉めていなかったらしい、アレクにしては不用心だ。

「おい、アレクいるか……っていないな」

　寝室とリビングスペースのある、剣を振り回しても平気そうな豪華な室内には、誰もいなかった。だが寸前まで誰かいたような空気を感じる。俺はなにげなく室内を見渡して、リビングスペースにある重厚(じゅうこう)な机の上に、何枚もの紙が置かれているのに気付いた。

「あいつ本当にマメだな……」

その机の上には、インクにペンとすでに文字が書かれた手紙が置いてあった。アレクがエリザに言っていたことは、断りのための方便ではなく本当だったらしい。そういえば旅の途中でも頻繁に物書きをしていた。もちろん中身は見せてもらえたことはないが。

「勇者様はどんな報告をしてんだろうな〜…………ってなんだこれは？」

興味本位で覗いた手紙の中身は、俺が想像したものと全く違っていた。


『……この間のことは本当に悪かった。会えたことが嬉しすぎてルースの顔を見たら抑えられなくて、少し暴走したと思う。反省している。ルースとの約束通りあいつにも謝罪の手紙は送っておいた。あと、そのあとのアレのことは、お前を使ったとか、利用したとかじゃなくて……なんといえばいいか、ともかくルースじゃなきゃだめだったんだ。嫌な言い方したけど、誰でもいいとか思っているわけじゃない。それだけはちゃんと知っていてほしい。お前に伝えたいことはいっぱいあるんだけど、今はやめておく。手紙じゃなくて、全てを終わらせて帰ってからお前の隣に並んで座って、それからちゃんと伝えようと思う。だからどうかそれまで待っていてくれ、ルース。一刻も早くお前のもとへ帰るから。また会いたい、ルース……』

そんな文面の後に、インクがボタボタと落ちた大きなシミがあった。他に白紙がないことから、書き損じて慌てて追加の紙を買いに行ったのだろう。

だがそんなことより、手紙の内容が問題だ。速まる動悸を抑えるため、俺は深く深呼吸した。

「……俺、部屋を間違えてないよな？　となると、マジでこれ、あのアレクが書いてるのか？」

　その手紙に書かれていたのは、普段どんな美女に言い寄られても、凶悪な魔物が出てきても、全く動じないアレクからは想像できないものだった。情熱的な恋文にしか見えない。手紙を読んだだけなのに、俺のほうが気恥ずかしさから挙動不審になってしまう。

「はは……これじゃエリザに靡かないわけだ」

　内容からするに〝ルース〟というのは、アレクが育った村に住む少女なのだろう。アレクはその子が好きで仕方ないらしい。エリザに無関心なのも、頷けるほどの惚れっぷりだ。

　そういえば二週間ほど前に、アレクが突然置手紙をして姿を消し、俺とエリザを心底驚かせたことがあった。その後アレクは何事もなかったかのように普通に帰ってきたのだが、理由を問いただすと『転送術』なるものを習っていたとか理解不能なことを言っていた。あの時は冗談だと思っていたが、もしかしたら本当だったのかもしれない。その術を習った理由は村に置いてきたその〝ルースちゃん〟に会うためだったのではないか、と推測できた。

　好きな相手に会うため、わざわざ転送術とやらを習い、俺達を本気で心配させたとしたら、あまりにも馬鹿らしくて一周回って――アレクってかなり健気な男じゃないかと思えてきた。

「はは……なんだよ、スカした野郎と思ったが。ずいぶん年下っぽい面もあるな。勇者さ……」

　ゾワリと背中に悪寒が走った。まるで恐ろしい魔物に背後を取られた感覚だ。俺はとっさにその場から飛び去り壁際に逃げたが、張り付いた壁に長剣が突き刺さる。

「あっ、ぶね……」

「人の手紙を勝手に見たんだ。俺に怪我負わされても文句はねぇよな、ガルシア……」

廊下の光を背後に現れたのは、いつもの穏やかさとは全く違う顔をした勇者様だった。

緑色の瞳をギラギラと光らせ、冷気をまき散らしながら睨みつけてくる表情は生々しく、勇者という仮面を脱ぎ捨てたアレク・ガラという男の本性を見た気がした。

「『俺』『ガルシア』ね……なるほど、それがお前の素か。やっぱりいつもは猫かぶってたな」

「人が円満に勇者業をしようと苦心しているのに何が素だ。そういうのは迷惑なんだよ」

アレクの野郎はそう言いながら予備の剣を抜いてきた。慌てて俺も剣を抜くと、間髪入れずにめちゃくちゃな力で打ち付けてくる。俺は攻撃より防御型だから耐えられるが、こんな攻撃を常人が受けたなら武器ごと吹っ飛ばされているに違いない。

「ちょ、アレク落ち着けっ……まて、とぉ、まてっ！　うおっ！」

「記憶が飛ぶ程度で許してやる……」

「まて、マジな顔するな！」

まるで魔物を相手にしている時のように、どこか真剣な表情をしたアレクは容赦がない。

さすがに魔術を使う気はないようだが、このままでは俺がぶん殴られるのも時間の問題だ。

こんな桁外れの攻撃力を持った男に本気で殴られたらひとたまりもない。

俺は室内を逃げ回ったあげく机の前に戻ってきて、とっさにそこにあった紙を掴み、今にも殺さんばかりに剣を振り下ろすアレクに向けた。

「……っ！」

とたんにアレクの攻撃の手が止まった。忌々しそうに俺を睨んだ後、ちらりと手に持った手紙に視線を向ける。

なるほど、どうやらこの手紙を切ることには少し抵抗があるらしい。きっと愛しのルースちゃんへ宛てた手紙だからだろう。本当に惚れているのだなと少し感心した。同時にこの状況を打破できるいい案を思いついた。

「お前、本当にこの『ルースちゃん』が好きなんだな」

「勝手にルースの名前を呼ぶな」

「お、落ち着けよ。けど旅に出ているから、地元で自分以外の奴に惚れてしまうんじゃないかと気が気じゃないんだろ？　だから忘れられないように手紙ばかり書いてるんだろ？」

「…………ちっ」

どうやら図星のようで、アレクが苦い顔をした。俺は逆に内心ニヤニヤしてしまう。

国王を前にしてすら平然とした顔をしていたのに、地元に置いてきた惚れた女の子のことで一喜一憂する勇者なんて可愛すぎるだろう。

やっぱりこいつも人間なのだと、親近感が湧いてくる。

「俺がアドバイスしてやろうか？」

「……お前が？」

「恋愛歴だけなら誇れるからな。俺これでも王都ではかなりモテたんだぜ？」

少し不審そうな顔をしていたが、オレの言葉にアレクはようやく剣を収めてくれた。

その後アドバイスをしつつ俺の話をすると、アレクは真剣に耳を傾けるようになった。どうやら初体験が十三というのが効いたらしく、少しだけ尊敬を集めたようだ。隣に住んでいたお姉さんに感謝しなくてはいけないだろう。

「……プレゼントだな、やってみる」

「あんまり高いもの送るなよ。あと手作り系も禁止な、相手が引くから」

「じゃあ何がいいんだよ」

「そうだな、最近流行りの風景手紙なんてどうだ？　あれなら壁にも飾れるし、タンスにしまわれるだけの手紙を壁に飾ってくれるかもしれないぞ」

「風景手紙？」

プロ画家が描いた風景画を手紙として送る最近の流行りを教えてやると、アレクはとても輝いた顔をした。お貴族様顔負けのキラキラオーラ持ちだが、やはり辺境の村に住んでいたのは本当のようで、そんな流行りを知る機会はなかったらしい。無地の手紙を送るより値は張るが、下手なプレゼントより受け取りやすいだろう。

「その子が村を出たことがないなら、港町の風景なんて喜ぶんじゃないか？」

「ルースが喜ぶ……あとで、売っている店を教えてくれ」

「ああ、いいぜ」

今まで聞いたことのない頼みの言葉に、内心の笑いをこらえつつ了承する。

それにしても、あの何考えているか全くわからなかったアレクが、ここまで素直に反応するなんて想像したこともなかった。全てはその『ルースちゃん』とやらのおかげに違いない。きっと彼女がいなければ、アレクの本性を知ることなんて絶対になかったはずだ。

そうなるとここまでアレクを翻弄する――弱点ともいえる存在に俄然興味がわいてきた。

「お前、本当にそのルースちゃんが好きなんだな」

「悪いか」

「べつに悪かねえけど。……どんな子なんだよ、可愛いのか？」

「……可愛いに決まっているだろ。ルースは――」

その後に続いた惚気は、聞かなきゃよかったと思うほど長かった。美人で可愛くて優しくて強くて心配性で、それでいてちょっとズレていて――と、いいとこ取りをしたようなアレクの言葉に、そんな子いねえだろ、と内心ツッコミを入れた。でも最後の『腰がエロい、あと尻から太ももにかけてもいい感じのラインで、あの三角の隙間に突っ込みたくてたまらない』という言葉には吹いてしまった。今度は欲望に正直すぎるだろう。性欲なんてありません、ってストイックな勇者顔をしてるくせに、やっぱり男なんだな。これからは猥談もできそうだ。

最悪だと思っていた旅だが、意外と慣れてみれば楽しいのかもしれない。

「なるほどな、だからエリザにそっけなかったのか」

「ルース以外なんて考えたことがない。あいつと出会った瞬間に運命を感じたんだ。『俺が探していたのはコイツだ』って思ったんだ」

「運命って……出会ったの何歳だよ？」

「四歳だ」

「ブブッ……お前、四歳で運命とか本気かよ」

「……本気だ。俺はあいつに出会った瞬間、そう、あのときの──っ」

そこまで言いかけてアレクは突然頭を押さえた。少し苦しそうな顔に声をかけたが、待てと行動で制される。

居心地悪くなりながらも待っていると、やがてアレクは押さえていた手を放して頭を振った。

「何があったんだ？」

「あの女からの連絡だ」

「女？」

「女神だ」

「なんだよ、アリストテレシア様か。というかアレク、神に向かって〝あの女〟とか言うなよ」

どうやら先ほどの行動は女神様から神託を受けていたためのものだったらしい。

神から言葉を賜ったというのに、不遜な物言いをするアレクに俺が呆れていると、相手は微妙な表情をした。眉間にしわを寄せ、ためらいがちに声を出す。

「……あいつ、神って感じがしないんだよ。時々女の顔をする」

「女の顔？」

「ああ、女神なんて神々しいものじゃなくて、人間と同じ感情を持つ生き物の顔をするんだよ」

「なんだよそれ」

「笑うんだよ……【私と貴方どちらが勝つでしょうね】って……」

『私と貴方どちらが勝つでしょうね』――なぜだかその言葉に、俺は妙な寒気を感じた。

「お前、女神さまと賭けごとでもしたのか？」

「いやそんなことをした記憶はない……ともかく、そのときの表情が女の顔をしているから、神って感じがしないいんだよ」

「ふーん？」

俺にはよくわからない話だった。

アレクの勘もどこまで正確なのかわからない。俺自身は神と交信したことはないので、絵画として描かれた神々しいイメージでしかない。女の顔と言われても想像できない。

「ともかく、行き先は決まった。ミレセッテオだ」

「ミレセッテオか。中央大陸を出るな。船の手配をしておく」

アレクは『頼んだ』と言うと、転げた椅子を直しすぐに手紙を書きだす。

熱心に手紙に向かう様子を見ていると、だんだんとニヤニヤしてしまう。一生懸命恋愛している弟を眺める兄のような心境だ。もう今後は、妙に冷静なアレクの態度を見ても、ルースちゃんのことで表情を変える姿を思い出して、苛立つこともなさそうだ。

「なあ、お前絵をよく描いていたよな？　そのルースちゃんを描いてみてくれよ」

「ルースを？　なんでだよ」

「どれだけ可愛いのか見てみたいんだよ。なんだ、それとも可愛いっていうのは嘘なのか？」

「…………ちょっと待ってろ」

アレクは失敗した手紙の裏にペンで絵を描き始めた。こいつが時々芸術的な絵を描いているのは見ていたので、絵を描くことを苦手としてはいないのは知っている。ただ、何を描いていたのかわかったことはなかったが。

しばらくするとアレクが描いていた紙をこちらに向けてきた。どこか誇らしげな顔に、どれだけ可愛い子が描かれているのか期待したが――。

「どうだ。ルースの可愛さがわかったか？　惚れるなよ、ルースは俺のだ」

そこに描かれていたのは――なぜかBランクの魔物バルにそっくりな生き物だった。そのバルのような生物は、目が二つしかなく、髪の毛が生えていたが、顔はどう見ても人間には見えない。正直キモイ。こんなの恐い。

「おい、どうした？」

「あ、ああ……うん。ルースちゃんはおまえのだよ。うん」

こんな子を『可愛い』と言うアレクに、どういう反応をしたらいいのかわからない。

俺は冷たい汗をしばらく掻き、そっとその絵をポケットにしまいながら話を逸らした。

勇者様の弱点で遊ぶのは、俺には難しいようだ。

あとがき

こんにちは、ジツヤイトです。（読み方はジツヤ・イトです）

『旅の勇者は宿屋の息子を逃がさない』をお手に取ってくださり、ありがとうございます！

挨拶（あいさつ）が終わってまず何よりも強調したいのが、ぜひとも『素敵（すてき）なイラストをじっくり見てください！』ということです。私のふんわりした描写だった登場人物たちが、色鮮やかに美しく、生命力溢（あふ）れて形になっています。とても感動しています！

イラストを担当してくださった円陣闇丸（えんじんやみまる）先生、ありがとうございます！

そして先生にご依頼くださった担当さん、編集部さんありがとうございます！

本作はゲームのＲＰＧに寄せたお話のつくりになっています。しかし主役は勇者ではなく、村から出ない彼の幼馴染（おさななじみ）である宿屋の息子です。

主人公の宿屋の息子ルースは、当然ながら役立つようなチートは持っていない人間です。ちょっと狩りの腕がいい普通の村人です。前世知識はありますが、うまく扱えません。むしろそれ故（ゆえ）に余計なことばかり考えてしまい、誤解されてしまうことが多いです。とても不器用です。

そして恋愛関係だけに激しく鈍（にぶ）いです。

唯一、普通と言えない部分は、勇者アレク（同性）に心底愛されていること。

それがこの話の重要部分であり、先々の展開に関わり、最初の村に住む固有名詞さえなさそうな宿屋の息子が、〝ルース〟というキャラクターになった理由でもあります。
彼は〝宿屋の息子〟では遭遇しないような面倒ごとに毎回巻き込まれます。またこの先登場する、元魔王だの精霊王だの魔女だのにも勇者より強く関わってしまいます。
そんなルースと、彼を愛する勇者アレクの過去と現在の物語を、ぜひ最後まで読んでいただければいいなと思います。

話は変わって、私が「ムーンライトノベルズ」で書き始めて一年半以上が経過していますが、本作はまだ完結しておりません。自分でもここまで長くするつもりはなかったのですが、私の更新ペースを考えると、もう少し時間がかかりそうだなと思っています。けれど、終盤からの展開は焦（あせ）らず書きたいので、少し気長にお待ちいただければと思います。

今回WEB版から書籍化するにあたって、だいぶ改稿、修正、追加、を行いました。とくにアレクの描写が足されています。また『勇者の帰る場所』は書籍版のみの書下ろしです。これで少しは彼のルースに対する頑張りが（からまわりが）お手に取ってくださった方に伝わっているといいなと思います。書いていても楽しかったです。

この小説が少しでも読んでくださる方の楽しみになれば幸いです。

今回書籍化にあたり、私の我儘(わがまま)から担当さん編集部さんにはいろいろとご迷惑をおかけしました。希望を叶(かな)えてくださり、とても嬉(うれ)しかったです。ありがとうございます！
最後に、この本をお手に取ってくださった皆様に感謝を申し上げます。それでは！

ジツヤイト

本書は「ムーンライトノベルズ」(https://mnlt.syosetu.com/top/top/)に
掲載していたものを加筆・改稿したものです。
この作品はフィクションです。実在の人物・団体・事件などにはいっさい関係ありません。

●ファンレターの宛先
〒102-8177　東京都千代田区富士見 2-13-3　戦略書籍編集部

旅の勇者は宿屋の息子を逃がさない

ジツヤイト
イラスト／**円陣闇丸**

2019年 8 月30日　初刷発行
2019年11月10日　第2刷発行

発行者　青柳昌行
発行　株式会社KADOKAWA
〒102-8177　東京都千代田区富士見2-13-3
(ナビダイヤル) 0570-060-555
デザイン　円と球
印刷・製本　凸版印刷株式会社

■お問い合わせ（エンターブレイン　ブランド）
https://www.kadokawa.co.jp/（「お問い合わせ」へお進みください）
※内容によっては、お答えできない場合があります。
※サポートは日本国内のみとさせていただきます。
※Japanese text only

ISBN978-4-04-735745-7　C0093 Printed in Japan
定価はカバーに表示してあります。